老西安

长乐未央

景 灏 ◎ 编

泰山出版社·济南·

图书在版编目（CIP）数据

长乐未央：老西安 / 景灏编 . —— 济南：泰山出版
社，2024.1
（老城趣闻系列丛书）
ISBN 978-7-5519-0759-0

Ⅰ.①长… Ⅱ.①景… Ⅲ.①散文集—中国—当代
Ⅳ.① I267

中国版本图书馆 CIP 数据核字（2022）第 258308 号

CHANGLE WEIYANG：LAO XI'AN

长乐未央：老西安

编　　者	景　灏
责任编辑	程　强
特约编辑	史俊南
装帧设计	蔡海东

出版发行　泰山出版社
　　社　　址　济南市泺源大街 2 号　邮编　250014
　　电　　话　综 合 部（0531）82023579　82022566
　　　　　　　市场营销部（0531）82025510　82020455
　　网　　址　www.tscbs.com
　　电子信箱　tscbs@sohu.com
印　　刷　山东华立印务有限公司
成品尺寸　160 毫米 ×235 毫米　16 开
印　　张　17.75
字　　数　220 千字
版　　次　2024 年 1 月第 1 版
印　　次　2024 年 1 月第 1 次印刷
标准书号　ISBN 978-7-5519-0759-0
定　　价　58.00 元

目　录

长安道上

孙伏园

岂明先生：

在长安道上读到你的《苦雨》，却有一种特别的风味，为住在北京的人们所想不到的。因为我到长安的时候，长安人正在以不杀猪羊为武器，大与老天爷拼命，硬逼他非下雨不可。我是十四日到长安的，你写《苦雨》在十七日，长安却到二十一日才得雨的。不但长安苦旱，我过郑州，就知郑州一带已有两月不曾下雨，而且以关闭南门、禁宰猪羊为他们求雨的手段。一到渭南，更好玩了：我们在车上，见街中走着大队衣衫整洁的人，头上戴着鲜柳叶扎成的帽圈，前面导以各种刺耳的音乐。这一大群"桂冠诗人"似的人物，就是为了苦旱向老天爷游街示威的。我们如果以科学来判断他们，这种举动自然是太幼稚。但放开这一面不提，单论他们的这般模样，却令我觉着一种美的诗趣。长安城内就没有这样纯朴了，一方面虽然禁屠，却另有一方面不相信禁屠可以致雨，所以除了感到不调和的没有肉吃以外，丝毫不见其他有趣的举动。

我是七月七日晚上动身的，那时北京正下着梅雨。这天下午我到青云阁买物，出来遇着大雨，不能行车，遂在青云阁门口等待十余分钟。雨过以后上车回寓，见李铁拐斜街地上干白，天空虽有块云来往，却毫无下雨之意。江南人所谓"夏雨隔灰堆，秋雨隔牛背"，此种景象年来每于此地见之，岂真先生所谓"天气转变"欤？从这样充满着江南风味的北京城出来，碰巧沿着黄河往"陕半天"去，私心以为必可躲开梅雨，摆脱江南景色，待我回京时，已是秋高气爽了。而孰知大不然。从近日寄到的北京报上，知道北京的雨水还是方兴未艾，而所谓江南景色，则凡我所经各地，又是满眼皆然。火车出直隶南境，就见两旁田地，渐渐腴润。种植的是各物俱备，有花草，有树木，有庄稼，是冶森林、花园、田地于一炉，而乡人庐舍，即在这绿色丛中，四处点缀，这不但令人回想江南景色，更令人感到黄河南北，竟有胜过江南景色的了。河南西部连年匪乱，所经各地以此为最枯槁，一入潼关便又有江南风味了。江南的景色，全点染在一个平面上，高的无非是山，低的无非是水而已，决没有如河南、陕西一带，即平地而亦有如许起伏不平之势者。这黄河流域的层层黄土，如果能经人工布置，秀丽必能胜江南十倍。因为所差只是人工，气候上已毫无问题，凡北方所不能种植的树木花草，如丈把高的石榴树，一丈高的木槿花，白色的花与累赘的实，在西安到处皆是，而在北地是从未曾见的。

自然所给予他们的并不甚薄，而陕西人因为连年兵荒，弄得活动的能力几乎极微了。原因不但在民国后的战争，几乎每代都有大战，一次一次地斫丧陕西人的元气，所以陕西人多是安静、沉默、和顺的；这在知识阶级，或者一部分是关中的累代理学家所助成的也未可知，不过劳动阶级也是如此：洋车夫、骡车夫等，在街上互相冲撞，继起的大抵是一阵客气的质问，没有见过恶声相向的。说句笑话，陕西不但人们如此，连狗们也如此。我因为怕中国西部地方太偏僻，特别预备两套中国衣服带去，后来知道陕西的狗如此客气，终于连衣包也没有打开，并深悔当时以小人之心度君子之腹（北京尚有目我为日本人者，见陕西之狗应当愧死）。陕西人以此种态度与人相处，当然减少许多争斗，但用来对付自然，是绝对的吃亏的。我们赴陕的时候，火车只能由北京乘至河南陕州，从陕州到潼关，尚有一百八十里黄河水道，可笑我们一共走了足足四天。在南边，出门时常闻人说："顺风！"这句话我们听了都当作过耳春风，谁也不去理会话中的意义；到了这种地方，才顿时觉悟所谓"顺风"者有如此大的价值，平常我们无非托了洋鬼子的宏福，来往于火车轮船能达之处，不把顺风逆风放在眼里而已。

黄河的河床高出地面，一般人大都知道，但这是下游的情形，上流并不如此。我们所经陕州到潼关一段，平地每比河面高出三五丈，在船中望去，似乎两岸都是高山，其实山顶就是平地。河床是非常稳固的，既不会泛滥，更不会改道，与下流情势大不相同。但下流之所以淤塞，原因还在上流。上流的河岸，虽然高出河面三五丈，但土质并不结实，一遇大雨，或遇急流，河岸泥壁，可以随时随地，零零碎碎地倒下，夹河水流向下游，造成河床高出地面的危险局势；这完全是上游两岸没有森林的缘故。森林的功用，第一可以巩固河岸，其次最重要的，可以使雨水入河之势转为和缓，不致挟黄土以俱下。我们同行的人，于是在黄河船中，仿佛"上坟船里造祠堂"一般，大计划黄河两岸的森林事业。公家组织，绝无希望，故只得先借助于迷信之说，云能种树一株者增寿一纪，伐树一株者减寿如之，使河岸居民踊跃种植。从沿河种起，一直往里种去，以三里为最低限度。造林的目的，本有两方面：其一是养成木材，其二是造成森林。在黄河两岸造林，既是困难事业，灌溉一定不能周到的，所以选材只能取那易于长成而不需灌溉的种类，即白杨、洋槐、柳树等等是已。这不但能使黄河下游永无水患，简直能使黄河流域尽成膏腴，使古文明发源之地再长新芽，使中国顿受一个推陈出新的局面，数千年来梦想不到的"黄河清"也可以立时实现。河中行驶汽船，两岸各设码头，山上建筑美丽的房屋，以石阶达到河边，那时坐在汽船中凭眺两岸景色，我想比现在装在白篷帆船中时，必将另有一副样子。古来文人大抵有治河计划，见于小说者如《老残游记》与《镜花缘》中，各有洋洋洒洒的大文。而实际上治河官吏，到现在还墨守着"抢堵"两个字。上面所说也无非是废话，看作"上坟船里造祠堂"可也。

渭河渡口

我们回来的时候，除黄河以外，又经过渭河。渭河横贯陕西全省，东至潼关，是其下流，发源一直在长安咸阳以上。长安方面，离城三十里，有地曰草滩者，即渭水流经长安之巨埠。从草滩起，东行二百五十里，抵潼关，全属渭河水道。渭河虽在下游，水流是不甚急，故二百五十里竟走了四天有半。两岸也与黄河一样，虽间有村落，但不见有捕鱼的。殷周之间的渭河，不知是否这个样子，何以今日竟没有一个渔人影子呢？陕西人的性质，我上面大略说过，渭河两岸全是陕人，其治理渭河的能力盖可想见，我很希望陕西水利局长李宜之先生的治渭计划一旦实行，陕西的局面必将大有改变，即陕西人之性质亦必将渐由沉静的变为活动的，与今日大不相同了。但据说陕西与甘肃较，陕西还算是得风气之先的省份。陕西的物质生活，总算是低到极点了，一切日常应用的衣食工具，全须仰给于外省，而精神生活方面，则理学气如此其重，已尽够使我惊叹了；但在甘肃，据云物质的生活还要低降，而理学的空气还要严重哩。夫死守节是极普遍的道德，即十几岁的寡妇也得遵守，而一般苦人的孩子，十几岁还衣不蔽体，这是多么不调和的现象！我劝甘肃人一句话，就是穿衣服，给那些苦孩子们穿衣服。

但是"穿衣服"这句话，我却不敢用来劝告黄河船上的船夫。你且猜想，替我们摇黄河船的是怎么样的一种人，我告诉你，他们是赤裸裸一丝不挂的。他们紫黑色的皮肤之下，装着健全的而又美满的骨肉。头发是剪了的，他们只知道自己的舒适，决不计较"和尚吃洋炮，沙弥戳一刀，留辫子的有功劳"这种利害。他们不屑效法辜汤生先生，但也不屑效法我们。什么平头、分头、陆军式、海军式、法国式、美国式，于他们全无意义。他们只知道头发长了应该剪下，并不想到剪剩了的头发上还可以翻腾种种花样。鞋子是不穿的，所以他们的五个脚趾全是直伸，并不像我们从小穿过京式鞋子，这个脚趾压在那个脚趾上，那个脚趾又压在别个脚趾上。在中国，画家要找一双脚的模特儿就甚不容易，吴新吾先生遗作《健》的一幅，虽在"健"的美名之下，而脚趾尚是架床叠屋式的，为世诟病，良非无因。而我们竟于困苦旅行中无意得之，真是"不亦快哉"之一。我在黄河船中，身体也练好了许多，例如平常必掩窗而卧，船中前后无遮蔽，居然也不觉有头痛身热之患，但比之他们仍是小巫见大巫。太阳还没有作工，他们便作工了，这就是他们所谓"鸡巴看不见便开船"。这时候他们就是赤裸裸不挂一丝的，倘使我们当之，恐怕非有棉衣不可。烈日之下，我们一晒着便要头痛，他们整天晒着，似乎并不觉得。他们的形体真与希腊的雕像毫无二致，令我们钦佩到极点了。我们何曾没有脱去衣服的勇气，但是羞呀，我们这种身体，除了配给医生看以外，还配给谁看呢，还有脸再见这样美满发达的完人吗？自然，健全的身体是否宿有健全的精神，是我们要想知道的问题。我们随时留心他们的知识。当我们回来时，舟行渭水与黄河，同行者三人，据船夫推测我们的年龄是：我最小，"大约一二十岁，虽有胡子，不足为凭"。夏浮筠先生"虽无胡子"，但比我大，总在二十以外。鲁迅先生则在三十左右了。次序是不猜错的，但几乎每人平均减去了二十岁，这因为病色近于少年，健康色近于老年的缘故，不涉他们的知识问题。所以我们看他们的年纪，大抵都是四十上下，而不知内有六十余者，有五十余者，有二十五者，有二十者，亦足见我们的眼光之可怜了。二十五岁的一位，富于研究的性质，我们叫他为研究系（这又是我们的不是了）。他除了用力摇船拉纤以外，有暇便踞在船头或船尾，研究我们的举动。夏先生吃苏打水，水浇在苏打上，如化石灰一般有声，这自然被认为魔术。但是魔术性较少的，他们也件件视为奇事。一天夏先生穿汗衫，他便凝神注视，看他两手先后伸进袖子去，头再在当中的领窝里钻将出来。夏先生问他"看什么"，他答道"看穿衣服"。可怜他不知道中国文里有两种"看什么"，一种下面加"惊叹号"的是"不准看"之意，又一种下面加"疑问号"的才是真的问看什么。他竟老老实实地答说："看穿衣服"了。夏先生问："穿衣服都没有看见过吗？"他说："没有看见过。"知识是短少，他们的精神可是健全的。至于物质生活，那自然更低陋。他们看着我们把铁罐一个一个地打开，用筷子夹出鸡肉鱼肉来，觉得很是新鲜，吃完了把空罐给他们又是感激万分了。但是我的见识，何尝不与他们一样的低陋：船上请我们吃面的碗，我的一只是浅浅的，米色的，有几笔疏淡的画的，颇类于出土的宋瓷，我一时喜欢极了，为使将来可以从它唤回黄河船上生活的旧印象起见，所以问他们要来了，而他们的豪爽竟使我惊异，比我们抛弃一个铁罐还要满不在乎。

游陕西的人第一件想看的必然是古迹。但是我上面已经说过，累代的兵乱把陕西人的民族性都弄得沉静、和顺了，古迹当然也免不了这同样的灾厄。秦都咸阳，第一次就遭项羽的焚毁。唐都并不是现在的长安，现在的长安城里几乎看不见一点唐人的遗迹。只有一点：长安差不多家家户户，门上都贴诗贴画，式如门对而较短阔，大抵共有四方，上面是四首律诗，或四幅山水等类，是别处没有见过的，或者还是唐人的遗风罢。至于古迹，大抵模糊得很，例如古人陵墓，秦始皇的只是像小山么一座，什么痕迹也没有，只凭一句相传的古话；周文武的只是一块毕秋帆题的墓碑，他的根据也无非是一句相传的古话。况且陵墓的价值，全是有系统的发掘与研究。现在只凭传说，不求确知墓中究竟是否秦皇汉武，而姑妄以秦皇汉武崇拜之，即使有认贼作父的嫌疑也不在乎。无论在知识上，感情上，这种盲目的崇拜都是无聊的。适之先生常说，孔子的坟墓总得掘他一掘才好，这一掘也许能使全部哲学史改换一个新局面，但是谁肯相信这个道理呢？周秦的坟墓自然更应该发掘了。现在所谓的周秦坟墓，实际上是不是碑面上所写的固属疑问，但也是一个古人的坟墓是无疑的。所以发掘可以得到两方面的结果，一方是存心要发掘的，一方是偶然掘着的。但谁有这样的兴趣，又谁有这样的胆量呢？私人掘着的，第一是目的不正当，他们只想得钱，不想得知识，所以把发掘古坟看作掘藏一样，一进去先将金银珠玉抢走，其余土器石器，来不及带走的，便胡乱搬动一番，重新将坟墓盖好，现在发掘出来，见有乱放瓦器石器一堆者，大抵是已经古人盗掘的了，大多数人的意见，既不准有系统的发掘，而盗掘的事，又是自古已然，至今而有加无已。结果古墓依然尽被掘完，而知识上一无所得的。陵墓而外，古代建筑物，如大小二雁塔，名声虽然甚为好听，但细看它的重修碑记，至早也不过是清之乾嘉，叫人如何引得起古代的印象？照样重修，原不要紧，但看建筑时大抵加入新鲜分子，所以一代一代地去真愈远。就是函谷关这样的古迹，远望去也已经是新式洋楼气象。从前绍兴有陶六九之子某君，被县署及士绅嘱托，重修兰亭屋宇。某君是布业出身，布业会馆是他经手建造的，他又很有钱，决不会从中肥己，成绩宜乎甚好了，但修好以后一看，兰亭完全变了布业会馆的样子，邑人至今为之惋惜。这回我到西边一看，才知道天下并非只有一个陶六九之子，陶六九之子到处多有的。只有山水，恐怕不改旧观，但曲江灞浐，已经都有江没有水了。渡灞大桥，即是灞桥，长如绍兴之渡东桥，阔大过之，虽是民国初年重修，但闻不改原样，所以古气盎然。山最有名者为华山。我去时从潼关到长安走旱道经过华山之下，回来又在渭河船上望了华山一路。华山最感人的地方，在于它的一个"瘦"字；它的瘦真是没有法子形容，勉强谈谈，好像是绸缎铺子里的玻璃柜里，瘦骨零丁的铁架子上，披着一匹光亮的绸缎。它如果是人，一定是耿介自守的，但也许是鸦片大瘾的。这或者就是华山之下的居民的象征罢。古迹虽然游得也不甚少，但大都引不起好感，反把从前的幻想打破了；鲁迅先生说，看这种古迹，好像看梅兰芳扮林黛玉，姜妙香扮贾宝玉，所以本来还打算到马嵬坡去，为避免看后的失望起见，终于没有去。

其他，我也到卧龙寺去看了藏经。说到陕西，人们就会联想到圣人偷经的故事，如果不是半年前有圣人去偷经，我这回也未必去看经罢。卧龙寺房屋甚为完整，是清慈禧太后西巡时重修的，距今不过二十四年。我到卧龙寺的时候，方丈定慧和尚没有在寺，我便在寺内闲逛。忽闻西屋有孩童诵书之声，知有学塾，乃进去拜访老夫子。分宾主坐下以后，问知老夫子是安徽人，因为先世宦游西安，所以随侍在此，前年也曾往北京候差，住在安徽会馆，但终不得志而返。谈吐非常文雅，而衣服则褴褛已极；大褂是赤膊穿的，颜色如用酱油煮过一般，好几颗钮扣都没有搭上；虽然拖着破鞋，但是没有袜子的；嘴上两撇清秀的胡子，圆圆的脸，但不是健康色——这时候内室的鸦片气味一阵阵地从门帷缝里喷将出来，越加使我了解他的脸色何以黄瘦的原因，他只有一个儿子在身边，已没有了其他眷属。我问他："自己教育也许比上学堂更好罢？"他连连地答说："也不过以子代仆，以子代仆！"桌上摊着些字片画片，据他说是方丈托他补描完整的，他大概是方丈的食客一流。他不但在寺里多年，熟悉寺内的一切传授系统，即与定慧方丈也是非常知己，所以他肯引导我到各处参观。藏经共有五柜，当初制柜是全带抽屉的，制就以后始知安放不下，遂把抽屉统统去掉，但去掉以后又只能放满三柜，所以两柜至今空着。柜门外描有金彩龙纹，四个大金字是"钦赐龙藏"。花纹虽尚清晰，但这五个柜确是经过祸难来的：最近是道光年间寺曾荒废，破屋被三数个戏班作寓，藏经虽非全被损毁，但零落散失了不少；咸同间，某年循旧例于六月六日晒经，而不料是日下午忽有狂雨，寺内全体和尚一齐下手，还被雨打得半干不湿，那时老夫子还年轻，也帮同搬着的。但经有南北藏之分，南藏纸质甚好，虽经雨打，晾了几天也就好了；北藏却从此容易受潮，到如今北藏比南藏还差逊一筹。虽说宋代藏经，其实只是宋版明印，不过南藏年代较早，是洪武时在南京印的，北藏较晚，是永乐时在北京印的。老夫子并将南藏缺本，郑重地交我阅看，知纸质果然坚实，而字迹也甚秀丽，怪不得圣人见之，忽然起了邪念。我此次在陕，考查盗经情节，与报载微有不同。报载追回地点云在潼关，其实刚刚装好箱箧，尚未运出西安，即被陕人扣留。但陕人之以家藏古玩请圣人品评者，圣人全以"谢谢"二字答之，就此收下带走者为数亦甚不少。有一学生投函指摘圣人行检，圣人手批"交刘督军严办"字样。圣人到陕，正在冬季，招待者问圣人说："如缺少什么衣服，可由这边备办。"圣人就援笔直书，开列衣服单一长篇，内计各种狐皮袍子一百几十件云。陕人之反对偷经最烈者，为李宜之、杨叔吉先生。李治水利，留德学生，现任水利局长；杨治医学，留日学生，现任军医院军医。二人性情均极和顺，言谈举止，沉静而又委婉，可为陕西民族性之好的一方面的代表。而他们对于圣人，竟亦忍无可忍，足见圣人举动，必有太令人不堪的了。

陕西艺术空气的厚薄，也是我所要知道的问题。门上贴着的诗画，至少给我一个当前的引导。诗画虽非新作，但笔致均楚楚可观，决非市井细人毫无根柢者所能办。然仔细研究，此种作品，无非因袭旧套，数百年如一日，于艺术空气全无影响。唐人诗画遗风，业经中断，而新芽长发，为时尚早。我们初到西安时候，见招待员名片中，前美术学校校长王先生者，乃与之接谈数次。王君年约五十余，前为中学几何画教员，容貌消秀，态度温和，而颇喜讲论。陕西教育界现况，我大抵即从王先生及女师校长张先生处得来。陕西因为连年兵乱，教育经费异常困难，前二三年，有每年只能领到七八个月者，或半年者，但近来秩序渐渐恢复，已有全发之希望。只要从今以后，两三年不动兵戈，一方实行省长所希望的农兵工各事业，一方赶紧兴修陇海路陕州到西安铁道，则不但教育实业将日有起色，即关中人的生活状态亦将大有改变，而艺术空气，或可借以加厚。我与王先生晤谈以后，颇欲乘暇参观美术学校。一天，偕陈定谟先生出去闲步，不知不觉到了美术学校门口，我提议进去参观，陈先生也赞成。一进门，就望见满院花草，在这花草丛中，远处矗立着一所刚造未成的教室，虽然材料大抵是黄土，这是陕西受物质的限制，一时没有法子改良的，而建筑全用新式，于以证明已有人在这环境的可能状态之下，致力奋斗。因值星期，且在暑假，校长王君没有在校，出来答应的是一位教员王君。从他这里，我们得到许多关于美术学校困苦经营的历史。陕西本来没有美术学校，自他从上海专科师范毕业回来，封至模先生从北京美术学校毕业回来，西安才有创办美术学校的运动。现在的校长，是王君在中学时的教师，此次王君创办此校，乃去邀他来作校长。学校完全是私立的，除靠所入学费以外，每年得省署些许资助。但办事人真能干事，据王君说，这一点极少的收入，不但教员薪水，学校生活费，完全仰给于它，还要省下钱来，每年渐渐地把那不合学校之用的旧校舍，局部的改换新式。教员的薪水虽甚少，仅有五角钱一小时，但从来没有欠过，新教室已有两所，现在将要落成的是第三所了。学校因为是中学程度，而且目的是为养成小学的美术教师的，功课自然不能甚高。现有图画、音乐、手工三科，课程大抵已臻美备。图画、音乐各有特别教室，照这样困苦经营下去，陕西的艺术空气，必将死而复苏，薄而复厚，前途的希望是甚大的。所可惜者，美术学校尚不能收女生。据王君说，这个学校的前身，是一个速成科性质，曾经毕过一班业，其中也有女生的，但甚为陕西人所不喜，所以从此不敢招女生了。女师校长张先生说，女师学生尚有一部分是缠足的，然则不准与男生同学美术，亦自是意中事了。

美术学校以外，最引我注目的艺术团体是"易俗社"。旧戏毕竟是高古的，平常人极不易懂，凡是高古的东西，懂得的大抵只有两种人，就是野人和学者。野人能在实际生活上得到受用，学者能用科学眼光来从事解释，于平常人是无与的。以宗教为例，平常人大抵相信一神教，唯有野人能相信荒古的动物崇拜等等，也唯有学者能解释荒古的动物宗拜等等。以日常生活为例，唯有野人能应用以石取火，也唯有学者能了解以石取火，平常人大抵擦着磷寸一用就算了。野人因为没有创造的能力，也没有创造的兴趣，所以恋恋于祖父相传的一切；学者因为富于研究的兴趣，也富于研究的能力，所以也恋恋于祖父相传的一切。我一方不愿为学者，一方亦不甘为野人，所以对于旧戏是到底隔膜的。隔膜的原因也很简单：第一，歌词大抵是古文，用古文歌唱教人领悟，恐怕比现代欧洲人听拉丁文还要困难；第二，满场的空气，被刺耳的锣鼓，震动得非常混乱，即使提高了嗓子，歌唱着现代活用的言语，也是不能懂得的；第三，旧戏大抵只取全部情节的一段，或前或后，或在中部，不能一定，而且一出戏演完以后，第二出即刻接上，其中毫无间断。有一个外国人看完中国戏以后，人家问他看的是什么戏，他说："刚杀罢头的地方，就有人来喝酒了，这不知道是什么戏。"他以为提出这样一个特点，人家一定知道什么戏的了，而不知杀头与饮酒也许是两出戏中的情节，不过当中衔接得太紧，令人莫明其妙罢了。我对于旧戏既这样的外行，那么我对于陕西的旧戏理宜不开口了，但我终喜欢说一说"易俗社"的组织。易俗社是民国初元张凤翙作督军时代设立的，到现在已经有十二年的历史。其间办事人时有更动，所以选戏的方针有时有变换，但为改良秦腔，自编剧本，是始终一贯的。现在的社长，是一个绍兴人，久官西安的吕南仲先生。承他引导我们参观，并告诉我们社内组织：学堂即在戏馆间壁，外面是两个门，里边是打通的；招来的学生，大抵是初小程度，间有一字不识的，社中即授以初高一切普通课程，而同时教练戏剧；待高小毕业以后，入职业特班，则戏剧功课居大半了。寝室、自修室、教室俱备，与普通学堂一样，有花园，有草地，空气很是清洁。学膳宿费是全免的，学生都住在校中。演戏的大抵白天是高小班，晚上是职业班。所演的戏，大抵是本社编的，或由社中请人编的，虽于腔调上或有些许的改变，但由我们外行人看来，依然是一派秦腔的旧戏。戏馆建筑是半新式的，楼座与池子像北京之广德楼，而容量之大过之；舞台则为圆口而旋转式，并且时时应用旋转；亦有布景，唯稍简单；衣服有时亦用时装，唯演时仍加歌唱，如庆华园之演《一念差》，不过唱的是秦腔罢了。有旦角大小刘者，大刘曰刘迪民，小刘曰刘箴俗，最受陕西人赞美。易俗社去年全体赴汉演戏，汉人对于小刘尤为倾倒，有东梅西刘之目。张辛南先生尝说："你如果要说刘箴俗不好，千万不要对陕西人说，因为陕西人无一不是刘党。"其实刘箴俗演得确不坏，我与陕西人是同党的。至于以男人而扮女子，我也与夏浮筠、刘静波诸先生一样，始终持反对的态度，但那是根本问题，与刘箴俗无关。刘箴俗三个字，在陕西人的脑筋中，已经与刘镇华三个字差不多大小了，而刘箴俗依然是个好学的学生，我在教室中，成绩榜上，都看见刘箴俗的名字。这一点我佩服刘箴俗，更佩服易俗社办事诸君。易俗社现在已经独立得住，戏园的收入竟能抵过学校的开支而有余，宜乎内部的组织有条不紊了。但易俗社所以能独立得住，原因还在于陕西人爱好戏剧的习性。西安城内，除易俗社而外，尚有较为旧式的秦腔戏园三，皮黄戏园一，票价也并不如何便宜，但总是满座的，楼上单售女座，也竟没有一间空厢，这是很奇特的。也许是陕西连年兵乱，人民不能安枕，自然养成了一种"子有酒食，何不日鼓瑟，且以喜乐，且以永日"的人生观。不然就是陕西人真正爱好戏剧了。至于女客满座，理由也甚难解。陕西女子的地位，似乎是极低的，而男女之大防又是极严。一天我在《新秦日报》（陕西省城的报纸共有四五种，样子与《越铎日报》《绍兴公报》等地方报纸差不多，大抵是二号题目，四号文字，销数总在一百以外，一千以内，如此而已）上看见一则甚妙的新闻，大意是：离西安城十数里某乡村演剧，有无赖子某某，向女客某姑接吻，咬伤某姑嘴唇，大动众怒，有卫戌司令部军人某者，见义勇为，立将佩刀拔出，砍下无赖子首级，悬挂台柱上，人心大快，末了撰稿人有几句论断更妙，他说这真是快人快事，此种案件如经法庭之手，还不是与去年某案一样含糊了事，任凶犯逍遥法外吗？这是陕西一部分人的道德观念、法律观念、人道观念。城里礼教比较的宽松，所以妇女竟可以大多数出来听戏，但也许因为相信城里没有强迫接吻的无赖。

陕西的酒是该记的。我到潼关时，潼人招待我们的席上，见到一种白干似的酒，气味比白干更烈，据说叫作"凤酒"，因为是凤翔府出的。这酒给我的印象甚深，我还清清楚楚地记得，酒壶上刻着"桃林饭馆"字样，因为潼关即古"放牛于桃林之野"的地方，所以饭馆以此命名的。我以为陕西的酒都是这样猛烈的了，而孰知并不然。凤酒以外，陕西还有其他的酒，都是和平的。仿绍兴酒制的南酒有两种，"甜南酒"与"苦南酒"。苦南酒更近于绍兴，但如坛底的浑酒，是水性不好，或手艺不高之故。甜南酒则离南酒甚远，色如"五加皮"，而殊少酒味。此外尚有"酎酒"一种，色白味甜，性更和缓，是长安名产，据云"长安市上酒家眠"，就是饮了酎酒所致。但我想酎酒即使饮一斗也不会教人眠的，李白也许是饮的"凤酒"罢。故乡有以糯米作甜酒酿者，做成以后，中有一洼，满盛甜水，俗曰"蜜劲殿"，盖酎酒之类也。除此四种以外，外酒入关，几乎甚少。酒类运输，全仗瓦器，而沿途震坏，损失必大。同乡有在那边业稻香村一类店铺者，但不闻有酒商足迹。稻香村货物，比关外贵好几倍，五加皮酒售价一元五角，万寿山汽水一瓶八角，而尚无可赚，路中震坏者多也。

陕西语言本与直、鲁等省同一统系，但初听亦有几点甚奇者。途中听王捷三先生说"汽费"二字，已觉诧异，后来凡见陕西人几乎无不如此，才知道事情不妙。盖西安人说 S，有一大部分代以 F 者，宜乎"汽水"变为"汽费"，"读书"变为"读甫"，"暑期学校"变作"夫期学校"，"省长公署"变作"省长公府"了。一天同鲁迅先生去逛古董铺，见有一个石雕的动物，辨不出是什么东西，问店主，则曰"夫"。这时候我心中乱想：犬旁一个夫字罢，犬旁一个甫字罢，豸旁一个富字罢，豸旁一个付字罢，但都不像。三五秒之间，思想一转变，说他所谓 Fu 者也许是 Su 罢，于是我的思想又要往豸旁一个苏字等处乱钻了，不提防鲁迅先生忽然说出："呀，我知道了，是鼠。"但也有近于 S 之音而代以 F 者，如"船"读为"帆"，"顺水行船"读为"奋费行帆"，觉得更妙了。S 与 F 的捣乱以外，还有稍微与外间不同的，是 D 音都变为 ds，T 音都变为 ts，所以"谈天"近乎"谈千"，"一定"近乎"一禁"，姓"田"的人自称近乎姓"钱"，初听都是很特别的。但据调查，只有长安如此，外州县就不然。刘静波先生且说："我们渭南人有学长安口音者，与学长安其他时髦恶习一样的被人看不起。"但这种特别之处，都与交通的不便有关，交通的不便，影响于物质生活方面，是显而易见的。汽水何以要八毛钱一瓶呢？据说本钱不过一毛余，捐税也不过一毛余，再赚一毛余，四毛钱定价也可以卖了。但搬运的时候，瓶塞冲开与瓶子震碎者，辄在半数以上，所以要八毛钱了（长安房屋，窗上甚少用玻璃者，也是吃了运输的亏）。交通不便之影响于精神方面，比物质方面尤其重要。陕西人通称一切开通地方为"东边"，上海、北京、南京都在东边之列。我希望东边人的物质生活与精神生活的好的一部分，随着陇海路输入关中，关中必有产生较有价值的新文明的希望的。

陕西而外，给我甚深印象的是山西。我们在黄河船上，就听见关于山西的甚好口碑。山西在黄河北岸，河南在南岸，船上人总赞成夜泊于北岸，因为北岸没有土匪，夜间可以高枕无忧（我这次的旅行，使我改变了土匪的观念：从前以为土匪必是白狼、孙美瑶、老洋人一般的，其实北方所谓土匪，包括南方人所谓盗贼二者在内。绍兴诸暨一带，近来也学北地时髦，时有大股大匪，掳人勒赎，有"请财神"与"请观音"之目，财神男票，观音女票，即快票也。但不把"贼骨头"计算在土匪之内，来信中所云"梁上君子"，在南边曰贼骨头，北地则亦属于土匪之一种，所谓黄河岸上之土匪者，贼而已矣）。我们本来打算从山西回来，向同乡探听路途，据谈秦豫骡车可以渡河入晋，山西骡车不肯南渡而入豫秦，盖秦豫尚系未臻治安之省份，而山西则治安省份也。山西人之摇船与赶车者，从不知有为政府当差的义务，豫陕就不及了。山西的好处，举其荦荦大者，据闻可以有三：即一，全省无一个土匪；二，全省无一株鸦片；三，禁止妇女缠足是。即使政治方针上尚有可以商量之点，但这三件已经有足多了。固然，这三件在江浙人看来，也是了无价值，但因为这三件的反面，正是豫陕人的缺点，所以在豫陕人的口碑上更觉有重大意义了。后来我们回京虽不走山西，但舟经山西，特别登岸参观（舟行山西河南之间，一望便显出优劣，山西一面果木森森，河南一面牛山濯濯）。上去的是永乐县附近一村子，住户只有几家，遍地都种花红树，主人大请我们吃花红，在树上随摘随吃，立着随吃随谈，知道本村十几户共有人口约百人，有小学校一所，村无失学儿童，亦无游手好闲之辈。临了我们以四十铜子，买得花红一大筐，在船上又大吃。夏浮筠先生说，便宜而至于白吃，新鲜而至于现摘，是生平第一次，我与鲁迅先生也都说是生平第一次。

陇海路经过洛阳，我们特为下来住了一天。早就知道，洛阳的旅店以"洛阳大旅馆"为最好，但一进去就失望，洛阳大旅馆并不是我想象中的洛阳大旅馆。放下行李以后，出到街上去玩，民政上看不出若何成绩，只觉得跑来跑去的都是妓女。古董铺也有几家，但货物不及长安的多，假古董也所在多有。我们在外面吃完晚饭以后匆匆回馆。馆中的一夜更难受了。先是东拉胡琴，西唱大鼓，同院中一起有三四组，闹得个天翻地覆。十一时余，"西藏王爷"将要来馆的消息传到了。这大概是班禅喇嘛的先驱，洛阳人叫作"到吴大帅里来进贡的西藏王爷"的。从此人来人往，闹到十二点多钟，"西藏王爷"才穿了枣红宁绸红里子的夹袍翩然莅止。带来的翻译，似乎汉族语也不甚高明，所以主客两面，并没有多少话。过了一会儿，我到窗外去偷望，见红里红外的袍子已经脱下，"西藏王爷"却卸了土布白小褂裤，在床上懒懒地躺着，脚上穿的并不是怎么样的佛鞋，却是与郁达夫君等所穿的时下流行的深梁鞋子一模一样。大概是夹袍子裹得太热了，外传有小病，我可证明是的确的。后来出去小便，还是由两个人扶了走的。妓女的局面静下去，王爷的局面闹了；王爷的局面刚静下，妓女的局面又闹了。这样一直到天明，简直没有睡好觉，次早匆匆地离开洛阳了，洛阳给我的印象，最深刻的只有"王爷"与妓女。

现在再回过头来讲苦雨。我在归途的京汉车上，见到久雨的痕迹，但不知怎样，我对于北方人所深畏的久雨，不觉得有什么恶感似的，正如来信所说，北方因为少雨，所以对于雨水没有多少设备，房屋如此，土地也如此。其实这样一点雨量，在南方真是家常便饭，有何水灾之足云，我在京汉路一带，又觉得所见尽是江南景色，后来才知道遍地都长了茂草，把北方土地的黄色完全遮蔽，雨量即不算多，现在的问题是在对于雨水的设备。森林是要紧的，河道也是要紧的。冯军这回出了如此大力，还在那里实做"抢堵"两个字。我希望他们"百尺竿头更进一步"，在水灾平定以后再做一番疏浚并沿河植树的工夫，则不但这回气力不算白花，以后也可以一劳永逸了。

生平不善为文，而先生却以秦游记见勖，乃用偷懒的方法，将沿途见闻及感想，拉杂书之如右，敬请教正。

伏　园

一九二四年七月

（本文有删减）

西岳华山纪游

蒋维乔

余于五岳，历游泰岱、衡岳、恒山，而尚未至嵩、华。五岳中尤以华山为最奇，梦想多年。近陇海路已通至潼关，赴华岳者较昔为便，乃拟乘暑假之暇出游。旧侣金君松岑以畏暑不肯行，则于二十一年八月初旬，往谋于张君伯岸，适伯岸早动游华之兴，已定于十三日，随科学社诸君西行。余又以时促不克相偕，乃与伯岸约在山中待我，决计一人独往。行有日矣，忽得美术家俞剑华、徐培基师生作伴，乃欣喜过望。未几，伯岸有电来约皓日在山中相待，乃与俞、徐二君约定八月二十日动身。余自来游山，与美术家同行，尚为第一次。此次旅途之多变化，正与美术家之腕底烟云相似，而张伯岸之忽离忽合，穿插其间，尤觉趣味横生，不可不记也。先是老友高君梦旦，以余有太华之行，曾函嘱陇海铁路工程师洪君光昆照料。洪君覆函，则云已嘱潼西工程局曾君仲罴，届时派一熟悉山路之干役陪同进山云云。

十时一刻，赴车站，俞、徐二君已先至。遂于十一时共乘夜快车启行，在车中坐以待旦，幸天热夜凉，反觉爽快。

二十一日晴。晨八时抵南京下关，余甥章阜春已在站迎接。命仆料理行李渡江，余等则空身先渡。至浦口，即登津浦车，八时开行。江北荒旱，弥望皆萧索景象。在车中翻阅《华

《山志》。午后九时，抵徐州。区党部陈君尧阶，先得阜春信知照，为余等招呼，甚为殷勤，导往市街闲步，归至党部候车。既而探悉晚间开行之寻常快车，只到洛阳。遂决定明晨改乘特别快车行，往江北饭店住宿。

二十二日晴。晨八时，乘陇海特别车行，陇海二等卧车，设备完美，电扇、电铃俱全，坐褥尤为舒适，较诸京沪、津浦远胜。而开行时间之准确，亦为他处所不及。余在民国七年赴豫，曾乘陇海车，则简陋为诸路最，今则后来居上矣。在车中卧观王君峄山之《陕西旅行记》。过郑州后，弥望皆黄土层。人民穴居，高下若蜂窝。抵洛阳而天黑。陇海之艰巨工程，在洛阳与陕州之间。高山深谷交错，铁路筑于绝壁之间，铁桥与隧道，互相联络，隧道有长至七里者，惜在夜间，均不得见。但闻车行谷中，颠动之度较大，经过铁桥，轮声亦格外震撼，令人不能睡耳。

八月二十三日晴。六时五十分到陕州，即换慢车赴潼关。八时开行，车过灵宝，行经隧道凡五，第一即函谷关，第二较长。此五隧道均在灵宝与常家湾两站间。慢车设备简单，无电灯，凡过隧道，客人坐漆黑中，有眼不能见物。自陕州以西，铁道与黄河并行，举首窗外，即见混浊之黄流，风帆点缀于其间。过高碑站后，又有五隧道：二道在高碑与盘头镇之间，一道在盘头镇与文底镇之间，最后二道较长，车过有三分钟之久，在七里村与潼关之间。午后二时到潼关。道上黄土，深可没踝，风起飞扬，几对面不能见人。余等分乘人力车，至西门内中国饭店住宿。拂拭衣尘，洗脸漱口。午膳后，休息。三时往大悲寺陇海铁路潼西工程局访曾君仲黑，问进华山路径。曾君允派一到过华山之测地夫，引导前往，局中周作民、赵祖庚二君，亦出而招待，余等甚为感谢。稍坐别出，赴大同园洗浴。浴罢偃卧，红日西斜，遂信步登潼关。在关城之东黄土层高处，俯视黄河，远眺落日，暮景之佳，得未曾有！剑华于片刻之间，已写得潼关落日图一帧。遂从小径而下，讵知黄土非常光滑，无着足处，遂臀足并用，坐而踢下，甚为可笑。降至潼关西门，乃得大道，天已昏黑，满街灯火。回饭店，已七时后。知曾、周、赵三君已来过。进晚膳时，三君又来。谈及汽车开行无定时，客又拥挤，遂决于明晨坐人力车赴华阴。曾君所派干役名长舆，约明晨五时前来，谈毕，曾君等别去，遂就寝。

八月二十四晴。晨六时起，盥洗毕，结束行装，长舆亦至。嘱其出外雇车四辆，自潼关赴华阴，正待车时，俞君徘徊于旅馆门外，忽见门侧黏有张君伯岸留字，嘱余至华岳庙兵工厂军械库主任郭君闰生处问讯，料张君或尚在山也。七时，分乘人力车出西门，径行直通西安之大道。九时，过关西夫子杨震墓门，其地为华阴县之钓桥镇。九时半，泉店街。到此，华山已在望，峰峦绵亘，西自秦岭山脉而来，中间忽裂为大谷，两峡之间，一径可上。其顶五峰攒簇似莲，故名华山。十一时，抵华岳庙。自潼关至此，三十五里。余等至岳庙大街新春楼午膳，遗人持片至兵工厂请郭君。未几郭来谈，一见如旧相识，并为余等作东道。方知伯岸已先一日进山。潼关旅馆门侧之留字，乃郭君遣人往贴者也。膳毕，同至兵工厂，将较重之行李，留存厂中，仍乘原车进山，郭君戎装乘马导行。一时半，过华阴县西门。城系土筑，规模狭小，不如岳庙大街之繁盛。郭君谓玉泉院现在驻兵，不能容旅客，乃至院东之仙姑观，则亦满驻兵队。观中道人崔法森，谓今日可赶至青柯坪住宿，遂托渠雇夫役二人，肩行李。余等步行登山。三时一刻，由玉泉院东南而上。华山自麓至顶，只此一路，名为谷口，志称张超谷是也。两峡对峙，崇崖层叠，中有大涧，山路依涧曲折而行，乱石碍途，水激石隙，声大且远。或履涧石自左而右，或复自右而左。未数里，涧中有巨石矗立，高约三丈，形似鱼，镌"鱼石"二大字。旁注清光绪十年六月，山中发大水，为水冲激至此。四时，过王猛台。相传王景略曾屯兵于此。上有校将台，今则不存，仅在岩石上镌此三字而已。五里，抵第一关。关后有焦仙洞，前有三教堂，自谷口至此五里，故亦名五里关。关以上百余步，路少平，名桃林坪。昔有桃林，今皆斩伐，一株俱无。坪上有慈仁洞。又四里，希夷峡。峡在隔涧对面石壁上，可望不可至。峡中夹一石函，为陈希夷蜕骨处。峡下悬崖，凿一石洞，扁方形，高可七尺。洞下更凿方孔，孔孔相接，下通涧底，昔本有铁锁（按志称铁链曰铁锁）可攀，后因有人窃去趾骨，道士遂断其索，人不得上云。自峡西折为第二关。两大石上合下分，若斧劈，色黑如铁，中通行径，俗名石门。又三里，莎萝坪，有莎萝庵。庵前有莎萝树一株，明崇祯甲申年间枯死。对面东壁上有小屋，悬筑于崖石突出处，凌空如鸟巢。自洞底凿壁作级，旁悬铁锁而上，曰混元庵。五时一刻，过一石亭，亭无名，为小上方道人所建。小上方即在对涧石壁上。筑屋两进，屋旁有小塔，塔后有洞，盘壁为级，攀锁以登。其前为大上方，于绝壁间凿磴攀锁而上，上有石洞，华山之绝险也。又南经毛女峰下，有毛女洞。相传秦宫人玉姜隐此，食柏叶饮水，体生绿毛，故名。六时，登十八盘，因山路陡绝，筑盘道十八折，故名。盘侧有大石绵亘，屹若崇墉，高可丈余，色黝黑，镌"登临览胜第一台"。下有破屋数椽，已无人居，殆即志所称之三皇台。再上有大石横列，镌"霖雨苍生"四字，殆即所谓云门。至此豁然平旷，已抵青柯坪矣。自谷口至坪二十里。已达山半，为时六时一刻。测其高度，为一千一百七十公尺，华氏温度七十八。

进通仙观休息，知张君伯岸已于昨日过此，迳上北峰。进谷以来，所行悉险峭不平之地，唯青柯坪稍平坦。在西峰之下，仰望西峰一角，侧出天半，石纹斜直如摺叠，特为秀美。青柯坪共有四庙：曰九天宫（即东道院）、西道院、灵官殿，并通仙观为四，而游者均至通仙观。余等居观后望河楼，由北窗俯视，可远达谷口，太华胜概，完全在目矣。于是以潼关携来之米，托观中煮粥，佐以馒头，并有潼关老酒，三人开怀畅谈，尘襟涤尽。十时即睡。夜半，华氏表降至七十二度。

八月二十五日晴。晨六时起，七时早膳毕，九时出发。由观左东上，过圣母、九天二宫。俞、徐二君在此写西峰远景，余在旁观之，素纸之上，顷刻烟云，昔人登高作赋，仅能传其仿佛，今则登山写景，将庐山其面，整个披露，真快事也！因写景故，登山乃不计时刻。俟二君写成二幅后，始从坪左而上。里许，至回心石。自此石以下，路虽崎岖，尚有级可升。自此石以上至顶，类皆绝壁斜削，于壁上凿磴，旁悬铁锁，如猿猴之猱升。游者至此，畏险辄还，故曰回心石，犹泰山之有回马岭也。再上里许，即千尺幢，两壁夹峙，中闭如槽，下阔上仄，石磴之窄，仅容一人，两手挽锁，仰攀而上，如鼠行穴中。幢凡三节，三百九十四级，愈上愈狭，有十余级，竟是垂直线。顶有圆洞，名曰天井。上有铁门两扇，掩之，则华山可成二截。昔有避难者登山掩关，在下乱贼，无法攻入也。幢顶有石壁，镌"通天门"三大字。旁有平台，石砌方屋，曰玉皇殿。千尺幢中段，有旧路，陡削不能容趾，号称难行。今则于旁另凿新路，较昔平易矣。俞、徐二君复在此写景，因已午后二时，遂命役人肩行李，先赴北峰，嘱观中煮饭以待。写毕，复北折而上，登百尺峡。峡有二节，各数十级。两节交界处，有小庙，曰缙阳宫。上节石磴，更较千尺幢为狭，双手攀锁，两腋摩壁而升，但级数则较少，峡口有惊心石，其上复有巨石覆之，圆若盖，镌"云头石"三大字。自此登北峰，大抵皆攀锁履磴而行。过二仙桥，桥凡二，一高一低，皆跨于两崖之上。悬崖可俯视渭水者，曰俯渭崖。至黑虎岭，旁有黑虎洞。二君复席地写景。遥望群仙观，在北峰之下，殿宇新修，突出岩角，旧称此为媪神洞，因俗讹为瘟，故改名群仙。而石根仍镌"古媪神洞"四字。余方拟进观游览，忽有役人自北峰下招手告余，谓张先生在彼待我。盖伯岸于昨日至北峰，见余之行李，知余之至也。余遂由观侧，攀铁锁，上老君犁沟。其险异于千尺幢，盖幢形凹入如槽，人行其中，尚有依傍，沟形则凸出如弧，除铁锁外，毫无可攀也。沟凡二百五十二级，级尽，折而北数十步，石壁下凿磴如栈道，名猢狲愁。实则近来新修磴道略宽，已无危险。剑华笑云："今之猢狲，应见满山之铁索而愁，愁在彼不在此矣。"进门有小龛，供齐天大圣。再履磴攀锁而上，有石坊，曰北峰顶。张君伯岸及道人傅启玄，已来迎于此。北峰亦名云台，两峰峥嵘，四面悬绝，东顶则为真武宫，西顶有聚仙台。宫凡两进，依山建筑，前低后高，祀真武帝。高一千七百六十公尺。温度七十二。至宫内休息。少顷，二君亦写毕登山，共同午膳。膳毕，由殿后出，至北峰后山，曲折而下，有石壁斜倚，壁之中缝，挂一铁犁，连以铁索，依壁隙下垂，悬一铁轭，隙旁亦凿石孔，可攀索而上。其下有洞，供奉老君像，名此为老君挂犁，是殆由老君骑青牛附会而成。或云，犁沟二字，原作离垢，后人因老君骑青牛，耕田用犁，讹作犁沟，好事者又在山后挂此铁犁也。余试攀铁索而登，及其半，而上面石孔小，只容半足，又极狭，乃退。徐君继之，比余稍上一二步，亦退下。俞君复继之，仍至原处退下。命役人试之，则如履平地，直至犁尖，可见习练之有素，不可强也。还真武宫，与伯岸闲谈，伯岸体肥硕，乘兜子至青柯坪，勉登此峰，已极疲。本拟明日下山，今见余至，又不肯去，踌躇久之。俞、徐二君仍出门作画。晚膳后，十时睡。夜间温度六十六度，御厚棉犹觉冷。

二十六日阴。晨六时起，大雾迷漫，一白茫茫，群山尽失所在。道人云："或将下雨，今日不得出游矣。"早膳毕，道人导登聚仙台。台在老君犁沟之上，旧名铁牛台。出北峰门，过猢狲愁，援铁索而上，有巨峰突起，依悬崖横缀铁锁，崖畔围以木栏，架石通径，有一段则用二木相并作桥，曰窝洞桥。盖台中多用功之道人，有时将桥木抽去，与外面可不通往来也。过桥即聚仙台。台依洞建筑，丹漆方新，并列有三洞。右面大者为游龙洞，中为三皇洞，左为无上洞。游龙供老君像，三皇供三皇像，无上供玉皇像。对面有屋数楹，幽静无比，真所谓洞天福地也！归后，道人傅启玄以纸索俞君书画，余为作一联云："涉足帝乡，寻源得水叩真武；昂头天外，耕罢悬犁问老君。"俞君以华山碑体写之。午刻，雾稍霁，群山争露，乃决计上东峰。俞、徐二君留连作画，余与张君伯岸先行。二时半，自峰南循石磴而上，随崖东转，路不及尺，下临万仞，曰仙人碥。再前崖石益突出，人行其旁，几擦及耳，曰擦耳崖。崖尽得方台，再前里许，悬崖直立，两旁悬锁，中凿石磴，只可容足，曰上天梯。攀登之，历三十八级而至其巅。崖顶两石，一大一小，如斩块，斜出半空，名曰月崖，下有金天洞。洞深广约二丈余，内供西岳山神，皆为石像。旁有屋三楹，其南为圣母宫。循崖西南约半里，有三元洞。洞之西南，傍崖凿磴，仅阔尺许，下临绝壑，曰阎王碥。过阎王碥，有石坊，横镌"太华山峰"四字，即古之御道也。再西南折而上，为苍龙岭。岭南高北下，中突旁削，下皆深谷，凡三折，蜿蜒如龙，石色正黑，宽不过三四尺。两旁竖立石栏，联以铁锁，游人战战兢兢，攀锁行于脊上，计三百六十四级。级尽为龙口，有巨石冠其上，名逸神崖，即韩退之在此痛哭处。志称有"韩退之投书所"六字，今细审石面已无之。殆风霜剥蚀欤！度岭，登五云峰。峰下多松，每二株则一高一低，俗称兄弟松。峰顶高一千八百八十公尺，有庙，房屋较整齐。在此小坐啜茗，自庙后侧门出，即往东峰之路，松杉茂盛。处处成林。有一大石如盖，古松生其旁，姿态奇丽，曰将军树。石磴曲折，下而复上，上而复下，过单人桥，循岭脊而上，为金锁关，亦名通天门。高二千〇四十公尺。上有关，即旧日之宗土祠。华岳自谷口至金锁关，上下只有一路。自此以上始分路，右上为西峰，中出为南峰，左上为东峰，距此皆十里。余等由五云峰下而登中峰。路土多石少，稍为平坦，中峰亦名玉女峰，顶有玉女祠，额曰"中峰太顶"。祠内有石马及玉女洗头盆。顶高二千一百公尺。由中峰下，再登东峰。已午后五时半矣。东峰一名朝阳峰，高二千一百二十公尺，温度五十九。庙名八景宫，祀老子。殿后一洞，供三清像，即志称三茅洞也。殿左有清虚洞，张真人雨号清虚者，修练于此，明崇祯癸未年化去。王山史为署其洞曰清虚。今洞外为庙中作厨房，甚黑暗污秽。余与伯岸由庙后观朝阳台。再由台下东北转，约里余，有悬崖斩削挺立，崖石本黑色，其上有一处独黄白相间，大者歧如五指，后人附会巨灵劈太华故事，名曰仙掌崖。此仙掌高耸，在华阴道中，已可见之。崖畔高处，杨虎城、顾祝同等，建一水泥新塔于上。登此望西、南二峰，恰与东峰鼎足而立，所谓天外三峰也。俯视中峰，远睇北峰，真如培塿，实不能与三峰并。华山五峰，不过后人凑足其数耳。回庙后，俞、徐二君亦至。余念华山以东峰之棋亭（亦曰博台）为最险，人不敢至，拟于明日一登之。伯岸极力阻我，我则自信昔者曾过天台之石梁，焉有不能登棋亭之理，一笑置之。晚膳后，十时即睡。夜半温度降至五十四度。

八月二十七日阴。雾益大，有小雨。上午因雾不克出游。俞、徐二君在寓整理画稿，余命长舆及役人，同往棋亭。由东峰东南隅悬崖，两手攀铁锁，垂直而下，崖石凹处，尚可立足，然须翻转其身，扪崖腹而过，有铁锁斜横于上，其下凿孔，仅容半趾，右足趾先着一孔，左足继之，须两趾并着一孔，然后将右足移至第二孔，两手攀锁，亦次第右移。如是约数十步，最为难行，俗所以名鹞子翻身也。倘手腕之力，不能提空其身，手足一脱，即坠悬崖下矣。崖腹尽，则有铁锁一条，悬空直垂，援锁下崖，左右石上，相间凿孔以着足。余攀锁蹈孔，从容而下，更履乱草滑石间，逾二小峰，皆攀锁上下，亦甚艰难，但比鹞子翻身全身凌空为易耳。至第三小峰之顶，博台在焉。顶平，有铁铸方亭，高二尺余。亭内本有铁棋坪一，铁棋子二百余，今已为人取去。八景宫中，尚存数子，圆径有寸余。相传秦昭王命工施钩梯上华山，以松柏之心为博箭，长八尺，棋长八寸，而勒之曰，王与天神博于此。又谓为卫叔卿之博台云。因天微雨，乃循原路攀登回庙。午膳毕，结束行装，往南峰。二时出发，过二仙庵，即登南峰之麓。虽亦到处是铁锁石级，然不甚陡峻，比较易行。登南天门，稍憩。门有文昌阁，正在建筑。南峰阳面，全为绝壁，自南天门后可俯视之。绝壁半腰，凿成窄狭之栈道，以铁杙插壁，下铺石条或木板，仅宽四五寸，围以木栏。壁上横缀铁锁，以通人行。余等缘壁行数十步，得朝元洞。洞深四丈，广倍之，元时道士贺元真所辟。其西壁缝间，垂双锁下缒，两锁间以木为梯级，长十余丈。级尽，又以铁杙插壁，承以狭板，横缀铁锁，人行其间，则面壁张臂缘锁，以足横移，凡长二十余丈，名长空栈，俗称为搦搦橡。其尽处为贺老石室，俗名避静处。室旁有崖，高数十丈，遥覆其室，朱书"全真崖"三大字，此亦太华之奇险处，然较诸鹞子翻身，尚易着足。余以天雨，且上午已至鹞子翻身，颇费筋力，不可过度，故至朝元洞而止。自南天门而上，过避诏崖，相传陈希夷避诏处。崖上凿斜方石孔，刚可容趾，以木板为桥，通过对崖一洞。今则在洞下更凿新路，平直可履矣。二时，至峰顶，其庙曰正顶金天宫。华山以南峰为主峰，故称正顶，祀白帝，即西岳之神也。高二千二百二十公尺。华氏表七十度。稍憩，洗脸啜茗，再由庙左登峰顶。有大石其面横平，中洼如臼，直径五尺，一水澄泓，曰仰天池。绕池后而上，有老君洞。有庙一，中供老子像。庙后左侧有潭，曰黑龙潭。潭不甚深，然大旱不涸，为祷雨之处。是时雨甚大，即回庙。庙中复来客三人，系实业部地质调查所调查员，彼等今日从华岳庙来，步行五十余里。晚膳后，三人中之陈独清、李濂介二君来谈，余询及洛阳以西之黄土层，有何办法？渠等云，无办法。年年北风挟沙南来，只有加厚，殊与民生有妨。盖此土本肥，但无水即成废物，土层极厚，造林亦非易易也。谈毕别去，九时半睡。

八月二十八日阴雨。晨七时半起，因昨日未登最高之落雁峰，特往登之。高度二千二百九十公尺。顶上有新建水泥六角亭，毫无题识，亦近时军人所为也。惜有雨雾，不能远眺。亭畔石面，亦有一池，形椭圆，直径不过三尺。较仰天池具体而微。九时一刻，出发，仍至峰顶。由仰天池西下，铁锁石磴，已习为常。三十分过老君炼丹炉，在南峰之半，相传老君炼丹之所。再下则为屈岭，为南峰通西峰之要道。因其为西峰之臂，结屈如苍龙岭，广且倍之，故名屈岭。又形如骆驼之背，俗亦称骆驼坡。高二千二百公尺。南北两旁皆深谷，然长不逾十丈，比苍龙岭为短。中间凿石孔容足，只一条铁锁，人缘之以行。岭下有镇岳宫，宫前有玉井。岭尽即西峰，西峰之庙，新毁于火，现正建筑。庙名翠云宫，祀斗母。庙前有大石，为圆锥形，顶有石片，形似莲瓣，其下有洞曰莲花洞，由庙后上峰顶，有大石凌空，架于峰巅，断而为三。其中两石斜接若门，援铁锁而入，裁可容人，相传为神香子斧劈华山遗迹，名劈斧石。石旁竖一铁钺斧，长约一丈，盖好事者为之也。自石后登峰巅，曰舍身崖。相传有孝子为亲疾病，祷于岳神，祈以身代，往投崖下，故名。今改为守身崖。攀铁锁而上，约十数步，有大石丰下而上平，曰摘心石。测其高度，为二千二百三十公尺。由西峰北下，其铁锁石磴，左右曲折，依斜坡建立，与他峰之陡直者迥异，几相交成直角形。磴尽有一庙，再下坡，得一石坊，额曰"松壑流泉"。由此循栈道登金锁关。关凿岭脊成石磴，于高处建关门。由金锁关下，仍至五云峰。峰有通明宫，祀玉帝。由峰曲折而下，历铁锁石磴三处，仍下苍龙岭。岭下有小庙曰龙门。由此过阎王碥、三元洞、日月崖，循上天梯而下。再下循仙人碥，而达北峰之石坊。坊额前镌"白云仙境"，后镌"翠黛擎天"。十二时，抵北峰顶真武宫。因雾大不能看山，决计遄回青柯坪。在此午膳毕，午后二时即出发，由老君犁沟而下，至群仙观，左折而达黑虎岭。再下俯渭崖、二仙桥，过百尺峡、千尺幢而至回心石，已无险矣。仍回通仙观之望河楼，时已三时半。张君伯岸先乘兜子回岳庙兵工厂，余等三人留此。九时睡，是夕大雨。

八月二十九日大雨。晨七时起，因雨不能行，只得休息。十时，雨少稀，与俞、徐二君命役人前导，试登北斗坪。由青柯坪后西道院上升，路皆乱草危石，行不及数里，已半身浸湿。再上多泥路，泥可没踝，既湿而滑，不能着足，动辄颠仆，无法再上，遂废然而返，更易湿衣，揩身洗足，偃卧，看《华岳志》。午后，命役人下山探路，预备明日冒雨回岳庙。未几，回报，谓勉强行至第一关。水高没人，不能前进，是下山已无希望，只有坐待而已。然大雨之后，遍山多瀑布，雷轰电击，声震十数里。青柯坪对山之瀑，自西峰而下，愈近声愈大，卧枕听之，壮快乃似天台之方广。晚九时睡。

八月三十日，雨止，虽未放晴，已可登程。七时，结束行装，十时，下山。自青柯坪下十八盘，涧水阻道，声激若沸，役人负余而过。回望通仙观，黑瓦黄墙，隐于绿树丛中，势若凌空，殆似仙境。是时日出雾开，西峰一角，耸起天半，瀑布如一条白练，悬空直下，日光映之，闪烁耀目。剑华云："此唯雁宕之大龙湫，可以拟之。"再下，过毛女洞。两谷悬崖之水，奔流至此，从涧石平面，分泻而下，成左右二瀑，令人应接不暇。将抵莎萝坪，乃得近观左崖之瀑，分为三节，上节长约三十丈，中下二节，皆长二丈余。愈下愈阔，澎湃奔腾，最为痛快！华山唯雨后，则到处有瀑，晴则立涸。故除水帘洞之瀑，见于志书外，余多无名，志亦不载。余等昨日阻雨，似乎扫兴，今日得饱观瀑布，转庆昨雨之得时。惜伯岸先已下山，不能共此眼福也。三峰之巅，雾未全消，忽聚忽散。散则群峰显露，聚则复入混茫。再下至玉皇宫，内无居人。对峡中有石突出，略为方形，瀑自石面下泻，俨若垂旒。二君今日所得写景材料较富，余则尽情欣赏。二君行则余行，二君止则余止，天然美及人工美，集合为一，几令余纯入乎美感矣！过小上方、大上方，十二时而抵莎萝坪。沿途流连，故行极缓。再望西峰，隐现雾间，碎如裂彩，令人一步一回顾，依依不舍。莎萝坪庙中有一老道，年九十六岁，担柴汲水，步履犹甚健也。

过第二关，关前瀑布，冲出两大石间，阔至丈余。由此抵希夷峡，自峡以上，路皆缘涧而行。自峡以下，则须或左或右，逾涧以渡，但涧水湍激而深，与来时大异。计自此至玉泉院，凡逾涧十二道，皆由役人背负而过。涧水较浅者没及膝以上，深者则没及半身。雨后两崖崩坠之石，阻碍道旁，计有三四处。第一关后有一奔石，大如方桌，关旁石栏，亦为压断。午后三时，方抵玉泉院，四十二师之营部驻此。遗人商得营长同意，进内游览。院在华山北麓，宋皇祐中陈抟所建。相传华顶玉井之水，潜通至院西，名为玉泉，甘洌异常，因以得名，今泉已涸。华山各庙，以玉泉院最为宏丽，风物亦甚佳。进门为大殿，额曰"紫气新辉"，祀陈希夷。殿旁为山荪亭，亭回形，前后皆有无忧树。前者老干屈蟠，大约四围，枝叶旁出如伞盖。后者本干已枯，另生新枝，欣欣向荣，横过墙壁。游人在枯干之下，低头而过。殿后为希夷祠，供希夷塑像。山荪亭后有石洞，中有石刻希夷卧像，雕镂殊精。亭前有天然石舫，舫畔有纳凉亭。院墙之东角，建无忧亭，亭为方形。后有含青亭，两亭间以廊通之。廊即建于墙上，表里无障蔽，自院外亦可见之。是院之构造，殆为花园化也。院址较平地已高四百公尺。院前附属之庙尚多。西南为三圣宫，东有极乐宫、灏灵宫、慈善庵等。余等在玉泉院稍憩，即步行回岳庙兵工厂，已五时半矣。今日计行三十五里，是夕即宿郭君卧榻。伯岸于十九日赴岳庙待我四日，在北峰又待一日，余等下山阻雨，又在岳庙待一日。余谓伯岸之善待，非关人事，抑有天焉，相与大笑不止。

八月三十一日晴。七时起，结束行装，拟赴长安。剑华以行李多，乘汽车不便，乃分出箱篮二件，托长舆先带回潼关。郭君闰生，适因公事解军械至南京。清晨即东行，由阎君志强，送余等赴汽车站。潼关电话忽传今日有车，忽传今日无车，候至九时，卒不得行。盖此间汽车路不平，雨后泥泞，车轮阻滞，开行毫无定准也。剑华颇不能耐，且以学校开学期近，拟取消长安之行，仍返潼关，余亦赞成。仍雇人力车，于九时半，乘之而行。伯岸以长安尚有事未毕，仍回岳庙，快快惜别！计伯岸与余等之忽离忽合，已二次矣。午后一时抵潼关，仍寓中国饭店。往访曾君仲黑，则长舆尚未回。剑华不得行李，不能登陇海车。曾君乃以长途电话询岳庙工程分处，则云长舆以午后方动身，盖彼知余等赴长安，故不汲汲也。遂复至大同园洗浴。四时回饭店，则长舆已来，而剑华之行李不至。因今晨行色匆促，以箱篮托郭君交长舆，长舆宿在岳庙对面陇海工程分处，初未见及郭君，致双方不接洽，有此错误也。于是复以电话询工程分处，则原物在焉。须俟明日，有信差带来。为此区区物件，在潼关坐待二日，殊觉无谓。是夕，曾君夫妇邀宴于其馆舍，肴馔至丰。餐毕，长谈，共观俞、徐二君之写景画。曾夫人友黻女士，亦喜临山水，取其平日之作，请剑华批评，且拟拜为师。剑华为之指示基本工夫，并即席示以范画二纸，培基亦写一纸。最后女士出堂幅索余书，余书极拙，不得已，漫涂以应。十时半，方别归。

九月一日晴。晨起，余与培基谈及，此次西来，未到长安，乃是缺憾，渠亦以为然，乃以三占从二之说，仍强剑华西行。剑华以留滞潼关，乃彼之行李作祟，亦只得应允。遂决定明晨，乘汽车赴长安，此游之后半文章，完全以两件行李为枢纽，亦事之至滑稽者也。是日无事，乃出门闲步，观三国时马超枪刺曹操误中之槐树，树大有四五围，在潼关东大道之旁，老干已枯，另生新枝。惜为同盛益记京贷局，筑屋于下，树身砌入墙内，树顶出于屋面，枝叶婆娑，生意犹存。于是复步出潼关东门，城楼高耸，筑于黄土墙上，俯临黄河，气势雄壮，昔称天险，非虚语也。是时黄河水，小河滩可以通车辆行人，余等循滩至中流，见河水黄浊如泥浆，河中渡船，构造特异，船后梢正方，而船首略圆，长可五六丈，阔约三丈，人马均可渡。渡至对岸，即历史有名之风陵渡，可通山西之太原。黄河载货之船，亦与渡船相似。顺风张帆，逆风则以六人引纤而行，纤夫赤裸裸不挂一丝。天稍冷，则上身披衣，下身仍裸，盖遇水深处，须半身入水也。远望之，六人步伐整齐，酷似西方之裸体舞，唯腿黑而多黄泥，若云裸体，则比西方更彻底矣。于是绕潼关城外，自东而北，由北门入城。潼关有四门，东西北三门，皆傍黄河，南门则在山上。余等至中州饭庄午膳。膳毕，回寓。曾、周二君来送行，以为余等将返洛阳，不知已变计也。谈半时别去。三时，长舆已将岳庙行李取来，余等在寓休息，九时即睡。以下日程，归入长安终南山游记。

昔故友袁观澜，身历五岳，归而告余，谓华岳为最奇险。今亲历之，果然！黄山亦以奇险称，然铁锁石磴，不过数处有之，不若华山之半山以上，到处皆锁与磴也。游华山者，大概分三阶级，自麓至青柯坪二十里，尚可乘兜子，适及山半，腰脚不健者，至此即止。自青柯坪至北峰十里，则须攀登千尺幢、百尺峡、老君犁沟，虽险而路程非遥，故亦有勉强至北峰而止者。若欲上苍龙岭，达金锁关，遍历诸峰，则非健步而身躯轻捷者，不能也。然自金锁关达东、西、南三峰，无论先登何峰，其里数皆相等。各峰之庙，皆可住宿。若每日游一峰，从容而行，亦未尝不可努力为之。如张君伯岸，本拟至北峰即返，既与余遇，亦勉强遍游诸峰，此实例也，有志者可以兴矣！

长安及终南山纪游

蒋维乔

　　长安及终南山之游，乃得之意外。先是剑华以其命宫不利西方，急于东归，在华阴守候汽车，颇不能耐，余亦随之遄返潼关。不料彼之二件行李，遗留于岳庙，余遂有辞可藉，强之西行，剑华虽勉强应允，心实惴惴！余素主人定胜天，宿命则非所问。而剑华果至长安而病，未能登终南，为兹游之小小缺点。剑华之命定主义，似有可信，余则谓身体过劳及心理感召，皆剑华致病之由，仍非命定也。

　　九月二日晴。晨六时起，结束行装，遣店伙先赴汽车站购票。七时赴站，客人拥挤异常，余等幸购得头等票，自潼关至西安，七元二角五分。所谓头等者，亦是装货之车，仅多车顶，可以蔽日，两旁空洞无窗，风沙侵入，对面不见人。至于二等，即装货之敞车，拥挤时，客人直立其间，俨然牛马，晴则日烈沙飞，雨则周身淋湿。头等座位，可坐十二人，站中非满此数，不肯售票。然满额以后，又必尽量出卖，使客人挤至十八人或二十人，彼此不得转身方止。我国人办事，绝不为旅人计安全，唯知榨取金钱！昔在浙江乘袁花至海宁之汽车，已感受此种痛苦，然犹不似潼关车站之变本加厉也！且汽车路极不平，时时有颠覆之危险，车之行动，极尽跳跃之能事。但见旅人前俯后仰，东倒西歪，虽余之老于旅行，亦不堪忍受！而

坐凳则为木板，上无褥垫，余虽铺以棉衣，及至长安，臀部为
之皮破血流矣。开车亦无定时，客人挤足方行。车过华阴至渭
南，已十二时。停车加油，旅客亦相率下车，至中兴饭店午
膳。膳毕，复开。历新丰至临潼，将抵长安，过灞、浐二桥。
灞桥较长，有九十余桥洞，浐桥较短，跨于灞、浐二水之上。
昔在诗文中熟记之，今亲历其境，犹有余味。四时到长安，古
帝王都，气象雄壮，绝类北平，海拔三百五十公尺。先至关中
旅馆休息。余往山东会馆影印宋版藏经会，晤范成和尚，知已
为我预备卧榻，情不可却。康君寄遥、杨君叔吉，以自用骡车
迎接我等移居会馆。是夕，剑华大写对联，余为撰句，分赠范
成、寄遥诸君。晚十时半睡。

临潼

九月三日晴。晨六时起，张君伯岸前在华阴分别，以为
余等已回沪，今突然至长安，闻之不胜惊异，于清晨赶至畅
谈。八时，共同出游，范成和尚引导。先至孔庙，观碑林，保
存古碑约百余种。其中最有价值者，为《大秦景教流行中国

碑》、唐《开成石经》、虞世南《夫子庙堂碑》等。回至博古堂稍坐，各选购碑帖数种，遂至卧龙寺。寺建于隋朝，名福应禅院，至宋太宗时，始改今名。入门，见一古钟，上铸咸平六年铸造，扣之，声大而洪，余音甚久。咸平为宋真宗年号，距今将近千年矣。寺内有南海菩萨像拓本，石像在耀州大香山寺，为六朝所造，庄严无比，皆他处所不见也。后殿有六朝观音石像及石刻佛像，佛前石鼎，颜色深绿如玉，古雅可爱。出寺，至民众教育馆，馆中布置如花园，动植物等，皆表明产地及作用，注重科学常识。省立图书馆与民众教育馆毗连，晤馆长张君俊卿，略谈。据云："收藏之书，有十七万卷。"引导参观，有石印之《图书集成》两部，至可宝贵，宋版书只有《真西山读书记》一部。卧龙寺之宋碛砂板之《大藏经》，亦藏于此，并有邗上袁耀所绘《汉宫春晓图》。馆内附历史博物馆，保存铜像、石像、铜器、陶器甚多。周鼎一具为最古。其余则后魏、隋、唐遗物为多。有唐太宗昭陵前之八骏马，刻雕神妙，尚存其六。昔有某督之父，私售于日本，运至潼关，二匹

昭　陵

昭陵六骏之特勒骠

昭陵六骏之青骓

昭陵六骏之什伐赤

昭陵六骏之飒露紫

昭陵六骏之拳毛𫘧

昭陵六骏之白蹄乌

已载去，为省政府截留其四，现保存于馆中。观毕，别张君，回山东会馆，午膳后，由范成借赈务会汽车，出南门，至大荐福寺。寺建于隋，至唐天授元年，改今名。内有省立孤儿院，后有小雁塔，已毁，不可登。复至大兴善寺，寺创于晋代，盛于隋，开皇时有僧徒二十余万。今设佛教养成所，谛老法师之弟子倓虚、华清二和尚，在此主讲，有学僧十余人。又至大慈恩寺，在隋时寺名无漏，至唐高宗，为文德皇后立为慈恩寺。内有浮屠，当时科举盛行，举子之捷南宫者，皆题名于塔，谓之雁塔题名。今此塔新修，凡七级，高四百二十公尺。因别于荐福寺之小雁塔，通称大雁塔。寺前为历史上有名之曲江池，今已涸竭如沟。住持宝生和尚，研究《华严》，曾在五台学密宗，熟人也。余本拟再至惠果大师之青龙寺，因剑华有病，遂送之归。与范成往陆军医院答访杨君叔吉。在杨处，晤石君解人，一同乘车，访康君寄遥于寂园。园在长安之东关，康君经营有年，大有城市山林之概。前后树木成林，中间住宅，后为康太夫人之墓。并有关房及窑洞，可以静修。康君坚留晚膳，座中皆比丘及居士，畅谈至快。别归，见剑华病势不轻，杨君叔吉为之诊治。藏经会同人，要求写对联，今为写联、屏十余件。

九月四日晴。晨八时半起。昨康君寄遥谓余，即到长安，何不一游终南。余以学校开学在即，恐时日不许。康君则云可以汽车送君去，两日可返。今晨向赈务处借得汽车，决赴终南。剑华病不能行，范成及伯岸、培基偕往。十时半动身。经过韦曲、黄甫村、王曲，而至留村。时已十二时半矣。汽车路皆就原有土路略加修筑而成，高低不平，与潼关至长安者无异。适经大雨之后，土松易崩，至险窄处，乘车者均下车，帮助车夫，在车后协力推车前进。昔日在报端见中央委员吴稚晖赴泾渭渠行开工礼时，杂入人丛中，帮助推车，以为笑谈。今亲临之，乃知系习见之事，不足奇也。距留村十余里之路，雨后完全崩毁，然不经此不得达留村，乃绕小路以行，汽车忽倾侧，陷入田间。竭吾等各人之力，亦不能挽之出险。乃临时雇乡农携铲锄来，一面铲湿泥，一面垫干土，合十余人之力，方将车挽出。不料登山坡之时，车之右后一轮，陷入深坑，不得出矣。终南在长安县南五十里，汽车本一点余钟可达，今因沿途周章，耗去二小时，尚未至留村。于是余等变计，舍车徒行，访村长柴桐轩居士，托伊雇乡农二十余人，借木板多块，用垫车轮，令车夫率领前去救护。余等稍进干点，即雇兜子登山。留村为终南山北麓，登山者必由此。兜子上山下山，计两天，每乘三元，因柴君之故，乡农不敢抬价，否则如昔者友人王君峄山来游时，索价至少须六元也。午后二时，乘兜子进山。兜唯悬一方藤板，下系木以支足，甚轻巧。唯须自用毯或被以为褥，方可坐。循山谷之涧水而行，每过涧，均有石桥。与华山之履石渡涧，雨后水涨即不能行者，不同。三里，弥陀寺。又半里，流水石。又四里，兴宝泉、白衣堂、大悲堂、甘露堂、竹林寺、五佛殿。山中森林茂盛，泉石秀美，大类江、浙山水，此亦与华山不同之处也。十里，抵朝天门。由此仰望台顶，三峰并峙，高耸云端。再经五马石，即登一天门。门踞两崖间，岩石奇突，虬松苍藤，生于石隙，幽秀异常。再上为观音寺，及古弯柏树。红墙隐蔽绿树之中，掩映有致。登胜宝泉，对面石壁有摩崖曰"漱石枕泉"。与胜宝泉并峙者，曰"古西方境"。途遇智海法师，师住持山南之净业寺，为唐道宣律师道场，与之谈颇契。彼云：邱君希民正在寺中讲摄《大乘论》。惜余以时间所限，不及往晤矣。度遇仙桥，桥下之水名醴泉，风景至此愈佳。至下宝泉，旁有慈航庵，筑于岩上，占地至胜。再登，为上宝泉。下有铁镬，量其直径约四尺，想见昔时繁盛，僧众多，故需此大镬。由圆光堂登二天门，有弥陀寺，计已行十五里矣。自此以上，路渐陡，多石磴，少土路，气候亦渐冷。余等衣物已遣人先送大茅蓬，斯时无衣可添，乃下舆步行取暖。过一小木桥，为圣母殿、迎真宫、灵官殿，履危磴而上，至五圣殿。左望渭河，细如一线。由琉璃殿而至石佛寺，怪石当面突起，登峻削之石磴，凡百三十级，折而上为千佛寺，再上睡佛殿而登三天门。门下为吕祖洞，洞后有吕祖行宫，其上有三圣宫。终南山自古为佛家有名道场，代出道僧，道家宫观，唯此一处。宫之右有三佛寺，后为黑虎、南海两殿，再上为紫竹林。智海师今晚宿于此。扣门肃入，啜茗小憩。紫竹林前眼界空旷，高山拱揖，如在几席间。惜天阴有雾，不克远眺。林中供观音像，住持名怡峰。稍坐，即别智海师。由兴龙寺而上，又为陡级。于是登四天门，门占地较小，隐于崖间，游人自其旁而过。下有铁制观音碑，清康熙三十三年所造。五时，至岱顶。曲折而南，入山窝中，是为圆觉大茅蓬，余等今夕即宿于此。计留村至此三十里。住持法空，昨日即遇于慈恩寺，今日则先余等上山，殷勤招待，至为周到。终南山为佛徒办道之地，故多茅蓬。茅蓬者，修行人结茅养静之所，随意取名，如流水石、古弯柏树，其名至奇特。而其性质有二：一者系地方善信，建茅蓬于山中，供养僧侣；一者系僧侣自己结茅，至斋粮供给，均仰持大茅蓬，故大茅蓬实各茅蓬之总辖机关。茅蓬中静修之人，多不应客，故什九皆静掩柴扉。唯大茅蓬则接待游客，四周风景之佳，亦远胜他处。共屋六间，西三间为殿供佛，东三间为楼房，楼上藏有弘教本缩印藏经及各刻经处之经典，楼下住客。东面山岩突出，怪石嶙峋，其下有小洞，西面则古树槎枒，隐蔽寺屋。地势高一千六百四十公尺，温度仅五十八，夜间甚寒。余等四人，共睡一大炕。

　　九月五日阴，夜间有风雨，幸天明即止。六时起，早膳毕，七时登岱顶，为终南之最高峰。有圆光寺，顶高一千七百八十公尺。俗称山西之五台山为北五台，终南山为南五台，而以岱顶圆光寺、文殊台、清凉台、灵应台、舍身台五峰凑足五数。其实唯岱顶、灵应、舍身三峰并列，文殊、清凉二台，即在岱顶东山之腰，称为五台，名不副实。而岱顶以西，另有孤峰，名兜率台，以南别有翠华峰，即古之太乙，则又不在五台之列。登顶后眼界空阔，众山皆在足底。圆光寺正殿，在终南山各庙，比较庄严。以石筑墙，用铁作瓦，因山高风烈故也。从岱顶而下，左转数百步，至文殊台，与灵应东西正对。灵应之奇秀耸拔，于此乃全见之。俯视群山，则如浪纹之折叠。再下百余步，即清凉台。文殊台虽在山腰，尚是另起峰峦，至清凉台则完全与文殊为一峰，不过地位有高下耳。自清凉台而下，再登灵应台，森林较密，树石益见奇丽。从台回顾，则岱顶及文殊、清凉，已合为一峰，并非分列者。台高一千七百七十公尺。寺中有壁画，绘唐僧取经故事。自灵应台而下，经天桥而登舍身台，桥用石条架于灵应、舍身两峡之间，其下为天沟。灵应以奇秀胜，舍身则以险峻胜。登降之路，皆就崖石斜面凿孔作级，仅容半足，故步履甚艰。台旁悬崖斩绝，下临千仞，恒有人到此舍身。登台远眺，则岱顶、文殊、清凉，皆为灵应所蔽，不复见矣。台高一千七百六十公尺。范成师谈及山南之康裕，有青莲老和尚，年七十五，居终南四十年，道行颇高，惜时间所限，不克迂道往谒。法空师则云："山后有小径可通，唯极难行，由此至留村，路可近七里。"余性喜涉险，唯伯岸身体肥硕，较为勉强，遂决赴康裕。果然窄径崎岖，丰草没及半身，雨后细沙滑石，艰于驻足，伯岸沿途叫苦不绝。计费二小时，行十余里，方抵康裕。青莲老和尚已含笑出迎，其所居名圆通茅蓬，在山窝下，景物幽秀，四周果树成林。余等在庵外空地上，啜茗清谈。和尚复以新剥之核桃享客，并命人作汤圆，使余等当午餐，曰："此江南风味也。"座间识村长郑君维城，盖皈依老和尚者，率小孩数人，居于庵侧新屋中，云避疫来此。十一时，自康裕行。十二时，至留村。仍憩柴君桐轩家。开发轿夫，即登汽车，循原路回。行十余里，至王曲。见京府城隍庙，规模宏大，乃进而参拜。庙门内有钟鼓楼，其两厢东为圣母殿，西为五瘟神殿，后为大殿。各殿皆有壁画，殿侧有精舍，花木葱茏，雅洁可爱。观毕而出，仍乘汽车行二十余里，至牛头寺。停车路隅，与范成、培基步行三里，方抵寺。寺建于唐贞观六年，太平兴国中，改为福昌，今则仍呼牛头寺。殿宇新修，隐于森林中。此地统名樊川，汉樊哙封地在焉。寺之后院，有唐刻尊胜陀罗尼石经幢。龙爪槐一株，高不过丈余，枯干复生新株，枝条扶疏，横覆如盖，侧出亦丈余，以二木支之，相传亦唐时物云。其东尚有丁香树一株，半身斜卧，以砖叠为方柱支持之，分为两枝，上出五尺余，亦数百年物也。院后有窑洞三。老僧启中洞门，肃余等入，凉气逼人，不能久立，盖利用黄土层，凿成此洞，冬暖夏凉者也。寺之东院即杜公祠，朱门碧宇，亦近日新修。中供杜甫塑像，其旁又有石刻画像，祠中花木甚多，清香扑人，春秋佳日，长安贵人，多游宴于是，洵胜地也！寺西半里有九龙潭，潭方广约一尺，水至清冽。上盖龙王庙。按牛头寺碑记，寺西尚有杜牧之读书处，今不复存矣。五时，回山东会馆。剑华之病，由藏经会职员徐君景耆为之诊视，两剂即愈，余喜出望外。剑华之高足秦振鋆，临时发起剑华书画展览会，斯时正在开会，参观者络绎不绝。明日尚续开一天。剑华已离病榻，据案作画，诚北方之强也。六时，范成师同往洗澡，晚间设宴，座中来客，有康寄遥、杨叔吉、李寿亭、张俊青、石解人诸君，新交旧雨，纷集一堂，乐可知也。晚九时，为人写对联后方睡。

俞剑华于诸君各有赠联，而余为之撰句。赠康寄遥居士云："为佛教中流砥柱，有大儒清白家风。"赠杨叔吉陆军医院长云："唯能学戒，方能学佛；不为良相，即为良医。"赠李寿亭教育厅长云："振关中文化坠绪，抱近世教育精神。"赠张俊卿图书馆长云："文献掌于柱下吏，图书饶有邺侯风。"赠石解人省立医院院长云："仁术仁心，于今和缓；多才多艺，不限岐黄。"赠范成法师云："整理关中法宝，弘扬江左禅风。"

九月六日晴。晨六时起，佛化社开欢迎会，邀余演讲，杨君叔吉以车来迎。开会时，康君寄遥主席，报告开会旨趣。杨君叔吉致欢迎词。余之讲题为《八识大意》，讲二小时方毕，摄影散会。而新闻记者团，已推举秦振銮等来邀请照相，遂匆匆往，与俞、徐二君及记者团合摄一影。一时，还会馆。李君寿亭，在此设宴饯行，所办素蔬极丰腆，其味浓郁，似胜于沪上之蔬食也。三时，康君备汽车，亲送余等至临潼，叔吉、范成亦同往。五时，抵临潼之华清池。池为历史上著名之温泉，源出骊山，秦、汉以来，即见记载。唐贞观初，始营御汤，起建宫殿，环列山谷，因名华清宫，明皇每岁临幸焉。现华清池，即就旧时宫殿，改建园林。有桥，有亭，有曲池，花木秀蔚，房室清洁，温泉浴室，设备甚周，分男池女池，浴者购票入室。此处归省政府建设厅管辖，主任孟君希天，亲自招待，余等一到即入浴，沉浸池中，身心愉快，多日游山之劳倦，顿觉消除！浴后偃卧片时，再入浴一次，方出而晚膳。范成要余撰句，仍由剑华挥写，为以赠华清池及孟希天，并此间佛教分社办理孤儿院之张君宝卿。余即席拟联，赠华清池云："浴罢华清，远离尘垢；交逢新旧，快溯襟期。"赠孟君希天云："辋川远想王摩诘，华清却遇孟浩然。"赠张君宝卿云："发慈悲心，尽力救济；行菩萨道，惠及孤寒。"

九月七日晴。晨五时起，再浴于温泉。七时，乘汽车赴潼关。范成、寄遥、叔吉、希天，殷殷话别。因自用汽车，沿途不停。十二时半，即抵潼关，购票待车。二时半，火车方到，相率登车。三时十分开，九时抵陕州。即遇陇海特别快车，在卧车安睡。

八日晴。零时五分开车，在车中看书卧息。晚八时抵徐州，往迎宾旅馆度宿。

九日晴。晨七时起，津浦车至九时半方开，在旅馆坐待。偶在楼头，凭栏远眺，忽见老友高梦旦，携其婿洪君观涛，在街中闲步。梦旦骤见，大呼余名，余亦奇讶，因延入旅馆坐谈。始知洪君近赴沪，邀梦旦往游华山，昨日甫抵徐也。梦旦以为余早已返沪，不料于此见面。且云："我不能健步，到华望山而已，不能云游也。"稍坐，别去。余等于九时登津浦车，十时开，晚九时抵浦口，即过江至下关，乘沪宁夜车，十一时开行。

九月十日晴。晨八时到沪，乘马车回家。理发、洗浴、更衣，完全休息。

兹游之壮快，为登黄山以后所未有。余抵沪，学校已开学，甫息征尘，即往上课。西望长安，令我最不能忘者：一为华清沐浴之愉快，一为长途汽车之颠顿，皆印象极深。卒因震动心脏，未及一月，触发怔忡旧症，静息多日，方告痊。万望铁路早通长安，游者当益便矣。

关中琐记

鲁 彦

一 古旧的潼关

一九三四年二月二十八日夜深，车子进了潼关。几分钟后，我踏着了关中的土地。在以前，这里才算是真正的中国，我的故乡是南蛮，是外国。所以历来由东方来的，一进河南灵宝县的函谷关，就叫做"进关"。所谓"出关"，乃是指东出函谷关，或西南出散关，东南出武关，西北出今甘肃之萧关而言的。这说法，现在似乎必须变换了，尤其是在我这个南方人看起来，西过函谷关，仿佛是到了关外一般。

潼关的夜，冷静而且黑暗。除了从火车下来的很少的旅客和几辆人力车外，便没有别的人迹。街上没有路灯。城门已经关了，等到了一辆要人的汽车，才给开了，一齐进城。气候并不觉得冷，似乎和上海的差不多。

第二天正是阴历正月十六日，街上一队一队地走过高抬和高跷，人非常拥挤。店铺很少，有几家柜台里装着炉灶，煎熬着鸦片，有几家正在县政府的邻近。原来鸦片的买卖，在这里是公开的。

下午到东街看了一株大槐树，据说就是马超刺曹操的古迹。树干一半在药店里，一半在布店里，墙壁拦着，辨别不出多少大。据说五六个人还抱不住。离地一丈多，树干上有一个洞，说是枪刺的痕迹，三角形，直径有一尺多，里面分成两个小洞，不晓得多少深。我爬上特设的梯子，抚摸了一下，哄骗着自己遇到了古迹。

出了东北门，循着冯玉祥所辟的汽车路，不久就到了金陡关。金陡关一名第一关，在豫陕分界的地方。关在两岗间，不很高。据说游人都到这里来观赏，想是历来战事所必争的缘故了。火车隧道就在关外的右侧，上面设有天井通烟灰。走上关，北行一二十步，底下就是黄河。对岸山西境内的高山即伯夷叔齐饿死的那个首阳山了。那面的河边有一个市镇，叫作风陵渡，说是从前有女娲墓，女娲姓风，所以叫作风陵。山西有汽车直通那里，为陕晋交通的要道。黄河沿着南北行的首阳山从北来，到这里和西来的渭水相合，突然由首阳山东折，潼关正对着两水交合的口子，水势的确是很大的。潼关的城厢地位很低，岸边的泥土且极容易崩溃。《水经注》云："河在关内，南流潼激关山，因谓之潼关。"然而现在却没有危险。车夫说，那是因为城下压着宝物的缘故；要不然，城里一定给水冲走了。

潼关城厢的后背是华山脉，往东去叫作崤山，起伏重叠，形势很险。但和郑州以西的山一样，没有草木，没有石头，都是灰白色的粘土，山上一层层的平地，是种麦子的，一个一个的洞，是住人的窑子。

潼关没有特别的出产，除了有名的酱菜。它只是交通的要道。

古旧，冷落，衰败，这便是现在的潼关。

二 荒凉的旅程

三月二日，坐着人力车，由潼关西行约十五里，即折向北行。村落渐行渐稀渐小。每个村落都筑着土堡，这也是我没有看见过的情形。由潼关到朝邑县都是平原，计程六十里，过了两条狭窄的河，在南的是渭河，近朝邑县的是洛河。这两条河都没有桥，洛河上连系着几只船，和浮桥一样，水大的时候，这浮桥就变做了渡船。过渭河有一只很大的渡船。几辆牛车、骡车、人力车都用这渡船载着过了河。

朝邑县城在黄河滩上，地势特别低，背后有三个土堡在高原上。远远望去，以为那就是县城。

第二天早晨，坐着一辆骡车往郃阳。朝邑到郃阳有一百十里，渐走渐高，是上坡的路，还要翻沟，因此人家叫我天才黎明就起行，给我雇了一辆快车。所谓快车，就是两个骡子拉着走的。但是我虽然起得早，车夫却来得很迟，出发的时候，已经七点半了。而快车也很慢，我的两个骡子和人家的一个骡子一样，一小时只能走十里路。这骡车，虽然从前在别的地方常常见到过，却还是初次坐，因此坐着也不舒服，睡着也不舒服，老是在车里碰着头，心像快被摇了出来，肠子震动得要断了一样。

一路往北，村落愈稀，差不多五里一个，十里一个，小的村落只有二三十家，没有街市，没有店铺，只有到了市镇，才有卖吃的。这一百十里中，车子只经过朝邑县的一个市镇，叫作两女镇。十时半到那里，车夫问我要不要吃点东西，我不晓得这种情形，觉得肚子并不饿，没有吃，因此一直饿到下午二时半，车子特地多走了十里路，弯到郃阳境内的露井镇去休息。

四时从露井镇出发，离县城尚有三十里。翻了一个很长的沟，天将黑的时候，到了金水沟。过了沟，到县城只有五里了。但这个沟是最不容易翻的。

所谓翻沟，原来就是过一条河道。但因为现在这河道没有水，所以就成了车路。

金水沟一上一下，约有一里路。坡很陡峻，没有转弯休息的平地，没有攀手的东西，两边高耸着峭壁。头上的天是长的，只有一丈光景宽。我下了车步行着，车夫扎紧了车内的行李，用一根木棍，绑住了一个轮子，只让一个轮子转动。他一路用另一根木棍随时阻挡着那一个转动的轮子，不让它走得太快，一面又紧紧地拉着骡子的缰绳，随时勒住它们的脚步。上坡的时候，去了轮上的木棍，加了一匹牛拉着走，车夫又在后面随时用木棍阻挡着轮子的倒退，一面叱咤地鞭打着牲口。骡子悲惨地喘着气，仿佛要倒毙的模样。

没有山水草木，地上全是灰白的粘土，找不到一块石子，荒凉冷落，如在沙漠里一般，这旅途。

三　郃阳——古有莘氏之国

《郃阳县志》云："尝稽唐尧时，鲧取有莘氏女，而夏启以莘封支子。殷初，伊尹耕于其野，后为周太姒所生国。《诗》《大雅》云：文王初载，天作之合，在洽（原注引《朱传》云：洽，水名，在同州郃阳夏阳县，流绝，故去水加邑）之阳，在渭之涘，文王嘉止，大邦有子。据此，则唐虞夏商之世，郃阳为莘国明矣。"所以现在郃阳的东北区有伊尹墓，东区有太姒墓、帝喾墓。

据《县志》，郃阳城东西二里，南北二里，但实际走起来，南北不到一里，东西最多也只有一里半。从城墙上遥望，城外一望无际，看不见什么村落。县城西北约四十里有梁山，但为高原所遮住。天气晴朗时，可以在城墙上隐约地望见百七十里外的华山。

城内文庙中存着一个曹全碑，明万历年间出土，为汉碑中最完全的一个，当时只一"因"字半缺，现则历经拓摹，损缺的颇多，且搬动时受伤，断裂为二，拼合之后，有十余字损缺。但在所有的汉碑中，它仍算最完全，最清楚的一个。字为八分体，清逸而遒劲，琢字亦无刀痕，没有书撰人姓名。

教育局中又存着观音佛塑像一个，为隋开皇四年所造。石纯如玉，玲珑作声。面貌和装饰颇似印度人。此像前在城外某村中，没有人注意，前几年一个古董商人偷卖了出去，已经运到黄河边，大家才知道它是件古董，把它夺了回来。

和潼关、朝邑一样，郃阳的街上开着许多卖大烟的店，一元钱可买二两多。据说每一家人家都有一二副烟具，自吸或招待客人。有些人吸的是四川的卷烟，或者兰州的水烟。未到陕西以前，听说陕西人有熬烟油点灯，有三五岁小孩子吸烟的，但在郃阳，并没有听到这种情形，据说这样的事情是有的，但不是郃阳，吸大烟最厉害的说是要算山西的有些地方，那里的人多吃白丸，那是烟土中最强烈的一种。今年的政府禁种鸦片似颇认真，三申五令，逼着县知事亲自到乡下去铲烟苗，所以我一路来去，官堂大路旁都没有看见罂粟。

郃阳没有酱油店，只有醋店；挂着醋店的招牌的，并不带卖酱油。大家都不很爱吃酱油，买来的酱油味道是苦的，墨汁一般浓黑。有一次，我们的厨子在檐口滴下了几滴酱油，它便像漆似的凝固在那里，太阳晒了几天，愈加胶固了。只有醋，是大家不能少的作料。一碟醋，一碟盐，有时一碟辣椒油或大蒜，便是很好的下饭的菜。郃阳县境内没有水，许多井掘挖到七八十丈深，有的地方甚至吃沼中的污水。大家都爱惜水，有一家七八口共用一盆水洗脸的。只有离县城三十里的夏阳镇是在黄河滩上，且有瀵水，种了一些菜蔬。郃阳人几乎没有东西下饭。一年到头很少下雨，井水很混浊，茶水里全是灰土，白的衣服愈洗愈黑，做出来的豆腐是黄色的。猪肉很便宜，一元钱可买六斤，鸭每只值大洋二毛，然而郃阳人也不常吃。夏阳的瀵水出鱼，大家不爱吃，也不敢吃，说是有毒。鸽子成对成群地栖宿在每家的屋梁上，没有人捉来吃，连它们的卵也不收。大家已经习惯了不吃菜的生活，只要有醋，有盐，有蒜，有辣椒，一个一个的馍，无论冷的硬的，都吃得很有味。

郃阳没有什么工业品，店家贩卖的布、帽子、袜子、鞋子以及一切的消耗品，几乎全是河东来的，所谓河东，就是指的山西。只有羊毛毡子是它的特产品，但不及俄国货的美而柔而轻，所以它的销路也有限，而出产这毡子的地方又很多。

郃阳的土地全是粘土，一粘在衣服上，便不容易把它刷掉。随便哪里的土都可以挖起来烧砖瓦，用不着像江浙一带挖得很深，而且还只限少数的土地。大家用的土砖，做起来非常容易。在一个长方形的木盒底里撒一点灰，从地上铲起土来，放在木盒里，只用棍子轻轻一敲，倒出来便是一块土砖，所有的屋子几乎全用这种土砖做墙，屋上瓦下衬的也是那种泥土。

房子的构造是这样：朝南的有三间祖堂（他们叫祠堂），两边是朝西朝东的厢房，中间一个很狭窄的长方形的天井。人都住在厢房里，每一个房里有一个大土炕（夫妇睡的炕叫作配），横直都可以躺上好几个人。冬天一到，底下就生起火来。女人家做女红的一天到晚盘着腿坐在炕上，据一个医生说，邠阳的女人特别多病，就是这缘故，因为坐在那里血脉不活，生火的时候，下身特别热，光线空气又不佳（纸糊的窗子和天花板）。但大家还是最爱住窑子，造屋的时候，里面特别用泥土造成窑子，有的甚至没有窗子，黑洞洞的，大家说更加舒服，冬温夏凉。

地广人稀，是陕西一般的情形，邠阳已经接近陕北，所以在旧关中道中最甚。天时坏，种田的人愁收获不多；天时好，愁工作的人少。牛车、骡车、驴子，拖的负的又非常迟缓。大家想人口兴旺，结婚得很早，男子十六岁，女子十三岁，都结了婚。某一个中学校，初中二三年级学生总数为三十八人，年龄以二十岁以内的占多数，没有结婚的只有三人。结果怎样，是很容易知道的：妇人多病，生育不多，子女羸弱；加上天气过热和太冷，饮食缺乏养料，不讲卫生（妇人生产时坐在灰袋上，故产妇常多危险），没有医院，要生存是很不容易的。

和其余地方一样，邠阳最多的是农人，其次是商人，再次是读书人。因为读书人历来是做官，做绅士，因此地位最高。学生出门，学校里写一张护照，完全照着军队里所发的一样，命令着"沿途驻军不得留难，切切此令"。上面再用朱砂在"为"字上涂下一个大点，在有些字旁边加上几个红圈。于是拿着这护照的学生便可通行无阻，不受检查盘问了。在中学校里毕了业，便有人送捷报到他家里，贴在他的门口，说要由教育厅厅长省主席"转呈国民政府大学院以小学教师及普通文官任用"。但是否有小学教师或普通文官可做，要看命运，要看会不会钻营了。

四 送穷鬼——郃阳风土之一

阴历正月初五，在南方是接财神的日子，但在郃阳，却是送穷鬼的日子。一送一迎，一惧一喜，一个是消极，一个是积极，目的都是一样。南方接财神，年年奉行的多是商家，一般住家大都没有什么表示。而郃阳的送穷鬼，却是家家户户都做的。

这一天天还没有亮，大家就起来，争先恐后地放鞭炮，有的从房内一直燃放到大门外，把穷鬼吓了出去，一面举行大扫除，把房内的尘土全扫到大门外。平常扫地都从外面扫进来，把尘土当作了财宝，这一天把尘土当作了可怕的穷鬼，所以往外扫。虽然过年才五天，窗纸才新糊过，但时常起大风，有一二天便被刮破的，这一天早晨必须补好，地上如有洞，也得塞住，怕穷鬼从这些窟窿里钻出来。这叫作塞穷窟窿。这一天大家要吃馄饨，也叫作塞穷窟窿，因为喉咙也是窟窿之一。

明陈耀文所作《天中记》云："池阳风俗，以正月二十九日为穷九，扫除屋室尘秽，投之水中，谓之送穷。"按池阳在今陕西泾阳县北，和郃阳同属旧关中道，故风俗略同，但日子却差了许多。又因为郃阳没有水，所以只把尘秽扫到大门外，不投水中。

五 招魂——郃阳风土之二

阴历正月初七，旧称人日，郃阳俗呼人七日，是招魂的日子。凡出门在近处的人，这一天都须回家过夜。大家吃一顿馄饨，叫作吃寿星馄饨。天将黑的时候，在土地神像前点上一对长烛（每家都有一尊泥塑的土地像，置在大门内墙龛间），房内也燃蜡烛，好让魂魄回来时，容易辨别门径。就寝前，家长在门口喊着家里的人的名字，叫他回来，房内有一个人代替着大家回答着"来啦"。

这情形颇像我的故乡的招魂。故乡的招魂并没有一定的日子，而是在谁生了病，以为吓走了魂魄而举行的。招魂的时间也在晚上，但在灶神的前面点着香烛，请灶神帮忙的。灶上取去了镬子，放一米筛（通常把米筛当作避邪的法宝），一碗清水，一只空碗上覆着一张皮纸。一个人喊一次某人回来，用小指钩一滴清水到覆纸的碗上，一个人在灶洞口回答着"来啦"。待纸上的水越滴越多，纸将破未破时，纸上就显出一二颗晶莹的圆滑的水珠，以为那就是魂魄了，便端着这碗，一路喊着应着走到病人身边，把纸捏成团，用它拍拍病人的额，再将碗内的水给他喝一二口，就以为魂魄回到病人的身上了。

但在郃阳，不论有病没病，是都须在正月初七日招魂的。

《西清诗话》载《方朔古书》云："岁后八日：一日鸭，二日犬，三日豕，四日羊，五日牛，六日马，七日人，八日谷。其日晴，所主之物育，阴则灾。"《荆楚岁时记》云："人日剪彩为花胜，或镂金箔为人胜以相遗，故唐人谓人日为人胜节。"现在这种风俗似已不易见到，今人亦多不知人日为何日的，郃阳人虽保留了人日的名称，但风俗却完全不同了。

六　逐雀儿——郃阳风土之三

雀儿在农家有着很大的害处，它成群结队飞来，可以搬走许多稻麦。中国人向来对它没有办法，只好听其自然，郃阳人却年年一度，在正月十一那一天要赶逐一次。

这一天清晨，天才发白，一个人就在房内燃放起鞭炮来，另一个人乱挥着鞭子赶打着，从每间房里赶到天井，从天井赶到门口，又从门口赶到土堡外的晒场上（每一家人家，都有一块空地作为打麦晒麦用），随后又把雀儿从自己的晒场上赶了出去，让它进了别一家的晒场。虽然这一天的雀儿早已飞的飞走，躲的躲开，但大家相信这么做一番，一年里就不害农事了。

七　老鼠嫁女——郃阳风土之四

老鼠和雀儿一样，是一种有害的动物，它最会损耗人家的东西，所以在北方，它的名字又叫作耗子（但在关中仍叫老鼠）。这东西昼伏夜出，灵捷狡猾，很有一点神秘，所以许多地方的人怕它，无法奈何它，便想出了一种方法，客客气气地想把它送了出去。郃阳的老鼠嫁女应该就是这个意思。

正月十二那一天，郃阳人把磨支了起来，让老鼠们去吃磨内剩留的麦粉之类的东西，给它们做喜酒。大家又煮了一锅杏仁，预备正月十五吃，十二那一天先把它煮熟，捻下杏仁衣，撒在地上。杏仁衣是有点红色的，给新娘子戴在头上做凤冠。到了晚上，大家在天将黑时就睡了觉，不点灯，让老鼠们大胆地出来吃喜酒，嫁女儿。到了半夜，姑娘们常蹑着足走到磨边，耳朵凑在磨中的洞口，倾听老鼠嫁女的消息。据说可以听到老鼠们的脚步声、说话声、嬉笑声。

浙江永康也有老鼠嫁女的风俗，时间是在正月初二，和郃阳的差了十天。他们也不点灯就睡了觉，放一点残烛在床上，作为送嫁的礼物，给他们做花烛，那里有两句话云："你把它静一夜，它把你静一年。"

宁波没这风俗，但正月初一也不扫地，也不点灯，意思是尘秽和油都是财，一年第一天不扫出去，不消耗，全年便积得很多。而实际，这种风俗也暗中给予了老鼠们放肆的机会。

八　从冬天里逃出来的春天

春天在郃阳，甚至可以说，除了陕南一部分，陕西的春天是被冬天关住了的。风占据着整个的冬天，又压住了春天的逃遁。它整天整夜巡行着，把地上灰白的尘土卷到了空中，于是天上的颜色也全和地上的颜色一模一样了。几个月来看不见青天，只有那白日，真正的白日，在尘灰中模糊地露着哭丧的脸，失了魂魄似的忽隐忽现地荡漾着。

没有树，但像有森林在啸，火车在叫，汽车在狂驰。扯着纸窗，飞着瓦片，袭击着人的眼目，推动着人的脚步。看不见花草，看不见春天。冬天一过，夏天就接着来了。

但在夏阳，春天却从冬天里逃出来了。

清明节后两天，我骑着驴子出了城，往东南三十里外的夏阳去探望我所渴望的春天。

一路仍像来的时候的冬天的气象，只麦子出了几寸长的土。野草是没有的，偶然看见树木，也还未萌芽。经过几个村庄，都用几个大木支起了一个很高很大的秋千。妇女们成群地在那里围绕着游戏，一个六七十岁小脚的老妇人抱了孙子，也在打秋千。她们都是从小耍惯了的。年年寒食前后一星期，妇女们都做这游戏。这原是山戎的游戏，唐朝的寒食节即有女子玩秋千，男女踢球的风俗，现在男子在寒食节踢球的游戏已经没有，唯有女子的游戏还保存着。

夏阳镇在黄河滩上，是通山西的要道，即汉韩信袭魏，以木罂渡河处，预备木罂的地方，据说在今夏阳西十里的灵村。灵村已在黄河边，但因在高原上，所以和别处一样的乏水。我见到的一个井约有百丈左右深，汲一桶水，须四五个人吃力地扳动着辘轳。灵村的堡外有一座人工似的小山，叫作蝎子山（陕西最多蝎子，俗于谷雨日画符贴门上驱蝎子），上面倒有一些树木，但这时也还全未萌芽，这里的春天是要到夏天才来的。

然而下了一个坡，春天却已经在夏阳了。

从高坡上望去，绿色的夏阳一直延长到视线尽处。沿着黄河滩上南行，春天占据了半里宽十几里长的土地。

三步一株五步一株的高大的柳树榆树，全发了芽，间夹着的杏花桃花已经落红满地。车路的西边还是干燥的灰白的粘土，车路的东边便是滋润的肥腴的黄土了。一切都是艺术的：那树木，那田地，那水沟，都非常整齐而清洁。到处都非常幽静、新鲜。我仿佛回到了南方似的。一样一样的菜蔬都长得高大而肥美，像在福建所见的一样。

夏阳的春天为什么能从冬天的禁闭中逃遁出来呢？开这禁闭的锁的钥匙是瀵。这是一个特别的水名，别的地方没有的。《尔雅》云："瀵瀵，大出尾下"，郝懿行作《义疏》说："瀵水喷流甚大，底源潜通，故曰出尾下"。《水经注》云："（瀵）水出汾阴县（山西）南四十里，西去河（指黄河）三里，平地开源，瀵泉上涌，大几如轮，深则不测，俗呼之为瀵魁。古人壅其流以为陂水，种稻东西二百步，南北百余步，与郃阳瀵水夹河，河中渚上，又有一瀵水，皆相潜通"。又云："（郃阳）城北有瀵水，南去二水各数里。其水东经其城内，东入于河。又于城内侧中有潩水，东南出城，注于河。城南又有潩水，东流注于河。"这里所谓郃阳城，即指现在的夏阳镇，因从前的县城是在那里的。

现在夏阳的潩，只有三个，据说尚有两个已经干了。黄水渚中的一个也还在。河水是黄的，但潩水却非常清，并不深，可以看到底。在岸上的三个潩都很小，附近的灌溉全靠的这潩水，农夫开了许多沟，引流着水出去，但水永不会干涸，甚至减浅，也不会高溢出来。

夏阳的古迹除了不可靠的帝喾坟外，尚有一不可靠的子夏石室。据说子夏曾在这里讲过学，因此后人给他造了一个亭楼，塑了像，立了许多碑。

九　远眺中的华山

当我由潼关向北行，往郃阳去的时候，虽然曾经首先沿着华山西行了一二十里的路，但那时，正在阴暗的冬天的灰雾里，看不见华山的全景，随后折向北行，华山更被骡车的篷所掩住了。春去夏来，天气渐渐清朗，慢慢地看见了青色的天，当我快要离开郃阳不久以前，有一次忽然看见了远处一带隐约的山脉。我惊愕地听人家说那就是华山，正懊恼着平日不曾注意到，不久就循着原路南行了。

现在是下坡的路，天气又非常清朗，我的面正对着华山。它占据着正南的一带，又若断若续地蜿蜒到东南的一角。我越走越近，它越高越大越清楚，我才明白了那蜿蜒在东南角的是黄河东边的首阳山。

两天里，从早到晚，华山的顶上始终浮着银白的光辉的云。那云仿佛凝结在一团，没有动弹过。

第二天下午，华山离我愈近愈清楚了。最高的一个峰像一朵半开的花，顶是平的，没有峰尖，而是方的。我相信华山的名字就是因这个峰的形状而来的了。两边有几个较低的尖的山峰，像和中峰不相连接的样子。

过了不久，我忽然看见了一个可怕的面孔。那是一个鬼怪，他秃着尖头，尖着下巴，墨一样黑的脸上露着一副歪曲的嘴脸。眼睛、鼻子、嘴巴，是几点白的小孔，仿佛已经破烂了似的。他站在中峰的西边。

随后中峰的东边也露出了一个面貌来了，那像是一个未脱童子气的人的面庞。方头粗额，浓眉，高鼻，阔嘴，两只眼睛大而且深，像一个外国人。他仰着头朝北侧着面，躺着，像睡熟了一样。

同时在他的东南，较高的地方，又转出了一个面庞。那是一个女人，鞑靼人的模样。她侧着面微微俯视着，高鼻深眼，阴沉严肃地在沉思着，她的黑色的头巾一直披到了肩上，显出她已经是一个上了年纪的美人。

我的车轮滚着转着，中峰的东边忽然又现出了两个细小的奶头，随后这奶头渐渐变成了两个打坐的和尚。又由坐着的姿态变成了跪的姿态。

离开华山约五六里，我觉得它反而比先前矮了。在南方，比它高的山似乎多得很。它虽然黑了一点，可是一样的没有什么树木，仿佛石头也没有的样子。只有在山脚下，车路旁，随时看见了不少的树木。

华山的胜迹在哪里呢？我没有时间上去，不能知道。人人说上华山的艰难，它的胜迹怕就在山路的险峻了。那一条上中峰的路，我在车上远远地望见的，沿着峭壁，一直上去，没有转弯休息的平地，确实是一条最奇突最险峻的路。

十　华州的金钱龟

由潼关往西一直到长安，沿途汽车路上的风景和陇海路上所见的差不多，随时可以看见或远或近的一些树木。山的颜色虽然比较得深了，但一路上仍没有看见石头，只有将近华州的地方，忽然在车路的两旁发现了一些岩石、石子。但这样地过了三五里路，又恢复了原样，一直到长安，看不见石头。

这事使我惊异，一个同伴便在我询问之后，在颠簸的车中，告诉我一个关于这些石头的传说。

"大约是明末清初的时候"，我的同伴开始叙述说，"华州地方有一个最有钱的人，他的名字叫作李凤山，是一个最吝啬最刻薄的守财奴。他有了许多钱，却是一毛不拔，还做了许多恶事。他相信他的财产几世吃不了用不了，有一天竟夸口说：'干了黄河塌了天，穷不了华州李凤山'。于是他的罪恶和这自夸的话到了天上，天神发怒了，派了一个神到华州山脚下的一个寺院里来做和尚。有一天，这个和尚穿着一件破烂的衣服，便到李凤山家里来化缘，李凤山不但不给钱，反把他一顿打，赶出去了。他的家里一个善心的丫头，看着这和尚可怜，便暗地里偷了两个馍，送到大门口给了他吃。

"——姑娘——和尚感激地对那丫头说——这里快有极大的灾难来到了，你是一个好心的人，我愿意预先通知你：倘若有一天，你看见这大门口石狮子上的眼睛红了，你就一声不响地赶快离开这里吧，越跑得快越跑得远越好。不然，你的性命也难保的呢。请牢牢记住我的话吧，并且不要泄漏天机！

"于是这和尚就忽然不见了。丫头听着他的吩咐，天天早晚到大门口去看石狮子的眼睛。

"过了多少日子，一天清晨，那丫头果然发现石狮子眼睛红了。那像是谁开的玩笑，在石狮子的眼睛上贴了红纸。丫头觉得和尚的话有了应验，便立刻拼命地跑走了。

"就在这一天，华州的少华山崩了。岩石轰轰滚了下来，把李凤山一家人全压在石头下，但没压着山脚下的那个寺院。

"此后华州就出了一种特别的动物，叫作金钱龟，和钱一样大，饿上十来天不会死。大家相信那是李凤山一家人变的，因为他们生前有钱，人参吃得多的缘故。"

我的同伴的叙述就此完了。他不是华州人，所讲的似乎还不十分详细。虽然是一个骂人太狠的民间传说，但李凤山那样吝啬刻薄的守财奴，世上是多得很的。

十一　临潼的华清池

过了华州到赤水，到渭南，为汽车路的中心点，陇海路已通车到这里。由这里往西偏南，地势渐高，车路与渭河愈接近，远望沙尘如烟，疾驰而行，即是渭河滩上的飞沙。

从渭南到临潼，计程八十里，先经新丰县城，即杜甫《新丰折臂翁》所指处。县城南北不到半里，东西约半里，但见颓垣瓦砾，荒虚得很，没有居民。出了县城西门，才见到乡村似的街道和住屋。据说城中房屋都是冯玉祥时代兵火所毁的。

又西南行，经过项羽会汉高祖的鸿门，骊山愈走愈近，过一人工似的小山，即秦始皇冢。

骊山为一黄土的山，和一路所见到的山迥然不同，眼目为

华清池遗址

之一新。上有周幽王烽火台遗址。白居易诗云："骊山高处入青云"，实际上骊山是很矮的。

骊山最北峰下面即为临潼。山脚下出温泉。俗传神女为秦始皇疗疮而辟。还有唐朝华清宫旧址，杨贵妃洗浴的地方。

现在那里有两家澡堂，归政府经营，几间中国式的房子，里面开了几个池汤，每一个池汤约一丈宽，一丈半长，水门汀式的底，水从一个圆洞里涌了出来，从另一个洞里流了出去，热得很，非常的清。白居易诗云："温泉水滑洗凝脂"，这水洗在身上，的确连皮肤都滑了。这样的水，杨贵妃天天洗了，难怪不成凝脂。别地方的温泉有硫磺的气息，这里却一点也没有。

东边一家的澡堂后面，有一个井似的圆池，据说是温泉的源，现在这里的水是专门吃的。女人洗澡的池汤为泉源首先经过的一个，据说即为贵妃所洗浴的地方，所以特名这一个作贵妃池。男子不能进去，带了女人，便可同浴。

澡堂的票价最高的一元，此外几角不等，看在哪一个池里洗。进去了，只要自己有工夫，可以洗了休息，休息了又洗。

只是最不便利的地方，在于附近地方没有清洁的旅店（澡堂里虽有几间卧室，是给要人们住的）。潼关来的汽车每天有十来辆，但都在早晨同时开，在临潼下了车，便再也没有公共汽车走过。而长安东开的车，也在早晨同时开，在临潼下了车，也不能再遇到东行的车。所以到临潼洗澡，只有早晨坐着东行的车，下午坐了西行的车返长安。

从临潼西行，经过灞桥，浐桥，计程五十里，就到长安了。

十二 长安

长安的城是伟大而雄壮的，它像北平的城，高大坚固。街道店铺、住屋、饮食，以及许多生活方式，都像北平。骡车、人力车、水车，也像北平的。街上的土的颜色，土的气息，也是北平的。

长安市街

北平有民众所酷嗜的雄壮的京调，长安有民众所酷嗜的凄厉激昂的秦腔。北平有很多的古物，长安也相当的丰富。南城的碑林，集合了几千个历代的碑，有伟大的《十三经》全碑，有最高大，碑石最好，雕刻最精的玄宗的《孝经》碑，有和书坊中摹印出来不同的名家的真迹。中国字的艺术，完全给保存在这里了。这不但北平没有，走遍天下也没有的。

充满着历史的回忆的古迹，虽然已被时代洗涤得荡然无存，但那永久不变的天下第一终南山依然横在长安的南门外。我们可以一级一级地走到大雁塔的顶上，把终南山全景吸收在眼帘的。

商业的势力是在山西人的手里。陕西人经商的没有上海所见的那般狡猾，也没有北平人那样的以客气和恭敬留住了顾客的脚的力量。

提高文化的呼声是高的，长安城里有着大小七八个报馆，但没有什么杂志，好的印刷机也还没有。整个的陕西只有一个高级中学，就在长安城里。大学是没有的。

一切的建设，因了天灾人祸，交通阻塞，人才经济缺乏，显得迟慢落后。今日的陪都没有电灯（只有机关和大商铺自用的），没有自来水。陪都的夜仍保持着古城的夜的黑暗与冷落。西北角上的居民仍在那里喝着苦井里的水。

开发西北不是容易的事，呼声虽然高，还不能说已经开始。西北人是和自然奋斗惯了的，他们有着坚强的意志和体格。倘使开发西北是有希望的事，则这希望就在这里了。

选自散文集《驴子和骡子》，上海生活书店1934年版

西安印象记

鲁 彦

一　乌鸦的领土

一九三四年八月底，我离开了炎夏的上海，到了凉秋的西安。这里是被称为中华民族的文化发源地，和历代帝皇的建都所在，而现在又是所谓开发西北的最初的目标，被指定为陪都的西京。

我曾经到过故都北京，新都南京，现在又有了在陪都西京少住的机会，我觉得是幸福的，我急切地需要细细领会这里的伟大，抱着满腔的热情。

但是凄凉的秋雨继续不断地落着，把我困住了。西安的建设还在开始的尖梢上，已修未修和正在修筑的街道泥泞难走。行人特殊的稀少，雨天里的店铺多上了排门。只有少数沉重呆笨的骡车，这时当作了铁甲车，喀辘喀辘，忽高忽低，陷没在一二尺深的泥泞中挣扎着，摇摆着。一切显得清凉冷落。

然而只要稍稍转晴，甚至是细雨，天空中却起了热闹，来打破地上的寂寞。

"哇……哇……"

天方黎明，穿着黑色礼服的乌鸦就开始活动了，在屋顶，在树梢，在地坪上。

接着几十只，几百只，几千只集合起来，在静寂的天空中发出刷刷的拍翅声，盘旋地飞了过去。一队过去了，一队又来了，这队往东，那队往西，黑云似的在大家的头上盖了过去。这时倘若站在城外的高坡上下望，好像西安城中被地雷轰炸起了冲天的尘埃和碎片。

到了晚上，开始朦胧的时候，乌鸦又回来了，一样的成群结队从大家的头上刷了过来，仿佛西安城像一顶极大的网，把它们一一收了进去。

这些乌鸦是长年住在西安城里的；在这里生长，在这里老死。它们不像南方的寒鸦，客人似的，只发现在冷天里，也很少披着白色的领带。它们的颜色和叫声很像南方人认为不祥的乌鸦，然而它们在西安却是一种吉利的鸟儿。据说民国十九年西安的乌鸦曾经绝了迹，于是当年的西安就被军队围困了九个月之久，遭了极大的灾难。而现在，西安是已经被指定作为国民政府的陪都了，所以乌鸦一年比一年多了起来，计算不清有多少万只，岂非是吉利之兆？

它们住得最多的地方，是近顷修理得焕然一新，石柱上重刻着"文武官吏到此下马"的城南隅孔圣人的庙里，和它的后部黑暗阴森得使人毛骨竦然的碑林，其次是在城北隅有着另一个坚固堂皇的城堡，被名为新城的"绥靖公署"，再其次是隔在这两个大建筑物中间，一个是由西北大学改为西安高中，一个是由关东书院改为西安师范的学校里。这几个地方，空处最多，最冷静，树木也最多，于是乌鸦们便在这里住着了。

它们并不会自己筑巢，到了晚上，它们只是蹲在树梢间，草地上，屋檐下，阶石上。

秋天将尽，各处的树叶开始下坠的时候，各机关的庶务恨它们不作一次落尽，扫不胜扫，便派了几个工人，背着很大的竹竿，连碧绿的树叶和细枝也作一次打了下来。于是到了晚上，乌鸦便都躲到檐下去了。然而太多了，挤不胜挤，有些迟到的，就只好仍缩作一团，站在赤裸的树枝上，下起雪来，也还在那里过夜，幸亏它们是有毛的，有时无意中有人走过去，或者听到了什么声音，只要有一只在朦胧中吃了惊，刷地飞到别处，于是这一处的安静便被搅翻了，它们全都飞动起来。

然而在白天，它们却和人很亲近，而人也并不把它们当作异类看待。它们常在满是行人的最热闹的街道上出现，跳着，立着，走着，有时在贩子的担子旁望着，贩子看它们站得久了，便喃喃地丢给它们一些食物。

西安人引为美谈的是，它们和城门的卫兵最是知己。早晨城门未开，它们是不出去的，晚上它们没有通通回来，卫兵是不关城门的，虽然它们进城出城是在城墙上飞过，但完全依照着城门开闭的时间。

这里完全是乌鸦的领土。中国国民党要人邵元冲被命西行的时候，据说在甘肃境界的某一个山上见到了一种数千年不易一见的仙鹤，认为是国家祯祥的征兆，曾经握着生花的笔，挥就了几首咏鹤的诗，登载在各地的大报上，至今传为名句，但惜他经过西安的时候，没有留下咏乌鸦的诗句，可谓憾事。

二　幻觉的街道

天气静定了，街道干燥了，我开始带着好奇的眼光，到这个生疏的景仰的陪都的街道上去巡礼。

果然我的眼福颇不浅，走到东大街的口子，新筑的辽阔的马路，和西边巍峨的钟楼以及东边高大的城门便都庄严地映入了我的眼帘，我不禁肃然起敬了，仿佛觉得自己又到了故都北京的禁城旁。马路上来往的呜呜的汽车，叮当叮当的上海包车式的人力车，两旁辘辘地搅起了一阵阵烟尘的骡车，以及宽阔的砖阶上来往如梭的行人——这一切都极像我十年前所见的北京。

东大街是西安城里最热闹的街道，岂止两旁开满了各色各样的店铺，就连店铺外面的人行道上也摆满了摊子。这些摊子上摆着的是水果，是锅盔，是腊肉，是杂货，是布匹，是古董……

而其中最多的是陶的，瓷的，玉的，比酒杯大，比茶杯小的奇异的瓶子和盅子，其次是铜的，钢的，铁的，比钻子长的挑针，短短的弯形的剔刀和圆头的槌子，随后是三四寸高的油灯，一寸多高的长方形的花边的木的或铜的盘子……

我仿佛觉得自己走到了小人国里，眼前的钟楼在我的脚底下过去了，熙熙攘攘的人类全成了我脚下的蚂蚁，一路行来，不知怎样忽然到了南院门"陕西省党部"的高大的墙门口——于是我清醒了，原来依然在历代帝皇建都的所在，被指定为陪都的西京。

我定了定神，带着好梦未圆的惆怅的神情，低着头，在"党部"的门口，一处圆形的花园似的围墙外转起圈子来。

但这里围墙是矮小的，不及我膝盖的高，蹲在围墙外的人物又成了小人国里的人物，他们面前的瓶子、盅子、挑针、剔刀、槌子、油灯、盘子，亮晶晶地发着奇异的光辉，比我一路来所见的更加精致，更加美丽了……

"怎么呀！……"我用力从喉咙里喊了出来，睁大着眼睛。

我又清醒了。我仍在被指定为陪都的西京。不知怎样的天色已经朦胧起来，我已经走到了一条不认识的偏僻的巷子里。

我不觉起了恐慌，辨不出东西南北，两旁住家的大门小门全关得紧紧的。

忽然间，前面的灯光亮了，是在地平线上，淡黄色，忽明忽暗。

"着了魔了不成！"我敲敲自己的额角，不相信那是鬼火，放胆地朝前走了去。

"吱……吱……"

我听见了一种声音，闻到了一阵气息，随后见到了一家大门口横躺着两个褴褛的乞丐，中间放着的正是我一路所见的那些小玩意似的器具，只少了一个盘子。

我站住了脚，皱着眉，用力往黑门铜环上望去，模糊中看见上面写着两个熟识的大字："彭寓"。

哦，我记起来了，我曾经在这里走过，见到一辆汽车在这门边停下，据说就是"省政府委员"的住宅。这条巷子仿佛叫作什么永居巷吧？

我现在认识路径了，一弯一转，到了一条较小的街道。

天虽然渐渐黑了下来，左右还有许多没有招牌的小店铺正点了灯，在锅边忙碌着的柜台上装油酒似的瓦缸里取出或放入一些什么东西。柜外站满了人。

一种特殊的气息从这些小店铺的锅灶上散布出来，前后相接地迷漫住了一条极长的街道。

我觉得醉了，两脚踉跄地跑进了一个学生的家里。

"请请，躺下，躺下，……不远千里而来，疲乏了，兴奋兴奋……"

学生的父亲端出了一副精致的礼物，正是我一路来所见的那些玩意，放在炕上，把我拖倒，给了我一块砖泥的枕头，开始用挑针从翡翠的盅子里挑出一点流质来，于是这流质便在灯火上和在他搓捻着的手指间渐渐地干了，大了，圆了。

"不会，不会，从来不曾试过"我说着站了起来。

主人也站起来了，他愤怒地拿着一支木枪，向我击了下来，大声地喊着：

"不识抬举的东西！……因为你是我儿子的先生，我才拿出这最恭敬的礼物来！……"

我慌忙逃着走了。

前面是车站，我一直跑了进去。

"检查，检查！"武装的警察背着明晃晃的枪刀围了上来，夺去了我手中的皮包。

"查什么呀？"我大胆地问。

"烟土！"他们瞪着眼说，随后里外翻了一遍，丢在地上说："滚你的蛋！"

我慌忙拾起，往里走了去，相隔十步路又给人围住了。那是挂着"禁烟委员会"的徽章的。

"刚才检查过了"我说。

"不相干！"他们又夺去了我的皮包，开了开来，猫儿似的用鼻子闻了几次，用刀子似的长针这里那里钻了几个洞，随后又掷在地上，说："走！"

我于是进了站去买票了。

"检查！"但是车站的职员又把我围住了。

"关你们什么事！"我愤怒地叫着说。

"滚开！——上司命令！……"他们把我的皮包丢进房里，把我一脚踢出了车站……

我清醒了。我已经到了我的寓所。妻子孩子，全在这里，不复是在幻觉中了，仍然在被指定的陪都里。

"什么事，这样迟呀？"妻问了。

"唉！"我只叹了一口气，顺手拿起一张西京的报纸来解闷。

"胡说！"过了一会儿，我笑着说了，把报纸提给妻看。

那上面登载着一段荒唐的新闻，说是西安某一条巷子，姓某名某的寡妇，平常酷爱一只黑白相间的花猫，数日前因事他去，留猫在家，日前回来，猫竟奄奄一息了，给它水喝，给它馍吃，牙关紧闭，一无办法，某寡妇把它放在炕上，陪着眼泪，哽咽不能成声，烧起烟来解闷，几分钟后，猫儿忽然活了，后来才知道它是烟味上了瘾的。

"难道不晓得跑到人家的门口去？"妻说，"那里闻不到烟味？"

我静默了，不想立即把刚才的幻觉告诉她，怕她担忧我的健康。

三　苍蝇的世界

一九三五年一月，开发了数年的西北，巨大的唯一的建设完成了，陇海铁路已经由潼关西引了几百里，到了西安。

现在全城鼎沸了，政府当局为西北人民造福利的大功告成，得意自不待说。站在文化前线的报纸出增刊来庆祝，也是例有的事。从未见过这怪物的男女老少，也自然都从屋角里跑到了车站，成千成万地围观着，啧啧地叹羡着那世界上的奇迹。

"呜……呜……呜……"

它带来了拥挤的旅客，山一样的货物。

于是西安就突飞猛进地变成了物质文明的都市。最先增加起来的是旅馆饭店，随后是洋房子大商店，最后是金碧辉煌的电影场和妓院。

因着最高军事领袖的几次莅临，中央代表的扫墓祭祖，和伟人名流的参观调查，西安城中的各主要马路也迅速地修筑起来了。

叽哩咕噜，叽哩咕噜，马路上充满了异样的方言。

于是冬去春来，春去夏来，半年之中，西安城里人满了。于是苍蝇也多了。

嗡嗡嗡，嗡嗡嗡嗡……

飞进了窗子，飞进了门户，坐在凳子上，伏在桌子上，躺在床铺上，挂在墙壁上，你来了它走了，你走了它来了，喝你的茶，吃你的饭，随后粘在你衣上，站在你头上，扯你的耳朵，拍你的眉毛，摸你的鼻子，吻你的嘴唇……最先是灰黑色的小的，随后是芝麻模样起斑点的大的，最后是红头绿背的肥胖的……或则长襟短袖，鬈发蓬松，像年轻的舞女，或则西装革履，轻柔活泼，像摩登的男子，或则长袍马褂，严词厉色，像老年的政客……或作婀娜的媚态，或作纵跳的姿势，或作危坐的模样……有些突着臀部，有些挺着腰背，有些翘着胡髭……

嗡嗡嗡，嗡嗡嗡嗡……

自外而内，自内而外，自上而下，自下而上，自左而右，自右而左，前后络绎，往来交织，纷忙杂乱，叫嚣喧哗……忽作散兵形，忽作密集队，忽从天花板上掷下炸弹，忽从痰盂中轰起地雷，一眨眼间，到处都是枪弹的痕迹……

"活不成啦，活不成啦！……"大家都嚷了起来。

于是我得花钱了：纱窗，门帘，臭药水，苍蝇拍，一股脑办来了一大批。

门窗全关上了，我们开始了总攻击：

拍拍拍，拍拍拍……

桌上，凳上，墙上，地上，一个一个，一堆一堆，黑的脓浆，红的脓浆，断头的断头，破肚的破肚，血肉模糊，尸如山积。

随后扫的扫，揩的揩，房内就显得安静而清洁了。

但这也只是一时，过了不久，一批新的队伍又袭入房里了。从破洞里，从门缝里，被人带了进来，被器具载了进来。

于是第二次攻击又开始了，于是第三次攻击又开始了……一天到晚忙个不停。

而苍蝇仍占据着各个城堡，各个碉楼，各个山岗，各个战壕……随时向人袭来。

我们陷入了困苦的境况中：这个肚痛了，那个呕吐了，这个下痢了，那个发热了，这个……

于是我们去找它们的大本营，发现在厕所里。原来已经有半个月以上没有粪夫来光顾了。

两个小小的前后院里，住着六个浙江人，三个山西人，六个陕西人，而厕所只有一个，厕所里的粪坑只有两个，小便是没有东西盛的，因为粪夫不要湿的肥料，因此满地都是一潭潭汪洋的尿，大家走不进去了，便不复到里面的粪坑上大便，这里那里随地蹲下排泄，一直到了厕所的门边。

从前汇集这些卷宗的大坑是在偏僻的城南隅，下马陵的附近，最近因为董仲舒的墓就在那边，搬到南门外去了，路远了好几里。清早城门未开，粪夫不能进出，城门开了，来往人多，臭气冲天，有碍卫生。于是就指定了每天的下午为挑粪的时间。然而粪夫不多，一个人又只能挑小小的两桶，约四五十斤重量，所以远一点的地方就没有粪夫来了。

我们的大房东是陕西人，二房东是山西人，大家不管，我们只得自己到门口去守候粪夫的经过。

一天两天，每日轮流站在门口，终于不见粪夫的影子。第三天，我站了一点钟之后，忽然迎面来了两个警察，穿着新制的雪白的帆布制服，到我们门口站住了，望了一望地上，望了一望门牌，瞪了我一眼，命令我了：

"门口灰土这样厚，赶快打扫打扫！清洁要紧！"

我明白了，原来他们的雪白的领子上是钉着金黄灿烂地铜牌，上面刻着"清洁检查"四个字的。而现在，政府正在举行清洁运动的时候。

"清道夫干什么去啦，要我们自己来扫！"我有点生气地说。"扫了又叫人家倒到哪里去？哪里是垃圾堆呢？"

"出这巷口，往东转弯，走完了一个长巷，再转个弯，垃圾堆就看见啦！怎么不知道！……"

"我的天！"我叫苦说。

"清道夫不多，须得自己动手，不看见每家店铺都有一把大扫帚，一把铁铲，晴天雨天，无论下雪，都是自己动手。"他继续着说，有点愤怒的口气。"现在赤痢横行，霍乱快到，看你这个读书人……"

"哈哈哈"我大声笑着说："赤痢、霍乱、白喉、伤寒，什么防疫针都已经注射过啦，只是厕所里的东西，劳你们的驾，挑了出去吧！……"

"你姓什么？叫什么名字？门牌是……"另一个警察愤怒地一面在手折上写着字，一面望了望门牌，望了望我的全身。随后转过身，朝着巷口举起手来。

我给他窘住了。那边正是一些整队检查清洁的童子军，男女小学生。倘若他们果真走了来，像我这样年纪一个人受这些乳臭未干的小伙子的裁判，是当不了的。

我正窘迫间，大房东忽然走出来了。

"什么事，闹嚷嚷的？"他大声地问，从玳瑁的镜子里，竖起了一只圆眼，翘着八字胡髭，挺着大肚子，戴着一顶拍拉帽，穿着一件纺绸长衫，握着乌黑的手杖，俨然威风凛凛。

警察呆了一呆，嗫嚅地说：

"是来检查清洁的。……这位先生……"

"我要他们把毛厕里的东西挑出去呢！"我说。

"可不是！多少日子不见粪夫啦，讲什么清洁！拿我的名片去"，大房东说着从衣袋内掏出一只光亮的小皮夹，抽出一张满是头衔的名片来，"给我带给局长，叫他赶快派人来，把我的毛厕打扫干净！——我是'省政府'的参议！"

警察接了片子，立刻合上脚跟，挺直身子，行了一个敬礼，随后垂着手，呆木地站住了，口中喃喃地说：

"是！是！"

"走吧！"参议官挥一挥手，随后看他们走了几步，便转过身来。和气地对我说："真不成样，毛厕这许久不来打扫，你不提，我倒忘记啦！……回头见，回头见！"

他走了。

两点钟以后，粪夫来了，一担又一担，一共四次，酒钱是每担一毛。

于是毛厕清洁了，我们又把煤油、臭药水、煤灰，一齐撒了下去。

苍蝇仿佛减少了一点，但一二天后又多了，毛厕也开始肮脏了。陕西人和山西人已经养成了习惯，不愿蹲在坑上，只是一进厕所的门，便随时排泄下来。

三次四次以后，我们完全绝望了。苍蝇的大本营不但在我们的厕所里，而且在两边邻居的院子，而且还在门口的巷子里。

原来因为粪夫不要小便，西安的居民们除了白天随意方便外，夜里排泄出来的是用瓦罐盛着的，到了天明，大家便把它泼在巷子里。天晴的时候，它和灰土混合了起来，天一下雨，下面没有水沟，它便和雨水混合在一处，一潭一潭的好几天不会干，等到太阳一出来，我们可以看见连潭里的太阳也变成了橙黄的颜色，同时闻到一种刺鼻的气息。

四　黄帝的苗裔

人家分析我们中华民族的社会制度，说是以家族为本位，其实我们最是数典忘祖的子孙。我们平日虽一年数次或至少一次，作祀祖祀宗的祭典，在牌位下或供桌前下跪磕头烧纸钱，而至于近来的文明的鞠躬脱帽献花圈，实际上这些只是例行的公事，拿这些举动做个榜样，叫自己的儿孙来孝敬我们自己，而我们自己却很少人能够记得我们曾祖父以上的名字，遑论他们的事业和精神。

"你是谁家的子孙呢？"

一生中很不容易遇到这样的问话，也不容易想到这个问题。然而一经道破，我们也就哑然失笑了。

原来我们是黄帝的子孙。

然而我们明白虽然明白，模糊却还依旧模糊：他离开我们有多少年了？我们是他的第几代子孙？这笔账似乎连数学家也不好算，于是近顷一些小聪明的史家便索性偷个大懒，上自黄帝的祖宗，下至黄帝的子孙禹王，给一笔勾销了，说他们都是传说中的人物。

而我们也就不关痛痒，马马虎虎地不去研究，一生忙忙碌碌的只是为的吃饭问题。

幸而现在有人给我们查出来了：黄帝的坟墓是在陕西省中

部县。

于是当今国难日急，版图变色，亡国灭种之祸迫于眉睫之时，"国民政府"特派大员西上致祭了。这是一件最伟大最严肃也是最困难的事情。由西安到中部县的车路崎岖万状，而且无水可喝，无饭可吃，据说一路还须带重兵步步开路，最后我们的代表终于尝尽了困顿艰险，朗诵了庄严的誓词，又带了许多慷慨激昂的五七言诗句回来。

于是这轰轰烈烈的大事把我这个不肖不贤的子孙也惊醒了，原来我的身体内也有着黄帝的血液的，于是我便出了一个"述黄帝之功绩"的题目给学生做。

我的学生有的被称为"长安干板"，有的被称为"蓝田鬼""邰阳鬼"，有的被称为"刁蒲城""野渭南"，粗看起来，仿佛都是没出息的孩子，但作起文章来却青出于蓝，或曰"黄帝姓公孙，生于轩辕之丘，故曰轩辕氏"，或曰"轩辕复姓，亦为帝鸿氏"，或曰"轩辕姓公孙或言姓姬"，或曰"轩辕在今河南新郑县"，或曰"涿鹿山名，在今直隶涿鹿县东南"，或曰"宣化县东南有涿鹿山"，或曰"黄帝国于有熊，故亦曰有熊氏，即今河南新郑县祝融之墟"，或曰"黄帝诛蚩尤于涿鹿，都于涿鹿之阿"，或曰"蚩尤者，黄帝时之诸侯也"，或曰"蚩尤者，三苗也"，或曰"蚩尤者，九黎也"，或曰"命仓颉为史，制六书"，或曰"风后衍握奇图，制阵法"，或曰"定律吕作《内经》，在位百年而崩"，或曰"蚩尤作大雾，帝为指南车破之，遂戮蚩尤，在位百年而崩"，或曰"凡宫室器用衣服货币之制皆始于黄帝时，帝在位百年而崩"……议论纷纭，莫衷一是，然又引经据典，公有公理，婆有婆理，仿佛是一部商务印书馆的《辞源》，然而学校里的图书馆由铁将军把门以来已有几年了，里面几十万的遗产发霉的发霉，生蛀虫的生蛀虫，从来不肯泄露出消息来，他们又怎样找到这许多参考呢？……我没办法了，无从着手批改，只觉得篇篇都是琳琅满目，救国救民之词，便一路用红圈连了下去，最后都给他们一句鼓励话："不愧为黄帝的苗裔！"或则"真正的黄帝的苗裔！"而且暗暗祝他们比黄帝还长寿。

这鼓励与祝寿显然发生了很大的效力，尤其是距离黄帝的陵寝，以及周、秦、汉、唐历代圣文圣武皇帝的陵寝不远的所在，出产各色各样的古代的碑石铜器泥砖的文化发源地，今日开发中的陪都西京，常在烈炎底下听江亢虎博士一类名流的冗长的演讲，忘记了自己的脚已经站酸了的黄帝的嫡系子孙，都能比我们还深明大义，养成了长期的忍耐性，淡视了现在的痛苦，睁着光芒万丈的眼睛注视着未来，以最大的决心求永久的和平，不管我们这批师长是发条也好，弹簧也好，轮盘也好，螺钉也好，烤馍也好，锅盔也好，白粉也好，蒜头也好，随我们一天到晚，里里外外，麻将，牌九，扑克，烟土，私娼，官妓，吃饼，揩油，自由选择，得其所哉，他们只是卧薪尝胆，努力前途。

"哒哒嘀嘀……"

乌鸦们还没醒来，号声动了，我们坚强结实的未来的英雄们便在冰天雪地里集合了起来，穿着一身灰色的棉制服，不发抖不喊冷，挺着腰，静静地等待着军事教官在朦胧中的点卯。

"有！……有！……有！……"一片洪亮的声音打破了未明的静寂，连乌鸦们都给吓走了。

接着就是"一——二——一——二"的齐口同声的吆喊，以及哒哒哒哒的脚步声。

随后号声又响了，一碗面汤，几个馍，一碟醋，一碟辣椒，一碟盐，一碟蒜头，狼吞虎咽地依照了军事训练的规定，几分钟内结束了。随后过了几分钟，哑声的古钟响了，铃声响了，大家就一一地走进了课堂，伏案恭听留声机的呐喊。两点钟后，号声又响了，现在是课间操。接着两堂课，又是一阵午餐的号音。打了一会儿瞌睡，钟声和号声一齐响了，上课的上课，上军操的上军操，上体操的上体操，再过一点钟便是强迫的课外运动，训育员锁上了寝室、自习室的门，到操场里去点名，记分，一直到天黑。接着晚餐完毕，寝室的门又被锁上了，把大家赶到了自习室。两点钟后又被赶到了寝室，几分钟内脱衣上床熄灯。校长，主任，军事教官，值周级任在门外偷偷地徘徊着，听谁在讲话，谁在看书，便拍拍窗子，记了下来，明日公告记过，把教科书参考书扫到自习室去。

这样的一天一天过去，夏天将要开始，我们的未来的英雄成群结队地坐着火车走了，去学习军事的知识。三个月后练得体强力壮，懂得了一切军事的技术，习惯了举手立正的敬礼。

于是救国救民的大事业就要开始了。

华山之游

张恨水

由潼关到华阴

潼关这地方是不足以勾留的。离潼关四十里的西岳华山，这可是中外闻名的好地方。读《旅行杂志》的朋友，想到华山去的人，大概是不少。我是专程去过一趟的，可以详详细细把经验写一写，作为将来游人的引线。游客在潼关，先当买双布底鞋，预备上山，其次，便是预备一根手杖。至于其他应用的东西，在郑州那段游记里，我已经给诸位开上一张账单了，这里不赘。再者，中国旅行社，有华山路程图，一毛钱一张，也当买一张。最好买一本陇海铁路旅行指南，那书上关于华山也说得不少，可以参考参考。由潼关到华山，坐汽车可以到山脚玉泉院，坐人力车同，坐火车只能到华阴。我到华阴去，坐的是每日一次的材料车，车价三角五分，现在已经有特别快车了。华阴站，只有一间卖票房，站外是无所有的。火车到时，有推小车赶脚的，在空地里，预备送人到玉泉院去。人力车，这里不大看见。我下车时，因为在车上，临时遇到四位游华山的游客，邀着同伴，他们有不愿骑驴的（而且驴也不够我们应用），将带的行囊交给小车推着，步行到华阴县去雇人力车。这里进城约莫有半里路。殊不料进城之后，街上冷冷清清，只有几个驻防兵来往，并无人力车。一直跑到西关，才找着六头驴。直到后来我由西北东回，坐汽车路过华岳庙（离县城五里），才知道一切买卖，都在华岳庙，人力车大队人马也驻扎在那里。由华阴到华山脚下玉泉院，共是八里路，平平坦坦，步行也没有什么吃力。驴价很便宜，两头一角五分。小车走一趟，也只要四五毛钱。

玉泉院午餐

为什么将玉泉院午餐作题目呢？因为上山的人，必定要在这里下汽车换人力车，冉换轿子上山。就是不换代步，然而上山由这里起头，也应该做一个准备。所以索性趁了这准备的时间，就在这里打尖了。就以庙宇而论，这也是华山第一个道院。院门坐南朝北，进了大门，便密遮遮的是丛乱树林子。据传说，这里有六棵无忧树，但是我在树林里找了半天，也找不出一棵奇怪的树，同游乱猜的人，究竟也不知道哪几棵树是。在树林子西边，大石块下面，有一道清泉，流着淙淙的水，这就是玉泉，华岳的水，到这里就算出山了。水边树下，有一个石舫，两方被树挡着，若不留心，就看不到。舫很小，看过颐和园的石舫，这也就无足为奇了。再向西有个小石头屋子，叫希夷洞，里面有陈抟睡觉的铜像。华山这个地方，带着道家的臭味很浓，尤其是陈抟这个人，乡下妇孺都知道，他们顺口都叫陈抟老祖。这玉泉院就是宋朝皇祐年间，为陈抟建筑的。所以这里，特别有陈希夷的睡像，因为他生平好睡，一睡五百年，也是人人知道的。院西，有一带曲廊，通着山阁子，在那里看华阴以北，平原无界，倒也大观。在水池子上，有一块很大的石头，完整无缺，在石头上盖了一个亭子，叫山荪亭。人家都说，华山的石头好，这块石头，是先给游客报个信了。转到正殿，中间立有很高的牌位，写着西岳华山之神。旁边有一副前清督学黎荣翰的对联，是"初地入神山，到此且厉餐酌水；丸甸通古塞，望中见归马放牛"。这倒是实话。因为到华山五峰，只有一条路上去，这一条路的谷口，就在玉泉院的右手，这里真是第一关，那上联也就说得清清楚楚，到此且厉餐酌水的了。当我们到了后殿，院里的老道，也就出来相迎。开了西边的厢房，让我们进去坐。这里三间房，两明一暗，中间陈列了桌椅，两边屋子里摆两张大木头炕，炕上铺着蓝布被条，四四方方的长枕头，这是很显明的表示，这里乃是变相的旅馆，可以让游客安歇的了。那老道先烧了一壶茶来，后来又问我们是吃了饭上山呢？还是煮点儿面吃呢？出家人倒真是客气，仿佛可怜我们似的，要布斋给游客吃呢。可是游客倒不可大意了，这也是买卖。我们和道人约好了，就在这里吃饭，请他快点预备。那老道听说，亲自到厨房里去催取，不到一小时，东西就办来了，有炒粉条、炒酸菜、炒鸡蛋之类，另外两大盘黑馍，各人一碗挂面。口味，自然是谈不到，饱也就勉强可以吃饱，所以不能吃苦的先生，最好是多带罐头了。吃过了饭，我们一共是六个人，送了老道三块钱，他虽不说少，也不曾怎样表示太多，大概我们所送的钱，那是适得其中了。在我们吃饭的时候，玉泉院附近，那些做抬轿生意的人，早就来了二三十个，散在院子里等候生意。我们吃完了饭，他们就围着来说生意。说了许久，由玉泉院到青柯坪，每名轿夫价洋一元一角，每乘轿子，轿夫二人，另外有背东西的夫子，照轿夫半价。玉泉院到青柯坪是二十五里，坐轿是到这里为止的。由青柯坪上去，轿子也不能抬，勉强要坐，在险要的地方，要把轿子拆了，到平妥些的地方，安上轿杠再抬。而且那条路，是险要地方居多，有轿子坐的时候也少。所以坐轿子上华山，不必论地点，当然是到青柯坪为止的。说到这里的轿子，那也极其简单，就是两根木杠子架了一把靠背木椅子走。上山，人靠了椅背，下山，人倒坐着椅子，两只脚由靠背缝里插出去，人在椅靠上，做凭栏看山之势，倒是很有趣的。

由玉泉院到青柯坪

现在该说游山了。出玉泉院不到半里路，就进了谷口，这里上山的路，就是顺了两山夹峰里的山沟，弯弯曲曲地往上走。先到的张超谷，说是南汉的张超住在这里，现在全是乱石。过去不多路，石壁上刻了三个大字"王猛台"。说是当年王猛在华阴屯，在这里筑台点将的。由这里去，山路开始险起来，轿子常是在极窄的山崖路上走，上起山来，人几乎可以睡在椅子上。因为路总是离不开山涧的，在山涧里看到有一块大石，其大如屋，略像一条大头鱼，是光绪十年六月六日，山水冲下来的。后之好事者，在石头上凿了"石鱼"两个大字。石鱼过去，是第一关，轿子穿过一个石门，上前不多路，便是三圣宫。由谷口到这里，只是五里，轿夫要歇一歇的了。华山上的小道观，多半没有正式的大门，路边就是大殿。轿子歇下来，老道就请你坐下喝茶，摆出那列入古董之列的果盒来。果盒里大概总是胡桃、花生、干红枣这一类东西。有的放些不大卫生，年岁很老的糕饼，当然以不吃为妙。走路口易渴，茶虽不好，也要喝。喝好了动身，我们不给钱，对老道说：下山再给。老道连说不要紧，请便。这并不是老道特别大方，就因为华山上下是一条路，游客下山，非回到原路不可，所以他落得大方。我们为了这个，也就免得来回给两次钱，这是游客必知的一件事。三圣宫之后，路慢慢的高了，也就走到了石壁中间。迎面石壁上，露出了一个崖，崖里有个长的缺口子，长约十几丈，是希夷峡，土人叫老君试凿。说是老君磨好了凿子要开华山，先在这里试一凿子，一凿子下去，就凿下这一二十丈长，七八尺阔，这么一条缝来。陈希夷死后，原来葬在峡下，从前有石坡子垂了铁链可以上去看看，老道就指着他们老祖的尸骨化钱。明嘉靖年间，有姚一元这个人，用石匣子把它埋在玉泉院。前清手上，石匣被水洗刷出来了，陕西抚台，依然把它送到峡上去，而且把铁链子断了。加上山洪几次大发，把路冲了，于是这希夷峡就只能望不能去。过去，是莎萝坪，已走十里，轿夫二次歇肩。进了谷口以来，就在山缝子里钻，或走在涧东，或走在涧西。到了这里，山谷忽然宽阔起来。据前清名士抚台毕秋帆的笔记，说这里有莎萝树一块，绿阴占两亩地，还有很清的泉水，现在都没有了。在这里，有个坐西朝东的道院，门口挂着莎萝坪的匾额。坪这个字，就是说平坦地方的意思。所以有坪字的地方，便是上山一个休息处所。道院这里也可以打尖寄宿，不过是上不上下不下的地方，打尖寄宿，都不合宜。在莎萝坪下面，是一条宽山涧，对岸山壁上，是大小上方。大上方在山顶上，看得不大清楚。小上方在石壁中间，离地有四五十丈的所在，就山石凹凸的部分，盖了几间屋子。在屋门口坠下一条铁链约七八丈，由铁链子下端达到石壁凿的石级上，若是我们估量看，大概都不能爬，可是有人说，那里住了一位八九十岁的老道，一天不知上下几十次呢。由这里去，要经过白鹿龛、白蛇出洞、十八盘各名胜。白蛇出洞在几十丈高的石壁缝里伸出一个石蛇头来，远望非常的像，我那工友小李看到，失声大叫长虫，长虫，他倒以为是真的呢！再到毛女洞休息。这里，不过一个小道院在路边上，没有什么奇怪。可是由这院后，在丛草坡上，斜斜地上去，高到白云深处，那是毛女峰。相传秦始皇死后，在提去殉葬的宫女里面，有个宫女，不堪忍受这活埋的痛苦，由骊山跑了出来，躲在这山上，吃树叶喝泉水，遍体长了绿毛，在唐朝还有人看见，所以叫毛女峰。峰上有毛女祠，原来有石级有铁链子，人可以爬了去，现在石级坏了，铁链子也断了，没有人敢去了。轿子由这里再进一站，就是青柯坪。这里，是在两山合缝，一个山鼻子的下面。所以山涧由左手绕出来，上去不再有宽道了。半个峰顶，上下有两个道院，一个叫西道院，一个叫北道院。在北道院门口，向下望来的路，直伸进山底缝里去，小得成一条沟。抬头望后面的小峰，一个套一个，直像插进天云里去。紧靠着道院是后面一个小山锥，就是画家画山水的那个山鼻子，在那山鼻子上，长了许多青苍的老树，一峰直上，很有画意，只是用摄影机不好照。图上（图略）两棵树后的山影那就是的了。我们的轿子，歇在西道院门外，我们照例受这院里老道的招待，喝茶擦脸，轿夫到了这里，他还不住地兜生意，说是上面过了若干里，还能抬。这话切不可信，带轿子上去，那是白花钱的。我们打发了轿夫，单留下三个背夫，代扛干粮水果之类。背夫所以比轿夫价廉，就因为吃喝住宿，都是我们的。过了这里，上山非手脚并用不可，决没有余力可以再拿东西。甚至于身上衣服脱下来，还得人代背着，所以这背夫一项开销，又是千万少不得的了。

回心石游人回心

由青柯坪东行，绕过了一道山洞，路就小了，常是乱草把路挡着。那路也是一步高似一步，弯曲了南去。慢慢地走到石壁下，迎面伸出一个石头嘴子，上面刻了"回心石"三个字。经过这石头嘴子，在石壁上，也新刻有这三个字，修理山道的人，对于这里怎样的注意，也就可想而知了。为什么叫回心石呢？原来走到这里，石壁迎面而起，已经没有了路。在山壁下，有一道没水的山沟，大小石块，在里面横七竖八地立着。要由这里过去，在光石壁上，凿着几个人脚迹，也横了一道铁链子，手扶铁链，那里可以去。此外在几块大石头上，大步也可以跳过去。那边呢？正是一道石壁的缝里，非转过去看不到前路。胆小的游人，或者筋力不够的，在这里望望那高的青天石壁，只好回去，所以叫回心石了。不过来游华山的人，都有点冒险性，真正回心的却也很少。

第一道险路千尺幢

回心石那地方，虽然是险，不过几步路，心一横也就过来了。转过了石嘴子，无论什么人，就得"啊哟"一声。原来这地方，并不是路，也不是山坡。经我仔细的观察，我有点明白了。乃是几万万年前，这山壁上，裂了一条暗缝，一线直上。后来上华山巅的人，找不到路上去，就利用了这条暗缝，窄的地方加宽，塞的地方打通，陡的加曲，就借了原来的地壳，一层一层凿了石头坡子，让人上去。在这石砌下面，抬头向上一看，青隐隐的，不见日光。那种逼陡的程度，不亚于我们在家里靠墙的梯子。好在这石缝不大宽，两个人同走，就有问题，而且两边都悬有铁链子，两手抓了铁链子，总不会跌倒。我上去的时候，索性两手扒着上面的坡子，这倒也无所谓。爬到半中间，回头看看，下面同来的人，面目都有点儿看不清，这倒有些害怕，继续地向上走，石缝窄得刚容一个人，而且也格外加陡，伸了身体上去，豁然开朗，仿佛是上楼的人，进了楼口一样。看官看看我照的那张影片，有个人由地里露出半截身体来，那就是幢顶，又叫天井，这可见我不是撒谎吧？在这缝口上，有两扇铁板门，到了晚上就要盖上。华山上下只有这一条道，也就只有这一个门，要说咽喉要径，这里可真有点像华山的咽喉了。在这洞口上，是上下两条石缝相接的地方，闪出了两个屋子那么大一块平坡。压着下面山缝口，盖了一间石头屋子，叫灵官殿，有两个老道在里面住着。在这块平坡上，摆有两张桌子，是老道预备下给行路人歇脚喝茶的。以这个地方为界，下面来的一条山缝，叫千尺幢，由这里上去，叫百尺峡。

百尺峡内惊心石可惊

百尺峡叫个峡字，那倒是很对的。千尺幢这个幢字的用意，可就有些不懂。至于千尺百尺那四个字的形容，也不十分相合。千尺幢的石头坡子，是四百九十几个，高约六百多尺。百尺峡虽只有八十多个石头坡子，每个坡子的高度，相隔很远，也决不止百尺。不过在上过千尺幢之后，再走这短程的险路，那就轻松多了。百尺峡，也是一个石缝，不过千尺幢的石缝，有时连上面都遮住了，深入石里。百尺峡倒有一线天光，比较亮些。在进这峡不过两三丈的地方，有一块扁扁的大石，有几万斤，从上落下，嵌在石缝中间，看那相嵌的地方，兀自有好大的裂痕，人呢，偏是要由这块嵌空的大石头下钻了过去。假使那大石落了下来，那是一种什么情形呢？因之这块石头上，就题了"惊心"两个大字，这倒货真价实，一点也不夸张。在石头另一方，却又刻了"悟心石"三个字，这当然有些宗教意味，仔细想想，也很有道理。

老君犁沟又一陡壁

出了百尺峡，可以走几步平路，然后随着山峰或上或下，或左或右，抬头一看，有一幢崭新的庙宇，附着在石壁上，那是群仙观。在青柯坪望北峰，看到半天里去，有点点房屋影子，就是这里了。华山上，绝少有见方十丈的平地，容许人来盖屋子。这群仙观在北峰峰脚下，正是极陡的所在，本不容易盖房子。可是这里的老道，硬把石头在斜的石壁上，支住了一条长方形的地基，上下两层盖了二十来间屋子，工程很是不小。观外就是万丈深岩，在高低不齐的屋墙外，配上几棵老树，那风景是很好的。由百尺峡到这里，已出了一身臭汗，而且观后又是陡壁，走到这里，非有长时间的休息不可。等精神略略复元了，顺着观墙一步一步地爬上石壁去，这里是北峰第一险道，名叫老君犁沟。其实，这不是路，就是在峭壁上，横着开了石头坡子。左手是脚插不下去的高岭，右边是望不见底的深崖。就在这峭壁下挂了一条铁链，让我们手扶铁链上去。这里不像是千尺幢，那石头坡子有时是一层跟着一层，有时四五步路，才有一个坡子。尤其是那最陡的所在，坡子只有半边，平常石头坡子容两只脚，这只好容一只脚了。我倒给它取了个名字，叫作半边梯。在这种地方，本是停留不得，可是由群仙观到老君犁沟，共有五百七十多层石坡，每个坡又相隔不近，一口气如何爬得上去。不但是两腿酸麻，就是这两只手抓住铁链子久了，也是汗向外冒。所以我爬的时候，只有三五十个石坡，必定停一停，喘过那口气。同行九个人，除了那三个背夫，他们比较自然外，我们都是力尽筋疲，谁也跟不上谁，拉成一条很长的线。甲喘着气，回头望望乙，问道怎么样？乙也喘着气回答，有点吃不消了。不过这险路虽走得吃力，想起生平不曾经过，那又极为有趣。所以大家走走，还带着谈谈笑笑。我生平游历，喜欢独来独往，但是像游华山这种地方，我就不主张一个人出游，游伴是越多越好，因为借着大家谈笑的工夫，可以把疲劳忘记一些了。直把这陡壁爬了一个够，迎面有块石头，刻上了"老君犁沟"四个字。背夫说，在这山崖下，有老子犁沟的痕迹，但必定爬着石崖伸头去望。这自然是一种荒唐的神话，我们一行人不要去听，只在这块石头下，稍微歇了一歇，继续地向上爬。于是老君犁沟这条险路，告一段落。

猢狲愁祀孙悟空

我常说中国的神佛偶像，十有八九出在《封神榜》和《西游记》小说上，稍微有知识的人，决不能信。华山这座山，自汉朝以来，就让许多江湖术士拿去做了幌子，说是神仙出没的所在。在汉朝的时候，大家都说轩辕在这里遇仙。到了唐朝，轩辕隔得太远了，就说老子在这里修道。到了现在，老子又隔得太远了，于是乎就大捧陈抟。一个陈老道还不够，就不免找出许多理想上的神仙来凑趣，所以封神榜上的人，在华山上，是走错了路都可以遇到他的偶像。这也是因为这座山是老道霸占了，道家出色的人物，就很贫乏，不得不借重小说家笔下的角色了。我为什么这样说，就是到了猢狲愁，产生的感想。猢狲愁这地方，爬过犁沟就是，山壁直上到顶，在那下面，有条曲折的路，行人由了这路走，可无法走到猢狲愁。至于所以有这个名字，相传以前有许多猴子走到了这里，也爬不上去，特表而出之，也是形容人不能上去的意思。在这路口上，有个土地庙那样大的神龛，里面供了四尊偶像，乃是孙悟空、猪八戒、沙和尚、唐三藏。孙猴坐在中间，下面有一木牌，写明了"齐天大圣之神位"。我那工友小李看到，他大为抗议，说是齐天大圣怎么样子大，大不过师父去，怎么唐僧倒坐在旁边。何况孙猴拜佛求经以后封了斗战胜佛，齐天大圣这个名号，早由玉帝取消了，乃是非法的，不能用。这抗议，不知他向谁提出，然而可见得这山上的老道，胡闹得他们的信徒也有些怀疑了。

北　峰

上华山，是由北向南的，所以华山五峰，总是先到北峰。照着华山五峰而说，以南峰为最高，西峰为最幽深，美丽可就是北峰了。他这个峰，虽是五峰最低的一个，可是一峰独上，四面都是悬崖，尤其是北面，可以用句文言来形容，乃是拔地而起。可是朝南的一方，在半中间，却又渐渐地倾斜着。在这里，抱着山腰子有一条路，一直到峰前。远远看到有个牌坊，上写"云台第一门"。门下，是一块完整不缺不裂的大石头，石头宽约两丈，此外自然是悬崖，在石头上，有铁链子的栏杆，开了石头坡子，直向一座道观而去。这道观叫云台峰，远望着，一层屋脊高似一层，好像有好几进呢。我们来了，一位有胡子的老道，直迎着我们到大门外来。这里一个山顶上的庙配着两三棵老松，一株零落的古柏，在夕阳影里，我真觉得是一幅画了。我们受着这老道的欢迎，走进庙去。这庙的构造，是华山上最妙的一处，它完全在这条山脊梁上，一层层地向后作去。这山脊梁有多宽呢，不过三丈多罢了。这观里每进都是三开间，不够宽的，就在两边崖壁支起木柱子来，用板子铺着，将平面加宽，所以中间尽管是平屋，不上一步梯子，两面全是楼。我们到的这天，游人很多，老道将我们迎到前楼来住。这楼，与正殿地平线是平面，下头可是庙门洞，又成了前是楼后是平地了。我不是谈这道观的房子，我是说由这点看来，可以想到这道观是在怎样陡峭的地方建立起来的。这前楼中间是食堂，两面是客房，每房两张大木炕，一桌两椅。我们一行六人，分住着这两间房。另外三个背夫，他们另有老道招待。这一天的游程，就此完结。

北峰之夜

游华山的人，第一晚上，总是住在北峰的，这北峰的饮食起居，当然有描写之必要。在我们将行囊安顿以后，又来一个老道，胡子长些，身上穿的那件蓝布道袍，也整齐些，似乎是个当家的。向我们同行的人，一一都道过了辛苦，这就吩咐小道士们打水洗脸。于是有个穿短装的老道，头上戴着一块瓦式的道巾，打热水洗脸。盆倒是瓷铁的，只是毛手巾黑一点，也给我们一小块肥皂。两个屋子里，送有两壶茶，自然是茶末子泡的，我带有茶叶，请他另泡了。同行的那几位上海朋友，他们是小开一流，带的吃物很多，已开始吃糖果冲牛乳喝。屋里昏黑了，中间点了一只蜡，两屋却是煤油灯。我踏着楼板，看到石块墙上，映着这烛光，又是古装的老道，穿来穿去，我这份儿感想，只觉得特别，可没有用笔写出来。休息一会儿，短装老道就请我们去吃晚饭。在正殿边，有个较大的山楼，里面已有两桌游人吃饭了。我们单吃一桌，菜是两碗萝卜片儿，两碗豆渣似的豆干片儿，两碗酸菜，一碗金针炒粉条，一碗萝卜片儿汤，每人一大碗黄米饭，却共用两盘子黑馍。我想这四位小开，怎样下箸？然而他们也是早就预备好了，拿了三只罐头来，乃是栗子烧鸡，红烧牛肉，不必说吃，只把眼睛瞧瞧，先就咽下一口唾沫下去了。老道所做的菜，不但是不能充分地搁油，便是盐也有点舍不得多放。所以我愿把这菜单子开出来，提醒以后的游人们必得带罐头。好在我也当过不少日子的穷小子，吃饭不论粗细，倒吃了一碗半饭，找补一碗小米稀饭。饭后各自回房，便倒上炕去。这炕是木板上铺着一条薄薄的蓝布褥子，还有一条红布盖被，虽是也薄点，却幸不十分脏，只是这枕头是木头做的，实在不受用，只好将衣包袱拿来一用。这时，墙外面呼呼作响，有了大风，本来山峰这样高，便是没风，我想空中也不能太平无事。当那窗板格格作响的时候，我想着，若不是这屋子罩着，在这几千尺高，两丈阔的地方站着，那怎么得了？假似风大，把这屋子吹倒了，又怎么办？我幻想着，有点害怕了，于是下了炕，推开木板，伸头向外看去。面前便是插天高的一座山影，下半黑沉沉的。平常看山，不怎样怕人，这可有些让人不大安神了。在山影子左右，配上几点星光，我觉得我在天上了。将窗户关着，再上床睡，便又是一种感想。在这里，我得倒补一笔，就是洗脸之后，都洗过了脚，因为脚上出的汗和细沙混成一片，脚上又凉又不平。这时躺在炕上，脚不凉了，可是由胯骨以下，有形容不出的一种酸痛，伸了腿不舒服，缩了腿更酸。盖的被既暖和了，华山上的小动物，骚字右边那吃人的东西，开始动员了，始而只在边疆上，如两腿两臂上，小小侵略，我虽派了五个指头去围剿，可它们化整为零，四处狂窜，后来直入胸腹，我十个指头就疲于奔命了。没法，索性不管，睡了再说。可是，云台峰的真武宫内，道爷们又做晚课了。锣鼓钹，大铃，一齐发声。我敢断言，这声音在北峰前后十里之内，这样夜静，谁都听得见。我这卧室，离宫只有一个天井，能不有所闻吗？不知道是我疲乏极了呢？还是那吃人的小动物被法器惊散了呢？还是道爷这晚课的功用等于陈玉梅的催眠曲呢？我终于是失了一切知觉。

北峰最高处

北峰之夜，虽如上面形容那样不堪，不过这情形总是特别的，人生有这么一晚，足够事后去咀嚼。若是那锣钹改为木鱼，我想那趣味是更深长了。我们睡得早，起来得也早，五点半钟就各下床，六点半钟，吃过了早饭。我们商量之下，付给了老道六块钱，以为老道或要争论，他却多谢了。原来全华山的老道，以北峰人为最多，而且也比较得有知识，据说，不是十分的钱少，他们不说话的。可是不要钱也不行，因为他们有二十多个人，全靠了游客的旅费过活。华山上不能种地，道观是没有庙产的呢。一路上山，曾听到背夫说，北峰有老君挂犁。我想着，便是神话，这犁也必定年月久远，趁了未出发之前，去看这老君挂犁，由这云台观穿过真武宫、三宵殿、吕祖殿，直达到庙后，由庙后出去，就是药王殿。在庙门口就是斜坡，砂石的地，光滑滑地走不上去，顺着这坡子，斜拖了铁链子下来。我们抓着这铁链子上去，便是一大石头山坡，在两面的古松，歪歪曲曲，杂着那纷披的长草，隔了那松树叶子，望那东方出来的鸡黄色太阳，有那微微的凉风在身上拂着，虽是身体极是疲倦，可是我觉得精神一振。在这小峰上，有块圆钝的石头，起着波浪式的皱纹，以我猜想，那是北峰的最高处了。在这里立着木牌，写明由陡坡下去，那是老君挂犁。那个陡坡的形式，倒像一堵墙的缺口，两手抓住铁链子下去，便是山峰下的一条窄路，直通到山峰的转弯处所，上面斜伸了几棵老松树，下面罩一个小小的神龛子，很有些画意。这庙后就是石头峭壁，上面挂着一把平常农家用的铁犁，这就是所谓李老君的挂犁了。我仔细端详了一会儿，决不像是一百年前的农具，而且那犁尖上的钢铁，还是雪亮的，这要说是春秋时代的东西，真有些可疑了。我且看看这神龛子里有些什么。伸头张望时，里面有个老君的偶像，在庙墙上有块石头刻的碑记，写明了老君挂犁，尾上记着，咸丰某年某月弟子某某立。我看罢，不觉呵呵大笑。跟我的小李，他也明白了，笑道：这里老道真笨，既是说老君挂的犁，为什么又刻上咸丰年间这块碑呢？

上天梯的前后

在北峰向对面看去，只见高岭迎面而起，有一条羊肠小道，顺着山脊梁一线，直上青云。在那半中间有个小小的房屋，仿佛是那神话书上的升天图，那就是我们的去路了。离开北峰的时候，我们同伴互相笑说着，腿酸还没有好一点，又要上这样的山岭，是否能达到目的地，自己可都没有把握了。去北峰不到半里，开始就扶着石岩上去。第一个地点叫铁牛坛。这里无非是路窄而已，还不曾见得十分险。又只半里，路到了尽头。路尽处，是一堵石壁，由下向上看那石壁的顶，很有些像人家的墙头。在这里，由上面垂下两根铁链，在铁链中间，有二十多层石坡。那种陡法，除了我们小时淘气，爬墙掏麻雀窠而外，生平可没有走过第二种这样的路。所幸这个上天梯，并没有千尺百尺，仅仅就是这二三十层石坡而已，把这梯子爬过来了，在那里可以向北看日月崖。所谓日月崖也者，就是在一堵无高不高的石壁上，显出两个赭色的印子，一个像半边月形，一个像圆太阳，我觉得也不怎样的像。由这里南去，经过金天洞、圣母宫、三元洞几个地方。这三个地方，都是在石崖上建筑起来的，我们都是穿了过去。过了这里，就是土人叫的阎王边，又有人说叫阎王碥。不管是边或者是碥吧，顾名思义，其要命也可知。这里的情形，和老君犁沟又不同。犁沟悬崖的一方，深而不陡，路也不是一直的。我曾在阎王边上面，向下进行地照了一张相，看书的将上面的情形玩味一下，也就可以想到这阎王两个字的名实相符的。

苍龙岭

这是华山最有名的一个地方，所以有名，让我慢慢说来。我们经过了那一尺宽的阎王碥，约莫有一里路，就是太华峰龙门，龙门也是一个庙，就是人要上山，必须由这庙里的小夹道中爬坡而上。出了龙门，开始踏着苍龙岭。这地方，俗名又叫鲫鱼背，那是再形容得相像也没有。由青柯坪上山而来，无论地方是怎样的陡，只有一面是悬崖，一面是陡壁，或者凿了壁走，像千尺幢、百尺峡是。或者贴了壁走，像犁沟、猢狲愁是。只有这苍龙岭，两面都是悬崖，一条三里多路长的峭岭，拱起鲫鱼背来，让人在上面走，两面是一点什么依靠也没有。假使窄狭的地方，在两边向下一望，胆小的人，真会晕了过去。传说唐朝的韩愈游华山，到了这地方，因为有点感触，就痛哭起来。自唐朝以后，就开始随岭凿了石坡，而且后来慢慢在两边树了栏杆，加了铁链，到了现在，这才可以让我们从容过去。还有一层，在别的险要的所在，游人一鼓作气，就可以冲了过去，但是走苍龙岭可就不行。因为这地方，共有三里路长，把它当鲫鱼背吧，游人恰是由尾巴那个所在，跑到脊梁上去，高而且长，走一程子还得休息一会儿。于是游人就感到游华山的好处，不但是越走越险，而且是越险越伟大，越伟大还是越不敢睁眼胡张望。我虽是走得十分的疲乏，有了这种感想，也就相当愉快了。

金锁关

走完了苍龙岭，就到了五云峰，这是上下两条山岭一个交界的所在，游人到这里，两腿麻木，周身出汗，心跳口喘，必得休息休息，找点水喝的。这里一个道观，坐南朝北地开着门，门口便有权丫的老树，铺着一块绿荫，凉风习习的，正好歇脚。观两边悬岩，全是几百年的老松树，在树杪上向下望去，黑雾沉沉的，猜不到那是什么所在了。绕到五云峰后面，便是铁手坡，在那里可以看仙人掌。仙人掌的构成和日月崖一样，乃是黑影的石壁上直升入半天里去。在那里有五道高低不齐赭色长印子，分叉上伸，好像人的手印。因为那样高的所在是人工不好做作的，于是生出了许多神话，名之为仙人掌了。再由这里过去，就是鸡盘架，这个地方很有趣，一向却不见到游华山的人提起。先是由一个小石嘴子下去，有个亩把地大的山谷，谷里涌起些石头，仿佛是人家花园堆的假山。绕个弯，上了这堆石头，再绕个弯，又跌下去。下去不算，第三次上坡，才算到了直前的路。这石头堆里，很挤窄歪曲，有几道铁链，人扶了链子左右上下，闹个不停，说是鸡盘架，倒是形容得尽致的。这就到了金锁关了。这关的形势很好，在一条直线的石坡上，是一个峰头。这峰头只北通下，南通上，东西两边，都是深崖，就在这里，盖了间石头屋，两面圆门进出，很像平常的关口。这门塞死，里面四峰和外面的北峰，就不相通了。因为这个缘故，这里乃叫作通天门。经过了无上洞，就到中峰。

中　峰

中峰又叫香炉峰，在一个山腰的道路上，立着道观的大门，门就对了山腰的壁子。后来我们全部考察了一下，这并不是山腰，乃是中峰和东峰相连系，这中峰的峰头，只在东峰的半腰。这大门所对的，乃是东峰向北迤来一部分。中峰的峰头，让庙宇盖住，已经是看不见了。这庙跨着南北两个小峰头建筑，却是很巧妙的，全是将下层的平地和上层的平地，改造成楼阁的样子来。由南面的石梯，转到了前殿那里供着《封神榜演义》上的凌霄、圣母等三位女菩萨。殿上有暗楼，在楼梯边贴了字条，由此拜活娘娘。这活娘娘三个字，太可注意了，我告着奋勇，在颤巍巍的暗梯上，摸着上楼。其实这里也只有一尊女菩萨的偶像，那个字条，显系老道骗乡愚的。在这殿外，就是斜伸出去的一个山尖，一块完整的石头，平坦可步。站在这石头上，四处一看，西边一只山头，像鳌鱼头，那是西峰。东边一带横峰，从中露出一个顶子来，那是东峰，这一个峰头，便显得低了。我们因了三个背行囊的引导，在这里吃午饭。这里连豆腐干也没有，米既是十分粗糙的，菜里头几乎可以说不曾搁盐，因之我们都没有吃饱。不过他们这里的休息地方，布置得很干净，推开窗户，下面是深壑，对过是西峰之壁，风景很好，由金锁关上来，人是累极了，在这里喝碗水，歇歇腿，却也不妨。

中　污

这个名称，念起来有点拗口，这是由于李攀龙的笔记中的话，"削成上四方，顾其中污也"。"污"这个字，在这里不当污秽说，当着低凹的地方说。因为东西南三峰，像三个指头，直立起来，谁不靠谁，在这谁不靠谁的中间，自然是凹下去的，这就叫中污。由南峰南去，不是北方的路，只管向上了，这倒要一步一步下去。中间一条道，就在东西两峰的脚下。因为这里是低洼的地方，三峰里的水，都向这里灌注。所以到了这里，也开始听到那潺潺之声。两旁山壁下，草木都长得很密，尤其是西峰的山麓，一层一层的树，直推到顶上去。一路行来，都是又陡又险的地方，到了这里，可以让游人便步走去，而且是树影泉声，耳目一新，当然是这地方可以有名了。

由华山脚下到中峰，全是一条路，并不分岔，唯有到了中泥，方才分开来。这里有两条路，一条是由西峰到南峰去的，一条是由东峰到南峰去的。游客无论是先东后西，或先西后东，都可以转半个圈子，依旧回到这里下山。不过为了回程不再上高峰起见，却是先到东峰的好。因为回路由南峰到西峰，是由山梁上过来，还是渐渐向下呢。若是先到西峰，那么，要由南峰下来，再向那逼陡的高峰走上去，那就劳逸不均了。我们所走的这条道，就是由东峰而南峰，再到西峰去的。

东　峰

经过了中泥，达到东峰的脚下，我们抬头看去，光石头的山壳，一直到顶，大概又须重重地劳累我们一番，我们于是随便在石头壳子上坐着，先转过一口气来。在这地方，石壳上现出了一丈见方的一个池子，里面盛满着绿油油的水，有道士在那里洗衣服，离着这池子不远，另有个小池子，上面树有木牌"禁止洗濯"，想必是饮水池，那水的颜色，可不大好，于此可以想到华山纵然奇绝妙绝，对于泉水这一项，是令人不无缺憾的。休息了片刻，在那光石头壳子上，踏着凿的坡子，扶着架的铁链，就继续登山。东峰的形势，仿佛是人倒插了一只巴掌，向南有两个子峰，是食指与拇指。向北虽也有高下的峰峦，却是相连，而我们所上去的路，就是中指拱起所在了。踏着一半路的所在，石头坡子就向里弯转着，在这个地方可以休息五分钟。游客到这里向上下两面望着，只有在石壳上架着的铁链，是可以帮助上山的，此外是一棵长草可抓着的都没有。当那铁链子中断的所在，遇到光滑的石坡少不得用手扒着。我因为想起故乡一句土话，宁肯走一步歇一步，却不肯扒，看到朋友扒着石板走的时候，我不由得哈哈大笑。他们问我笑什么，我可不肯说。为什么不肯说呢？原来我安徽故乡的土话，乃是乌龟爬石板，不是路。再上去一半的路，便到了峰庙所在。庙是坐东朝西的，庙前仅有几棵老树点缀着，并无什么特别之处，那道观后，一条弯曲的山脊，满带了青葱的颜色，缓缓地高而北去，上面还有几处景致，同伴的想到还有西南两峰没去，却是望而却步了。

鹞子翻身

站在东峰的道观外面，向南看去，在这下面，有一条横峰，完全是朱肝色的石面，而且两面削成，由宽而细，是个锐角形，长得是非常奇怪的。在那尖角的所在，盖有一个石头亭子，那叫下棋亭，相传陈抟和赵匡胤在那里下象棋，赵匡胤下不赢陈抟，就把华山输给他了。这当然是神话，不去管他，可是那亭子里真有一块石头棋盘，一副铁铸的棋子，每个棋子都有茶杯大。又相传把那棋子偷一个回家去，可以生儿子。但是生了儿子之后，必得将棋子送回。可是偷去不生儿子的呢，也许懒得将棋子送回，所以相传到了现在，棋子差不多没有了。这都是耳闻老道说的话，是否可靠，不得而知。又一说，那是秦昭王派工用钩梯上华山建筑的铁亭子，是卫叔卿的博台。话虽如此，秦朝的建筑，能这样保留到现代吗？当然也不可靠。再说那下棋亭虽摆在面前，可是在这里悬崖之下，相隔有二里地，便是做鸟雀飞过去，也得要相当的时间呢。然则到下棋亭偷棋子的人，又是怎样去的呢！有倒是有一条路可去，叫作鹞子翻身。这鹞子翻身，就在东峰的道观墙角下，是个悬崖的缺口所在。这缺口下有一串铁链子垂了下去。平常的悬崖，有的看得见底，有的看不见底，然而下脚的所在，必然可以看见的。这鹞子翻身却不然，这崖上悬下去的铁链，也看不到一尺长，下端怎么样？没法子知道。据替我们背东西的夫子说："我们手盘住这链子吊了下去，脸是朝外，但是身子由崖口下去之后，必须翻着向里，用脚去摸索石壁上登踏的地方，等到脚踏到实地之后，才两手挨次的盘了链子下去。因为这样，所以叫鹞子翻身，其实倒不很深。"他虽这样地说了，可是下脚的地方，眼睛看不到。眼睛所看到的，是比东峰远出一二里路的下棋亭，至少是比这里低下去五百尺。我们一行人商量之后，得的结论是：假如愿意自杀的话，那法子也很多，不必在这里实行呢。

南天门与念念喘

东峰下来，向对过走去，石壁歪曲着，长草塞了路，始而好像是很荒凉。朝南望，有一幢正在重修的道观，面前有所石坊，上面大书三个字"南天门"，奇观又在这里了。由这里的玉女宫进去，便是神妙台，乃是个平面的石峰，约莫有两丈见方。这石峰下面，云雾缭绕，略微看到一些深青色的影子，那是山谷，或者是丛林，都不好分辨，文言文里，有"下临无地"四个字的成语，若是借到这里来用，却也千真万确。加之这个小小的峰顶，又是在一排山峰突出来的一小尖角，只觉那半空里的风，呼呼地向着身上吹来。我经过了华山这些个险地，也总算是有些经验的了，可是我只敢在石峰的中间站着，稍微前进一点，不但是我心房里有些呼吸不灵，感到空虚，便是我这两腿，也不懂什么缘故，只管瘫软下来。这台叫着神妙，真个有些神妙了。台的左边，便是东峰的峰脚，右边呢，是南峰的后背。这南峰之背，由天上直插到深崖下去，其陡险也不待言。那山背和这神妙台，却隔了一条山沟，不知古来是什么好事的人，却由这里架了一道双板木桥，渡了过去。木桥底下，那是不能看的，看了只有发晕。然而这还不算，渡桥过去，就到了念念喘了。写到这里，得先解释这个名字，据本地人说，念念喘，是陕西土话，害怕的意思。我想，念念，大概是说一呼一息之中的念头，喘呢，就是喘气了。解释了这个名词之后，便可以写这里的形状。它是在像城墙似的陡壁中间，横插了若干根铁梁，每根梁的距离，总有四五尺远，在铁梁上面，架着一块其宽不到一尺的木板。木板里面，石壁上也凿有一条路，这一条路三个字，不是信笔写的，真正是一条。最宽不过一尺，窄处只有三四寸，和那木板共并起来，不能过二尺。木板底下，自然是空的，空到看不到下面有什么。外面虽也有栏杆，那栏杆的立柱，也是相距四五尺一根，也决不能遮拦什么。石壁上原有铁链，可是在半中间又断了。在这个地方，看上面的石崖，抬头应该会掉下帽子，看下面的深壑，只有黑影，人扶了那城墙似的石壁，踏了这架空万丈，其宽二尺，闪闪要断的板桥，这是一种什么境味？当时我看到，固然捏一把汗，事过半年，现在我提笔写到，还是在悠然神往之下，两脚发酸呢。念念喘，的确是念念喘。这念念喘的木桥栈道，约有四五十步，尽头是朝元洞。因为我们不敢走那木桥，洞里是什么情形，不得而知，当时有和我同行的背夫一人，自告奋勇，扶着石壁去了。我们看见他钻进石壁一个洞里去，却在这洞下三四丈低的石壁里冒了出来。那里有石桩，叫好汉桩，他拍了那桩几下，表示他是好汉了。他回来说，洞里有石桌、石香炉，供得有三清像，下面那个洞，是由上面这个洞坠下去的。何以在那地方，会有这两个洞，若说是人工做出来的，这人工可就不小了。最可怪的是，在这朝元洞上面，石壁之上，凿有"全真崖"三个大字。那个地方，便是会扒壁的猴子，也没地方可容手脚，更不用说凿字，古来又没有飞机，这凿壁刻字的人，是怎样的去动工的呢？再推想到这面前的栈道，最先要安排的是那几根横的铁梁，人如是不能飞的话，在什么地方走过去，又在什么地方立脚，把这铁梁插进石壁去？当然，我们不能相信老道们那些骗人的神话，料着当年布置这处险景，总有个巧妙的施工法。若是我们的祖先，肯实实在在地把这架高空万丈的栈道工程写下来告诉我们，这是一件很有价值的事。于此也可以看到我先民伟大的精神，并不让现代西人的种种探险。然而我们的祖先，费了绝大的力量，自己不要功劳，把这笔账情愿写在神仙名下，埋没了我们先民的伟大不要紧，还要坚固后人的迷信心，真是一件可惜的事。

神妙台之燕

在神妙台，还有两件有趣的事儿，可以写一写。其一，是我们脚站的所在，靠东一点，叫作一块瓦三间屋。这个解释是，因为这上面一块板平的石块，下面有个洞，以前有道人在里面住着。那里很大，隔了三间屋。一块瓦，就是一片石也。其二，便是这里的燕子。跟随我们的背夫，他说这里有许多仙家养的燕子，我们四处张望，并不见有，不肯相信。他说，平常是不出来的，假使我们用敬神的黄表去引它，它就出来了。当然，我们都要试验这话是真是假，立刻拿了二百钱，叫背夫到前面庙里去买黄表。他将黄表买来了，用手撅成蝴蝶那么大一块，向空中抛去。因为这里是突出的石台，下面其深无比，在我们脚下，风就很大。黄表是极轻的薄纸，在空中，被风一刮，就飘飘荡荡起来。虽然黄表有时比我们人还低，然而总是在半空里的。果然，只在这黄表飞出去有百十块之多的时候，也不知道一群燕子由哪里来的，发出唧唧的声音，七上八下，乱扑着这黄表。偶然看起来，好像神秘，其实仔细一推想，这也很平常。这些燕子，都在石壁小洞里做窠的，这样高山深壑里，风很大，平常寻食，必在下面，所以人看不到。现在放出去许多的碎黄表，它以为那是小虫儿，就追出来扑捉。假使不用黄表，而用别的纸片，我想一定也可以逗引它。只是我们身上没有带纸张，只好罢了。不过燕子飞过许多山峰，却要到这个不大容易觅食，而且温度很低的山壁上来合群而居，这是一件费解的事。

南　峰

华山五峰，南峰为高，这是人人知道的。南峰又有五个小峰头，名字是松桧、落雁、贺老石室、宝旭、老君丹炉。我们所到的神妙台，就是贺老石室上面。由这里向西，第一步到了松桧峰的金天宫。因为这峰最高，所以华山主庙也在这里。庙是坐南朝北，里面居然有比较宽大的院落。两旁配殿，走马通楼，楼通正殿。正殿上供着白帝的偶像，有一副对联是：万古真源高白帝，三峰元气压黄河。虽不脱道士臭味，却很雄壮。我们进得宫来，在东边配殿里休息，一个满脸烟容的老道，拦着他的卧室门坐着，门上有一副纸写小联，乃是：君子休跨入门内，高人请坐在堂中。那屋门内，却是一阵阵的鸦片气味，向外直通将来。不多一会儿，我们那三个背夫，都笑容满面地出来。华山有个最不好的现象，就是无论在什么地方，都有鸦片烟可吸。游人雇用的夫子，他总比你先跑一截路，为的是先找一个抽烟的所在。当你行到中途，想在行囊里拿点儿什么，背夫早背着走了。所以在玉泉院雇夫子的时候，必得仔细看看，是不是隐士之流，不然，在路上会很生气的。我当时笑对老道说："这门联得改一下，改成'若到屋内来，非隐士即君子；只在堂中坐，这游客岂高人？'再送一只横额，卧餐烟霞。这不也是道家语吗？"老道似乎有点论语派的幽默，向我作了个会心的微笑。言归正传，南峰是华山的主峰，东西二峰，拱立左右，在本身看不出所以然，将四周的环境一看，便见得这里是非常的雄伟。只是松桧峰本身，树木很多，不易眺望，因之我们出门，上西边的落雁峰。

落雁峰

这个峰，俗名叫仰天池。我们折转着上了峰顶，乃是嵯峨不平的石面，人站在上面，却情不自禁地会弯了腰。这原因是地方太高，容易教人自己震慑不住，二来也就是风不知由何而来，吹到人身上，让人不能自立，所以游客到这里，不能久站，总是坐观。这里有件奇怪的事，便是这石顶上，却有一个一丈直径的水池，水作黑色，并不怎样的干净，水有多深，因为我们没有带着棍棒，没法测验。不过这山顶是高于一切的，并没有别处的水流来。纵然有雨水落在这池里，也不能持久，可是这池里的水，是终年不干的。有这点缘故，道家很附会其说是有仙气，志书上也记着是仙人的太乙池。我想，这和那平地的突泉，其理由或者多少有些相同。我生平很少研究地质学，不敢强不知以为知，希望将来有地质学家来游此地，加以说明，在石头上刻下来，这比在老君挂犁的所在，挂上一只十八世纪的木犁，那是有意义得多了。在南峰附近，小名胜很多，有老君丹炉、老子峰、避诏崖等处，都是道家的点缀。只有避诏崖略微有点意思，是在山涧壁上，一个半露的洞，好像个鸟窠，得爬绳上去，相传北周的焦道广，宋朝的陈抟，都在这里面养静，陈并且是在这里躲避皇家诏文的。

石楼峰

由南峰到西峰，这就痛快得多了。在落雁峰上，看到有道山梁，一直向西北去，在山梁上有石栏和人行路，仿佛是第二个苍龙岭，那就是到西峰的去路。其实等我们下了南峰，走上山梁，那就比苍龙岭平正得多，只是这条路上，石头很奇怪，都是半大不大的，变化着各种形式，由各个姿势看来，可以让我们用各种物件去比拟。华山本以石名，论华山之石，大概又要以西峰为最妙了。度过这道山梁，首先让我看到的便是，一堆其大如楼的石头，据传说，这就叫石楼峰。在石楼峰下，有个圣母洞。

西　峰

西峰也叫莲花峰。因为这山峰上的石头片，长得像莲瓣上伸的缘故。不过这到近处看，已经不容易分辨出来。这峰下有座道观，是圣母宫，宫外有株将军树，已是毁于雷火了。这庙也是毁于火的，现在正修盖着，还未完成。说到圣母宫，这又是个荒诞不经的事。读者若看过《宝莲灯》这出戏，刘彦昌唱着，"我本当带岑香前去偿命，想起了三圣母送红灯。"便是这位圣母。据说圣母是二郎神的妹妹，刘彦昌赴京赶考，误投妖店，蟒精要来吃他，于是三圣母送红灯引他出来，二人自由结婚。因为不曾履行合法手续，不合于民法，结婚须三人以上之证明，玉皇大怒，处她无期徒刑，关她在莲花峰石头里。她产一子，名叫岑香，叫山神送给了刘彦昌。后来他和异母弟秋儿，打死秦府官宝，那偏心的父亲，放走了他，他上山来得了神仙之助，变成了雷震子那个模样，和他舅父大战，劈开了石峰，救出了母亲。玉皇大帝最是狗屎，见他有能为，不但不说他反动，倒说三圣母劫数已满，便特赦了。天上那条民法，不必经妇女们请愿，就这样取消了。这故事须不是我瞎说，西峰上有块石头，长数十丈，断为两截，刻得有字，是斧劈石，便是岑香劈的。石下有莲花洞，洞里放了一把长柄斧，重九十八斤，便是岑香使的。有人说：九十八斤的斧子，和这大石相比，犹如灯草碰砚台，如何会把这山峰砍了？这只有问山上的老道，凡人如何得知哩？这宫里，还有红纸糊的几只花灯，可以点烛，我想，那就是红灯吧？三圣母也决不会再送旁人，不知老道备它何用？

西峰之石

西峰之石，我已说了，是很奇怪的。怪不在样子，怪在大大小小，都有不稳的状态，可是经过了无数的年月，动也不动。最妙的便是由石楼起，经圣母宫的西手，一条大石，和许多下面的石头不相干，它伸着圆头，卧着平背，直到圣母宫后面去，这个奇构，在中峰南峰，都可以看得清清楚楚，这圣母宫就在许多乱石堆下建筑起来的，在远处看实在是妙绝。由西峰东面下来，便回到中污，满山都是青葱的古树。在这树林中，还有不少的道观，然而要一一记起来，除了神话，没有别的，只好从略了。

下山纪程

五峰都游完了，就该回头了。由西峰到玉泉院，还有五十里，这天已经走了不少的路，当然不能赶下山去。我们一行九人，在太阳还有两丈高的时候，就回到北峰投宿。洗过手脚，天气还早，上海那四位朋友，发了牌瘾，便问老道有麻雀没有。我猜必然是无，老道却笑着将牌盒捧出来了。他们不愿我孤单，非要我加入做梦不可。我并非不爱玩的人，赌可没有兴趣。经不住他们说在北峰打牌，是可以纪念的，因之我只好纪念一下了。下次有人到北峰，不妨照我这方子再来一回，藉减山中寂寞。次日，我们一早就下山，十点赶到玉泉院，吃完了午饭，一点多钟到华阴车站，坐三点的东行车回潼关。关于华山游记，到这里算完了，怕难的读者，看了一遍，也许不想去。然而我可以鼓励您一下子。举一件事为证：华山上盖庙，石头木头有办法，瓦是非山下运去不可的，怎样运法呢？原来老道并不费吹灰之力，他等那烧香人来，让他自动的许愿，捐上若干瓦。到了还愿的时候，男女老幼，都用蓝布褡裢盛着瓦背上山去。至多的背二十五块，至少的是那小脚妇女，也要背七块。我亲眼看到那五十多岁老妇，脚小真只有三寸，撑着棍子，扶着铁链，背了一褡裢瓦，从从容容地走上苍龙岭。朋友，难道我们不如小脚妇人，难道我们的探险心，不如小脚妇人迷信心，好一个名胜，不可失掉了，到华山去！

原载1934年9月至1935年7月上海《旅行杂志》第8卷第9号至第9卷第7号

潼西道上

张恨水

渭南的一瞥

由潼关到西安，共须经过华阴、华县、渭南、临潼四县。这一截路，原来叫东大道，西北人都认为风景似江南。于今筑了公路，就叫潼西段了。当我到西安去的时候，虽然陇海路快修到渭南，可是向西去的人，还是坐长途汽车的多。汽车有官家的，有商办的，定价是五块多钱一张票，还只能带五十斤行李。每遇搭客多的时候，拥挤的情形，是不可以言语形容。好在陇海路现已通到西安，看了这游记的人，再到西安去，可以很安适的睡在火车卧铺上达到西安，对于那种坐汽车的生活，无须描写贡献了。我是蒙经济委员会一位卢工程师，将他驾来的坐车，带我走的。据说，那汽车是宋子文先生留在西安的，其舒服也就不言而喻了。由潼关经过华阴是绕城而走，华县也不进城。在这一段上，向北看去，遥遥地可以看到渭河，向南便是华山，高低不齐的峰头，拖着向西南而去。偶然遇到成群的白杨树，也结成很丛密的林子。这里有两县，是列在第二期禁烟区，所以那时还有罂粟花长着。在日光底下，看那白色的花，一片雪光，紫或红的花，灿烂夺目，这就是像江南之处，假使这花不是害人之物，也很可赏玩的。汽车走一百四十里，到了渭南县，公路穿城而过。据陕西人说，这是东大道的一大县，街市虽不及潼关那样繁华，乡下人来往街上的，却是很拥挤。在县城的西头，设有汽车站，站里附有茶饭馆子，无论东来西去的客人，都在这里打尖。我们所打尖的那家饭店，四周的黄土壁子，空气不通，进去就觉闷人。光是那黑板桌上的油泥，便有好几分厚，初来西方的人，真是其何以堪？好在这又是后来人所不须经过的，也不必说了。

华清池洗澡

到陕西去的人，经过东大道，有两处地方，总是要去看看的，其一是华山，其二便是华清池了。无论经过什么浩劫，华山的五峰，始终是高入太空，而华清池的温泉，也始终保持四十度上下的温度，向上涌着。华清池在临潼县城南，骊山的脚下，西潼公路，正是经华清池公园门口过去。客车是不停的，包车坐的人，多半要停着洗个澡去。此处到西安一大站，将来火车通了，到陕西来的人，可以费很少的钱，搭车到临潼来洗澡，洗了澡再乘火车回去，碰巧，也不过半日工夫罢了。现在可以把华清池大概的情形素描一下：在一片广场的南边，绿树参差的当中，映掩着几处楼阁，向一个铁栅栏的圈子门望进去，好像是一所园林。树木后面很高大的一个圆山峰，便是骊山之麓。只是这个山，不像华山有木有石，这是土山，微微地有些稀草而已。进了这园子门，便是一道曲折的水池，有道石桥跨过池去。池的正面，有三间玻璃窗户的水榭，岸后的杨柳，倒垂着枝条，罩着浓荫过来。水榭西角，有间亭式的粉壁屋子，在回廊转弯的所在，据传说，那就是杨贵妃洗澡所在了。水榭的东角，还有一所楼，可以转着走上山去，在山上，有老君祠，因为我看山不甚好，没有上去。在水榭后面，有一带屋子，便是浴室。这里的浴室，分作两种：一种特别室，要买票才可以洗澡，每人一元；一种是普通室，不要钱，游人可自由下水洗澡。至于普通和特别之分，就因为这特别室，里面预备着休息室，有炕床、清茶、围巾，还有人伺候，和都市上的浴堂差不多。休息室里开着一门，门里就是浴池。这个池大概有三丈见方，三尺多深，池底是水门汀铺的，四围是白瓷砖墙，很是干净。泉由池底南墙流进，源源不断，西北角有个出水的眼，当洗澡的时候，却已塞住。原来这里的规矩，一池水至多洗五个人，五个人之后，必定要换过一池，那眼就是换水所用。水的温度，比人的体温要高一两度，在这水里洗到十分钟左右，必定要出水来休息一会儿，不然，热气薰蒸，人受不了。和我同时下池洗澡的，共是三人，洗不多时，都是汗涔涔地站了起来。后人集句，说当日杨妃洗澡是"侍儿扶起娇无力，一枝梨花春带雨"。那真是一点儿不会错的。再说到普通室，是紧接着这池里流出去的水，温度和清洁，都差一点儿，不花钱之不大好，就在这一点。这池现归陕西省政府派有专员管理，男女分池沐浴，普通特别，都是一样，所收的费用，除修理华清池而外，并在这里设有乡村学校和果园，在这里洗澡的人，多少是帮助着一点建设费了。只是有一层，军政界，在特别室里，免费洗澡的，似乎还不少。

华清池的历史

在西北这地方，要找水木清华的地方，实在不容易，而况又是温泉，所以在历史上，华清池是向来被人称颂着的。原来这地方，叫"骊山汤"，在汉武帝故事、三秦故事上，都是用这个名字。在秦始皇手上，就盖有房子，到汉武帝手上加修。由此以后，历代都有建筑，隋文帝曾种过松柏千株，杂树为屋，已经很繁盛。到了唐朝太宗手上，先建温泉宫，规模还不大。到了风流天子唐明皇手上，就改为华清宫，宫里分瑶光楼、飞霜殿、御汤九龙殿。这九龙殿，又叫莲花汤。安禄山这小子，没造反以前，在范阳刻了许多石莲花和鱼龙凫雁这些玩意儿进贡，唐明皇都让放到水里去，个个都像活的。水里又叠沉香木作假山，唐明皇坐了镀银的小船在水里玩。他又让贵妃在汤里洗澡，他偷着参观。因为这样一来，后人播之诗歌，就更有名了。这泉本靠着骊山，相传秦始皇阿房宫的大门，也就在这里，我们在这里洗澡之余，回想当年的繁华，都在那里，觉得人生真不过这么回事。

临潼名胜杂记

临潼这地方，除了华清池，有名的名胜还不少。我在五种志书上，找了以下各种名胜出来，原是抄个单子，预备自己去看看的，结果是一处没有去，于今将单子附在这文内，或者是个有意义的抄袭，以便游临潼的人，按图索骥。

庆山　在县东南三十五里，武则天垂拱二年，平地涌出，高二百尺。武氏名曰庆山。

鸿门坂　在县东十七里，汽车上可以望见，就是楚霸王宴刘邦的地方。

坑儒谷　在县西南五里，始皇坑儒之所。

鹦鹉谷　地点未详，据说山上有瀑布，水清。此说大概不可靠。

很石　在始皇陵东，相传葬始皇的时候，抬这石头要放在陵上，到了这里，无论如何抬不动，只得罢休。石高一丈八尺，周围十八步，像龟。大概是当年采而不用，刻龟不成形的石头。

历戏亭　周幽王死处，在县东二十七里，戏水之滨。幽王宠褒姒，举烽火引她笑，失信诸侯。后来犬戎攻幽王，举火不见救兵，为犬戎所杀。这故事就发生在这里。

骊山　就是温泉南方的山。秦始皇做阁道八十里，由古咸阳（在西安之西）到骊山为止。在周时，骊戎人居此故名。偏东，就是骊戎国故城，骊山上，旧有老母殿，俗传骊山老母，也是这里的出品。

始皇陵　在县东十五里。历史上是很铺张的，项羽曾用三十万人发掘过，其后火烧三月。黄巢也盗过一次墓。最近考古委员会，也想试试。

周幽王陵　在县东北二十五里。传说现在只剩下一个土丘，原来周三百步，高一丈三尺。

以上所举，都是很有名的名胜，此外还有新丰故城、始皇祠、太子扶苏墓、扁鹊墓、冯衍墓、唐朝三太子陵、黄巢堡，举不胜举。这些，在志书上载着，很觉引人入胜，可是实地考察，多半是渺不可寻的。纵然有，也就是荒土一堆罢了。

灞　桥

灞桥这两个字，那是充满着诗情画意的。古人所谓诗思在灞桥驴子背上，这灞桥是如何为人所留恋呢？这个桥，到西安二十里，据传说，有汉桥，有隋桥。汉桥已是不可考，大概，也在附近，略南。现在这桥，就是隋朝开皇二年建造的，到民国二十四年，已是一千三百四十五年了。在历朝，这桥不无小修补，但原形是没有改动的。桥形是平面，跨灞水两岸，由目力估计，约莫有三十多丈长，一丈四五尺宽，离水面，也只有四五尺。两旁有浅栏横卧，石条做的，不能俯靠，但可以坐。桥两头各树有一堵牌坊，上书"灞桥"二字。桥下的河床，多半是浮沙，积为大滩，不大清的水，在沙滩中间弯曲着，分了好几股流去，由建桥的日子到现在，河床垫高了许多，那是无疑问的，当年桥离水面，决不是这样近吧？桥两岸，略有树林，杨柳占半数，在春夏之交，杨柳飞花，人行桥上，回想着那古代的风味，这景致是有些意思的。桥东头，有个小市集，约莫有百十户人家。在唐朝的时候，做官的人出都，把这里作头一站，送行的人都送到这里为止。所以在当年步着长桥，看着柳色，望着流水，那离别的人，是激增了不少情绪的。而灞桥也就因袭了古人这点情绪，为后人所称道。

距灞桥西方一里多路有河叫浐水，上面也有桥叫浐桥。浐桥形状和灞桥相同，唯较短而已。因为有灞桥在前，所以把它的名号，就湮没下来了（在西安参观二桥，不妨坐人力车去）。

原载1934年9月至1935年7月上海《旅行杂志》第8卷第9号至第9卷第7号

到了长安

张恨水

街市的素描

陇海路潼西段，已经在民国二十三年十二月十八日，铺轨到了西安北门外，同时材料车，也就随之开到，预定十二月二十五日，开始售票。以后到西北去的人，可以一直坐火车到西安，无论是去甘肃、去新疆，总增加了不少的便利。那么，仅到西安去游历的人，也许会比以前多些，在这种情形下，把西安的现状，写了出来，也许是《旅行杂志》上所必需吧？西安原是府名，现在应当复古，叫长安才对，应为长安县府，是在城里的，这里也可以说是长安县治。我那次坐汽车过了灞浐二桥，远望莽莽平原，露出一圈黑影，那便是长安城，这样的景致，在南方是不大容易看到。汽车由东门进去，东门外另有一道新筑的子墙，据说是民国十七年围城之后加筑的，也是本地人一种沉痛的纪念。这里的城楼很高大，高到四层，很有些像北平的东直门、西直门，究不失为一个大城的外表。城里的街道，有新的，有旧的，有新兴的，鼓楼东大街完全是新路，宽有六七丈，是马路式的土路，有明沟，也有路树。两旁的店户，有平房也有楼房，如旅馆、饭馆、洗澡堂，汽油灯行（这是西安的特种买卖）、长途汽车行，都在这一带，大概是旅客集合的地方。鼓楼西大街，那是旧式的，街宽不过一丈多，汽车是刚好过去。两旁店户，十之八九是旧式的，大概是旧日精华所在，什么店铺也有。此外，便是新兴的建筑了。怎么叫新兴的建筑了，据传说，这里本是辟鼓楼东做新市场的。因为建筑得不坚固，地点也较偏，于是在几年之中，又把南苑门一带拆除房屋，展宽了街路，这里的街道，虽没有东大街宽阔，但是日用品，都集合在这里，铺面也不少是按照东方式样的。除了这几处，便都是冷僻的地方。初到西方来的旅客，很有一种深刻的印象，就是这里街巷的墙垣，很少抹石灰的，一看之下，那淡黄的土色，由平地以至屋顶，完全一样。尤其走到那冷巷里，踏着香炉灰似的浮土，眼见前后左右，全是淡黄色的墙壁包围着，有说不出来的一种情调。从前到苏州去的人，总感到街道之窄，到北京去的人，总感到房屋之矮，是这一样的意味。

旅客生活指南

我在长安城内，前后差不多住了一个半月，当地人的生活，我虽然还很隔膜，可是怎样在这里做一个旅客，我是很知道的了。

这种旅客生活，后来者是必然所需要知道，所以我先就把旅客所要接触的各方面，分别地写在下面：

（一）旅馆　旧有西北饭店、大华饭店、西京饭店、关中旅馆，共一二十家。西北饭店，是首屈一指的旅馆，现在共有六七十间屋子，有楼房，有窑洞，有平房，并且有大餐厅。房间里带有铺盖。大华饭店，是次于西北饭店的，也有铺盖。旅客不带行李，以二处为宜。房金不带伙食，起码每日五角，多到二元五角，住久了，大概可以打个八折。带有铺盖，住关中等旅馆，那就便宜得多，五六角一日的屋子，就很可以住。旅馆都在东大街，很容易找。若是打算住久，可以到西北饭店后身太平巷青年会去。别处的青年会，都不许带家眷，西安的青年会独不然。所以在此地做事的东方人士，带着太太，多半住在青年会。房价分南北院，大概多则每月十一二元，少则七八元。伙食也可以包办，分十二元、九元两种。新近中国旅行社，已在北大街买了地皮，建筑招待所，那设备的完全，是可以预测的。不过我希望能够平民化一点最好，因为到西北去的旅客，苦人儿居多呀。

（二）**饭馆**　最大的是南京大酒楼，在西大街，中西餐都卖，取费很贵，小吃一顿，总要三四块钱；其次有大陆春、北平饭馆五六家，都在东大街，北平饭馆大小吃都便当，也有西餐。住在旅馆，叫一菜一汤，带饭，大约六七毛钱。

（三）**澡堂**　此地旧式澡堂，很难进去，不但水坏，而且气味难闻。东大街新开有一品香一家，有瓷盆两只，较为洁净。房间每位四五角。

（四）**理发**　理发馆到处很多，各街都有。以南苑门两家，盐店街一家为最好，每人约三四角。

（五）**邮电**　邮政总局，在东大街，原来是每日五点钟以后就不收信，火车通了，大概可以改良。电报局在南苑门。

（六）**古董**　到西安来的人，总要买点古董字帖回东方送人。但是你若不是内行的话，这古董一项，最好不必问津。因为店铺里陈列出来的古董，十有八九是本店自造的。现在火车通了，需要古董的人增多，他们少不得加工赶造，花了钱，还要受人家暗笑，那何苦。但是真东西也有，必须你和掌柜的认识了，到他们家里看去。这种古董店，分设有北苑门、南苑门。

（七）**书籍** 商务印书馆、中华书局、世界书局，都在南苑门，卖旧书的铺子，也在南苑门，笔墨纸张同。

（八）**洋货** 关于舶来品的商店，都在南苑门一带，日用品，大概都可以买到，但没有上等货色，而且价钱也很贵。西药，照相器具，也都以在南苑门购买为宜。

（九）**银行** 此处原只陕西银行一家，听说现在已经有中央、交通、农工几处分行了。银行都在城西盐店街。中央银行上海钞票可以通用，角票同。西北的币制，最为紊乱，几乎是走一截路，要另用一种钱。西安城内，除中央钞票外，便是用陕西银行钞票角票和富秦银号的铜子票，大铜子。

（十）**娱乐场合** 此地戏馆，有正俗、易俗等社，秦腔班三四家。正俗社是真正秦腔。易俗社就带一点儿改良性质。皮簧班，偶然也有，但是不受当地人欢迎，维持不久。电影院，有阿房宫一家，在南苑门，专映无声片。

（十一）**字帖** 在碑林外，有专售拓碑店四五家。

（十二）**医院** 齐鲁医院，在省政府前，比较组织妥善。

西京胜迹

这"西京胜迹"四个字，是本小册子的名字，乃张长工先生编订的。内容是将在志书上和在西安当地考查所得，约编订了有一万字上下的简记，大概西安的胜迹，都网罗无遗了。不过他所举的仅仅是沿革，没有加以描写。我根据了他那小册子，游历一二十处胜迹，颇得他的介绍力不小，就借重他这名字，总括我这段琐文。

开元寺

这寺在东大街路南，大门对着街上，门里是片广场，广场正面是庙，两旁是环形式的人家门户，猛然一看，不过一般中产以下的住户而已，可是里面藏了不少的奥妙。在那大门上，有块开元寺的石额，下面有块木板横额，正正端端，写了"古物商场"四字。按理说起来，这开元寺是唐朝开元年间的建筑品，历代都增修过，说这里是古物商场，当然可邀初次西来的人相信。但是看官到西安，千万别见人就问开元寺在哪里，或者说我要进开元寺去，因为那两旁人家不是古物，乃是东方来的娼妓，稍微有身份的人，是不敢踏进这古物商场一步的。但是我因为听说这里面有塑像，有壁画，也许可以发现一点什么，就择了一个正午十二时，邀了一位教育所的凌秘书作陪，毅然决然地进去参观了。经过那广场，便是正殿，似乎这广场，原先都是殿宇，现在的正殿，已经是后殿了。正殿并不伟大，在佛龛四周，有十八尊罗汉塑像，其中有几尊，姿态很好，和北平西山碧云寺的塑像不相上下，我断定不是清朝的东西，不是元塑，也是明塑。有几尊由后人涂饰过，原来的面目尽失，大为可惜，然而就是我所认为姿态很好的，西安也很少人注意，始终是会湮没的。因为塑像这种艺术，清朝三百年来，是绝对不考究，所以没有好塑匠。我们把江南一带新庙宇的塑像和北方古庙宇的塑像一比较，那就可以看出来。清塑是粗俗臃肿，乱涂颜色，清以上的塑像，大概都刻画精细，饶有画意。开元寺那几尊罗汉像，绝无粗俗臃肿之弊，眉目也很有神气，所以我认为很好。在这正殿上，有座佛阁，四面是窄小的游廊，很有点明代建筑意味。阁里很黑暗，有三四尊像，是近代塑出的，无足取。

碑 林

西安碑林

这是西安最著名的一处名胜，在城东南，雇人力车，告诉车夫到碑林，就可以拉到，因为就是人力车夫，也知道这处名胜的。这碑林在旧府学里，现在归图书馆专员管理。进门在苍苔满径的小巷子里过去，正北有个小殿，供有孔子的塑像，朝南有三进旧的屋宇，一齐拆通，一列一列地立着石碑。这里面共分着十区，第一区的唐隶，第二区的颜字《家庙碑》《圣教序》《多宝塔》，第三区的十三经全文，第六区的《大秦景教流行中国碑》（大唐建中二年刻石），这都是国内唯一无二的国宝，在别的所在，是看不到的。这里的碑共四百多种，合两千四百多块。洛阳周公庙的石碑，唐碑本也不少，但这里的都出于名手，那是洛阳所不及的。文庙在碑林隔壁，顺便可去看看，里面有古柏几十棵，是西安第一个终年常绿的所在。

曲江与乐游原

曲江这两个字，念过唐诗的人，便会觉得耳熟。据传说，这里秦是宜春院，汉是曲江，隋是芙蓉池，到了唐朝开元年间，大加修理，周围七里，遍栽花木，环筑楼阁，可以任人游玩。虽不及现在的西湖，至少是可以比北平的北海的。唐诗上随便翻翻，可以翻到曲江饮宴的题目。就是唐人小说上，也常常提到这地方作为背景。我到了西安，就曾问人，曲江这地方还有没有？同时念着那杜甫的诗："三月三日天气新，长安水边多丽人"和朋友开着玩笑。朋友答复，都说还有遗址可寻。这在我们有点诗酸的人，就十分高兴了。在一天下午，借了朋友的汽车，坐出南门，在那浮尘堆拥的便道上，驰上了一片土坡，那土坡高高低低，略微有点山形，在土坡矮处，有几棵瘦小的树，映带着上十户人家，在人家黄土墙外，有座木牌坊，上面写了四个字：古曲江池。呵，这里就是了。当时和两个朋友，下了汽车，朝了人家走去。人家在洼地所在，门口是一片打麦场，东北西是土坡围着，向南有缺口。四周看看一点水的地方也没有。至于那四周的土坡，只是些荒荒的稀草，哪里还有什么美景？但是据我的捉摸，这人家所在，便是当日曲江池底，由南去湾湾的洼地，正是引水前来的池口。因为由洼地到土坡上面相差有四五十尺，轻易是填不起来的。大概多少还留着原来一点形迹。我和朋友都不免叹了两声桑田沧海。在这曲江池的东南边土坡上，荒草黄尘，远远地看到西安城堞，在这黄黄的斜阳影里，说不出来是一种什么情趣。这地方就是乐游原，在汉朝的时候，春秋佳日，都人士女，都到这里来游玩。

李太白的词上说："乐游原上清秋节，咸阳古道音尘绝。音尘绝，西风残照，汉家陵阙。"这似乎在太白当年，这地方已不胜有荆棘铜驼今昔之感的了。

武家坡

这三个字写了出来，读者不免要大大地吓上一跳，这不是一出京戏的名字吗？对了，这就是京戏上的《武家坡》。西安人很少舌尖音，"水"念"匪""天"念"千""典"念"检"。他们的秦腔里面，有一出本戏，叫《五典坡》，是演薛平贵、王宝钏的事，由抛彩球起，到算粮登殿为止。京戏可叫《红鬃烈马》。这五典坡，就在曲江池的南边深沟里。西安人念成五检坡，京戏莫明其妙地就改为武家坡了。这一道深沟，弯曲着由西向东南，在北岸上，有三个窑洞门，都封闭了，传说那就是王宝钏为夫守节的所在。南岸随着土坡，盖了一所小庙，里面有王三姐和薛平贵的泥塑像，像后面土坡上有个黑洞，说是能够点了油灯照着向这里上去，另外还有一篇神话。其实也不过是看庙的人，借此向游人讹钱罢了。薛平贵、王宝钏这两个人，本来是不见经传的，这武家坡当然也有疑问。但是西安的秦腔班子，几乎每日都有唱《五典坡》这出戏的，其叫座可知，那故事深入民间也可知了。

雁　塔

在科举时代，恭祝人家雁塔题名，那是一句很吉祥的话。

慈恩寺

大雁塔

这雁塔在慈恩寺内，寺在曲江池西北角，到城约五六里路。这寺和别的寺宇不同的，就是在正殿之前，列着一层层的石碑，不下百十来幢。当唐朝神龙年后，选取的进士，都在这里碑上题上他的芳名，而雁塔也就因为这样流传士人之口，直到于今。塔在殿后高高的土基上，塔门有唐朝褚遂良的《圣教序》碑，并没有残破，也是为赏鉴碑帖的人所宝贵的之一。这个塔和开封的琉璃塔，恰好相处在反面。那琉璃塔是实心的，只在塔心划开一条缝，转了上去，所以塔里没有一寸木料。这雁塔却是空心的，倚靠了塔墙，四周架了栏杆板梯，临空上去。所以有三四个游人扶梯登塔的话，只听到登登的一片踏木梯声，而且在上层的人，可以看到下层的人，便是其他的塔，也很少这种构造的哩。这个庙，在隋朝叫无漏寺，唐高宗为文德皇后改造过，改名叫慈恩寺，直到于今。

小雁塔

小雁塔

这塔在大雁塔西边，下面是荐福寺，塔虽有十五层，却比慈恩寺的七层塔矮小得多，所以叫小雁塔。这里有两种神话，说是地震一回，这塔就会裂开，再震一回又合起来。又庙里有口钟，是武功河边捞起来的，相传有女人在河边捣衣，声闻数里，于是就掘得了这口钟。因为雁塔钟声，是关中八景之一，所以在这里顺带一叙。

荐福寺

新城与小碑林

在西安的人，听到新城大楼这个名词，就会感到一种兴奋。便是国内报纸，每记着要人驾临西安的时候，也会连带地记上新城大楼这四个字。原来这是绥靖公署宴会的场合，要人来了，总是住在这里的。既是官衙，怎么又算西京胜迹之一哩？就因为这里是明朝的秦王府，四周筑有土城，土城里很大一片旷地，是前清驻防旗人的教场，旗人也就驻防在东北角上。辛亥军事城里一场大火，烧个干净。民国十年，冯玉祥派人把这里重新建造了，叫作新城。到宋哲元做陕西主席的时候，更盖了一幢中西合参的大厅，因为下面有窑洞，所以叫大楼。合并两个名词，就叫新城大楼。大楼后面有个敞厅，里面立有大小石碑二三十块，其中颜真卿自撰自书的《勤礼碑》，最为名贵。这块碑，宋时很多人模仿，元明就失传。民国十一年，在西安旧藩台衙门里挖出，虽然中断，全文不缺，据人推测，已埋在土中一千年了。小碑林里有了这块碑，所以这个地方，也成为胜迹之一。只是这在绥靖公署里面，地方太重要了，游人是闻名而已。

第一图书馆

到西安来游历的人，省立图书馆，那是值得一游的。馆在南苑门，交通很便利，里面分着古物、书籍两大部分。我所看到的，有以下几样东西，值得向读者介绍的：（一）《八骏图》。这是唐代的石刻，乃是在大石块上浮雕起来的，一种古朴的意味，和近代的石刻异趣。其中两块，被人盗卖到国外去了，现在只剩六块嵌在东廊墙上。（二）宋版《藏经》全部，及明版《藏经》。这种书，国内别处，虽然也有，可是不及这里的多，满满地陈设了三间大屋子，据传说，有一万一千多卷。馆里对于这书，管理得很严密，非有特别介绍，不许参观。（三）唐钟，是唐睿宗用铜铸的，高一丈多，书画都完全不缺。现在东廊外，用一个特别的亭子罩着。（四）北魏造像。在西廊，另有其他许多唐宋石刻配衬着。（五）出土古物。也在西边屋子陈列着。虽然不多，各代的都有。周鼎尤其是宝贵。（六）《汉宫春晓图》。这幅图，藏在图书馆楼上，要特别介绍，方能由馆中负责的人取下来看。画长二丈一二尺，阔一丈二尺余，上面所绘楼阁山水人物，非常细致。作画者为仇某，已不能记起什么名字了。据图书馆人说，这是明画。

华　塔

这塔本不怎么高，但是值得一看的，就是每层塔上，各方都嵌有一个石刻佛像。这是唐代的石刻，在这里可以和北魏的造像比较一下，研究研究这两个时代的雕刻如何。在第四层上，有个女像，据传说，是唐明皇为杨贵妃刻的。塔在书院街师范学校附属小学里，塔外围有一道矮墙，保护石刻，游人只能远看了。

莲花池

这池就算是西安的公园了，地址在城西北角，里面很宽阔。本来是明朝的水渠，后来干了。民国十七年，改为公园，栽了许多树木，南北两个池子，周围约一里多路，在池边树木里建了两三个亭子，为西安市上单有的一个市民清游之所。但是当我去游的时候，池里水干见底，很少情趣。听说西京建设委员会，要大大地修理一下，大概将来是会比现在较好些的。

西五台

这地方本不足观，但它很负盛名。因为那里有个大土楼，每逢旧历六月初六，有一度庙会，所以被人称道着。我在西安，震于它的盛名，也曾特意去了一次。这里更在莲花池的偏西，在很污秽的敞地上，一排有三个黄土台子。前面一个，上头有破庙一所，门口作了马营养马之所，当然是不堪闻问，最后一个，上面却有个更楼式的亭子。登那亭子上，可以望到西安全城。始而我疑惑，这里哪够算是名胜？后来向人打听，原来这是唐朝皇城的遗址，一千年以来，唐代宫阙，什么都没有了，仅仅就是这几堆城墙土基而已。

西安风俗之一斑

关于西京胜迹，那是书不胜书，我只到了这些地方，我也就只能描写这些地方。最可惜的就是，近在眼前的终南山，我竟不曾去走一趟。这并不是愿意交臂失之，因为初到的时候，赶着要上甘肃，回来的时候，又遇到天气十分热，只好罢了。现在还有旅客到西安，应当知道的一些风俗，拉杂写在后面。

西安人起得很早，在春天的时候，六点钟，就满街都是人了，便是住在旅馆里，七点钟以后，声音也极其嘈杂，不容人晚起。这自然是个好习惯，作客的人，不妨跟着学学。晚上九点钟以后，街上已经难买到东西。

西安人是吃两餐的，早餐大概在十点钟附近，晚餐在下午四点钟附近。设若你接到请帖，订着晚四点或早十点，你不要以为这是主人翁提早时间，应当按时而去。

西北人的衣服，都很朴实，男子有终身不穿绸缎的。近年来，年轻的女子，也慢慢染了东方人士奢华的习气，但是也不过穿穿人造丝织的衣料而已，到西北去的朋友最好穿朴素一点，可以减少市民的注意。若是你穿西服，无疑的，市人会疑心你是老爷之流。因为除了东方去的年轻官吏，本地人是绝少穿西服的。摩登少年也不过穿穿那青色粗呢的学生服，若在上海，人家会疑心是大饭店里的工友。如此看来，到西北去应当穿哪种服饰，不言可喻了。

某一个地方的人，必是尊重某一个地方的名誉，作客的人，在入境问俗的规矩之下，本不应该在浮面上观察过了，就作骨子里面批评的。陕西人爱护桑梓的观念，大概是比别一省的人，还要深切。到西北去的人，对人说，我们回到老家来了，西北人刻苦耐劳，东南人士所不及，像这一类的话，只管多说，不要紧。若易君左闲话扬州而兴讼，胡适之恭维香港而碰壁，都是忘了主人翁地位说话的一个老大教训。到西北去的朋友，对于这一点，是必再三注意之后，还要再四注意。

西北人的旧道德观念，很深很深，所以男女社交，还只限于极少一部分知识阶级，此外，男女之防，还是相当的尊重。客人到朋友家里去，不可以很大意地向内室里闯。像上海朋友，住惯了鸽子笼式的房屋，不许可人分内外，久之，也就成了习惯；到了北平，就常因走到人家上房，引起了厌恶；若到西安去，也要谨慎。再者，在西北地方，便是走错了路，遇到妇女，也不宜胡乱开口向人家问路，我亲眼看见我的朋友，碰过很大的钉子。

最后，说到方言这个问题，陕甘宁青四省，汉人都是操着西北普通话，并不难懂。到西安去，扬子江以北的各种方言，他们都可以懂得。陕西方言，大概是喉音字，发出来最重，如"我"字，总念作"鄂"。舌尖音往往变成轻唇音，如"水"念作"匪"之类。大概知道这一点诀窍，陕西话是更容易了解了。

原载1934年9月至1935年7月上海《旅行杂志》第8卷第9号至第9卷第7号

在国防前线的西安

宋之的

一

当陇海列车驶过了郑州，三等车厢里的旅客便颇有些拥挤了。

那车上的招待员，在这当儿，也就特别显出了自己的威风。

几乎在每一个站上，全要拥进无数的人，而这些人都大致相似：背着包袱，挑着行李，穿着开了花的棉大袄，脸上爬满了奇怪的皱纹。

于是，随着那漫飞着的灰尘，招待员的嘎嘎的声音，便到处飘送着。

"坐下，坐下！"

"蹲在那儿干么？"

由于老实，或是由于对陌生环境的畏怯，也有一上车，便悄悄地在车厢的一角蹲下的；但立刻便被招待员提着耳朵提了起来。

"找地方坐下！"

坐下吗？平常只能容纳两个人的座位，已是挤了三个人了。车上还蠕动着若干没有座位但却又不敢冒昧地向长衫先生通融的乡下佬。但自然，也还有脱光了袜子，叉着脚丫，假装睡觉，却占了三个座位的面圆圆的乘客。这乘客以他身下铺着的俄国毛毯，身上穿着的青色马褂而标明了身份，是使乡下佬望之就生畏的。

但招待员却终不免由于职务，而犹疑了一下，陪着笑脸向他们请求谦让了。

"帮帮忙吗？"

答复那请求的只有这简短的话，和一张涎着的脸。而执拗了半天，不得不让出一角座位时，那乡下佬也不免是受宠若惊，翘着屁股贴在那里。

招待员却像是做了一件功德，而有点扬眉吐气了。当某一角落里向他喊：

"先生，我的帽子呢？"

"帽子，我管得着吗？我是管你的帽子的吗？"

于是他说。

这三等车厢，实在是一个社会的缩影，车越向西行，景象也越凄惨了。车厢外边，是连绵不断的穷山恶水，是漫无人烟的干枯的土地；车厢里面，就尽是那些为生活忙碌，却依旧是吃不饱穿不暖的人们。

这些人们愚蠢、粗野，却也狡猾。有时候，却是很能使那关在亭子间里仅只描摹着他们那善良性质的小说家们吃惊的。

车停某小站，一毛钱十个的饺子打动了某一位乡下佬的心。于是乎来了十个，但饺子咽下肚，却忘记了给钱。车开行了，让小贩扳着车窗焦急地嚷骂着。于是旁座有位仗义的先生便尖着嗓子开言道：

"是谁吃了人的饺子不给钱，让人家骂八代呀，是谁……"

一直到车已经驶出了郊野，那乡下人已经若无其事地靠着车窗打瞌睡了。

若由此推论那位先生仗义责人，也许不当，因为他或者就是为己，为了自己没有吃到那没花钱的饺子，没有这种揩油的勇气而愤怒。

天下事，大抵如此。

但一位在大背头和白小褂上全涂满了油垢的先生却说了：

"开开窗子，空气太坏了，太坏了！"

二

到了西安。

在那修葺得像古宫殿似的车站上，下了车，步出了站台，经过了检查，拿了一个"验讫"的纸条，又步进了那古老的城门楼。

原来这里的洋车是出不了城的。

于是我记起了去年的某一天，在别一省份的别一个城市里，眼见的那滑稽却又足以代表内地剥削制度的事。那儿的洋车虽可以出城，但出城却要纳款八枚铜元。有个名目叫"手续费"，是为了检查官的便利的。考其来源，大概是由于古"门包"的制度。

但这儿却干脆是不得出城。一城之外，极目荒凉，是可以想见的了。

到旅馆里，首先触入眼帘的是一个什么运会的标语，第一条"请贵客为我国家爱惜身体，勿吃鸦片，勿宿娼。"

这标语既出于劝告的语气，谅来鸦片和娼妓是流行甚烈的了。鸦片、赌和娼妓，本来是我国的三宝，是到处蔓延着的。但自然，贤明的当局是已经勒令禁烟和赌了，只有娼妓，似乎还没办法，因为老实说，倘禁娼，则颇有点关系民生。

但我又确实在潼关城内饱享过鼻福，大闻鸦片的浓芬。

虽然当局那除三害的决心，毕竟是可感的。翻阅报纸，我得知某当道曾在中心小学联合运动会里大声疾呼为陕西除三害，那三害是：早婚、缠足、鸦片烟！

自是没有列入禁娼，也无怪乎报纸上以及街头的墙壁上"梅浊克星"的广告那样繁盛了。

在旅馆里的第一夜，就像在任何别的地方一样，遇见了那习惯的可总是使人不舒服的事。一个查店的长官问我：

"干什么的！"

"新闻界！"

"有证章吗？"

"没有！"

他立刻竖起眉毛：

"你该说没带着，还没有！"

自然我没有说，可是他却等着我说，这倒是生面别开，我不觉有些好笑。终于是那善心的账房代我说：

"对啦，他没带着，没带着！"

他才满意地走了。

事后我知道，这种愚蠢的却自作聪明而骄横的人，该是目下行政界最多的家伙吧。

三

"哈哈哈，想不到，想不到，我高兴极咧！西安怎么样，维新咧！摩登咧！是不是？"

一个做摩登生意——开电料行的朋友笑着问我。我说：

"像这样新式的生意，西安恐怕就你一家吧！"

"一家？"他吃惊地瞪起眼睛："十二家！我们还要组织电料业公会呢！"

"若就这点说，西安确实是摩登了！"

据那朋友告诉我，西安从今年——一九三六年六月起才有电灯，而在一年之内，竟先后开张了十二家电料行。陕西维新，不，"向着新的建设推进"于此可以概见了。

也许是为了维新，而不得不需要大量的人才吧，所以在"开发西北"这好听的名目下，从全国各个角落汇集来的谋事者，在西安就特别的多。这大批的"开发者"结果是造成了一种奇观——使旅馆业得已稳居"西安三多"的魁首。

大街小巷，十步一饭店，五步一旅馆。在西安，并不是稀奇的事。而最热闹的东大街，一连十几家旅店踵接着，可算是这古都的唯一点缀了。

曾经有人说，西安赖这些终年不息的旅客，得以维持，谅来也有一部分道理。不过倘有外籍的游历者，却是不免例外的。譬如友邦人士，深入陕西腹地，借口游历，实际却属"视察"之类。那么省府除通令所属，切实招待外，还要派专人加以保护的。

在西安，所谓"三多"，从前除旅馆、娼寮外，还有鸦片烟馆。现在鸦片既已遭禁，该只剩下旅店、娼寮了。但三多之数，毕竟还要凑足的，所以之外，就又添了一个丘八太爷。

丘八太爷在西安一隅，大有三角顶立之势。东北军、中央军，以及土著军。真是国防重镇，大军云集了。不过最动人的，却要算那些拄拐杖在街头流浪的伤兵。他们多半是在街道东张西望，满脸菜色，闪着过分忧郁的、空洞的、渺茫的、无助的眼光。是追抚那未御国先丧臂的滋味呢，还是自叹身世的零余呢！

并且他们是那么的多啊！

随了丘八老爷的多，而地方上的生活程度也就昂了。一块钱，八斤本地面。倘是所谓洋白面，则只有五斤。到饭馆里去，哪怕是简单的饭食，算下账来也会使你咋舌：五毛多。幸而是厉行新生活，力求节俭，划免了小费，否则恐怕更不胜负担了吧！

但这米粮昂贵确还另有一说：原因是近年来陕西农民大都种棉，棉利比米粮利大，虽说要纳较重的税，也只好忍着肚子痛。其结果是米粮不敷，即连乡间小地主，也要到城内来购粮，当然要逼得米价上天了。

这话，告诉我的即为一老农，而我又亲自在路上看见广大的田野上，结满了棉花的果实，谅来是可以相信的。

但这是否因了友邦强迫华北种棉所致呢？那强迫种棉的事，我是曾经经历过的。身居华北边疆的陕西，也许不会在所谓相互提携的新政下例外吧！

四

自然，有人也难免要关心西北的文化吧。

倘谈西北的开发，文化自然是先驱。所以除数家报纸不计外，文化团体似乎也很有几个。这其中，除那平日无所事事，而在"迎接要人"的时候，特别显示神通者暂略外，一个属于某机关的话剧团体，似乎特别与我有缘。

因为在短短的居留中，我曾经看过了他们的一次公演。但那公演的成绩像是并不好。且在排好的几个戏里，临时辍演了《东北之家》，也像很引起了观众的愤慨。若愤慨，自是仍联系着关切，据说在不久以前，他们为了"剿"而公演宣传剧的时候，台下曾冷落到几无一人。那么，它在观众层中的地位，也就可想而知了。

至于报纸，除由中央社转贩一些外国通讯社的新闻外，副刊上则还是"悲怀着咖啡店之夜"的作者多。自然，也不无例外，但这例外，却容我先举几件事实。

事实之一：听说前些天曾有很多学生被逮捕了，而被捕的原因，却是无力交纳制服费。既属无力交纳，则穷苦可知，当然会激起请免交纳的要求。但穷苦却又作无礼的要求者，是应该视同乱党的，所以反动的头衔便给加上了。

事实之二：为了思家心切，某些失掉家乡的人，乃有反×同盟的组织，这种组织自然也是违法的。于是，一个老法门，又是逮捕。但结果听说却不好，某逮捕机关被一些丘八太爷捣毁了。

这种高压下的结果，自会激起一些高压下的文化。然而……

文化且不谈，再谈一件事实吧！

那是在街上。

街上行人寥落，而军警独多。往来巡逻的兵大爷即手提马棒，伫立前头的军佐更闪着明幌幌的枪刺，拧着冒火的眼睛。

"躲开！"

"滚！"

四处洋溢着这声音。

某挑担的小贩曾企图步入人行道上，却不料当头就来了一棒：

"还不走，望什么！"

马路上，是不仅不准人走，而且即使是望，也在禁止之列的。

原来西安又在为某要人的出巡而"禁街"了。

原载1936年12月5日《中流》半月刊第1卷第7期

长安行

郑振铎

　　住的地方，恰好在开"陕西省先进生产者代表会议"，碰到了不少位在各个生产战线上的先进工作者的代表们，个个红光满面，喜气洋洋，看得出是蕴蓄着无限的信心与决心，蕴蓄着无穷的克服任何困难的力量。社会主义的工业建设是一日千里地在进展着，眼看见的将是一个崭新的大西安城，一个空前的宏大的工业城市。灰色的破落的西安，将一去不复返。我想，明年今天再来时，将很难认识现在的街道形式了。许多久住在这个古城里的朋友们和我一同出城一趟，便说："变得多了，已经连道路也认不出来了。前几个月来时，哪里有那么多的建筑物！新房子叫人连方向也辨不清了。"的确，这最年轻的工业城市，就建筑在一座中国最古老的文化城市的基础上。

　　说起长安，谁不联想到秦皇、汉武来，谁不联想起汉唐盛世来，谁不联想到司马相如和司马迁就在这里写出他们的不朽的大作品来，谁不联想到李白、杜甫、王维、韩愈、白居易、杜牧来，他们的许多伟大的诗篇就是在这里吟成的。站在少陵原上的杜公祠远眺樊川，一水如带，绕着以浓绿浅绿的麦苗和红馥馥的正大放着的杏花，组成绝大的一幅锦绣的高高低低的大原野，那里就是韦曲、杜曲的所在，也就是一个大学的新址的所在。杜甫的家宅还有痕迹可找到么？每一寸土，每一个清池的遗迹，都可以有它们诗般的美丽的故事给人传诵。相隔不太远的地方，就是蓝田县，就是辋川，也就是有名的诗人兼画家的王维所留恋久住的地方，就是有名的《辋川图》，和裴迪联吟的"诗中有画，画中有诗"的地方。从少陵原再过去，就是兴教寺的所在了。那是三藏法师玄奘的埋骨之地，一座高塔建筑在他的墓地上，旁有二塔，较小，那是他的大弟子圆测和窥基的墓塔；关于窥基曾流传过很美丽而凄恻的一段故事。这个地方的风景很好，远望终南山白云封绕，唐代的诗人们曾经产生出许多诗的想象来。

站在长安城的中心——钟楼的最高层上，向北看是大家累累的高原。刘邦、吕雉的坟，以及他们的子孙的坟都在那里，晓雾初消的时候，构成了一幅像烽火台密布似的沧荒的奇景。向南向东望，是烟囱林立，扑扑突突地尽往天空上吐烟，仿佛蕴蓄着无限的热与力；就在那儿，十分重要的仰韶文化（新石器时代）遗址是相当完整地被保存着。再向东望，隐隐约约地可指出骊山的影子来，秦始皇帝就埋身其下。华清池依旧是最好的温泉之一。七月七夕，唐明皇和杨贵妃站在那里私誓"在天愿为比翼鸟，在地愿为连理枝"的长生殿也就在那里。向南望，双塔屹立，尖细若春笋的是小雁塔，壮崛而稳坐在那里似的是大雁塔。终南山在依稀仿佛之间。新建筑的密密层层地一幢幢的高楼大厦，密布在那里。向西望，那就是周文王、武王的奠立帝国的根据地丰京和镐京遗址所在地。灵台和灵囿的残迹还可寻找呢。读着《诗经》，读着《孟子》，不禁神往于这些古老的地方了。就在这些最古老的地方，新的建筑物和工厂，纷纷地被布置在丰水的两岸。还可望到汉代的昆明池，大的石雕的牛郎、织女像还站在那里，隔着水遥遥相望呢。——当地称为石公、石婆，并各有庙。

　　没有一个城市比之今天的西安，更为显著地糅合着"古"与"今"的了。在没有一寸土没有历史的古老文化的基础上，建立起了新的社会主义工业和新的社会主义文化。新的长安城，毫无疑问地，将比汉唐盛世的长安城，更加扩大，更加繁华。点缀在这个新的工业大城市里的是处处都可遇到的赫赫有名的名胜古迹和古墓葬、古文化遗址。从新石器时代的仰韶文化起，中国历史的整整大半部，是在这个大都城里演出的。它就是历史的本身，就是历史的具体例证。这些，将永远不会埋灭。社会主义社会里的人民都知道将怎样保护自己的光荣的古老的文化和其遗存物。在林林总总的大工厂附近，在大的研究机构和学校的左右，有一处两处甚至许多处的古迹名胜或古墓葬或古代文化遗址，将相得益彰，而绝对不会显得有什么"不调和"。他们在休假日，将成群结队地去参观半坡村的仰韶遗址，那是四千多年以前的原始社会人民的居住区域。他们看到那些圆形的、方形的住宅，葬小孩子的瓮棺。他们看到那个时代的艺术家们，怎样在红色陶器的上面，画出活泼泼两条鱼在张开大嘴追逐着，画出几只鹿在飞奔着，画出一个圆圆的大脸，却在双耳之旁加画了两条小鱼，仿佛要钻进人的耳朵里去。他们看到那时候人民所用的钓鱼钩、渔叉、渔网坠。他们会想象得到：在那个时候，半坡这地方是多水的、多鱼的——那时候的人从事农业生产，但似以捕鱼为副业。他们看到骨制的鱼钩，已经发明了"倒钩"，会惊诧于那时的人民的智慧的高超的。他们将远足旅行到汉武帝的茂陵去。在那里，会看见围绕着那个大土台，有多少赫赫的名臣、名将的墓。霍去病、卫青、霍光都埋葬在那里，还有李夫人的墓也紧挨着。在那里，还可以捡拾得到汉砖、汉瓦的残片。霍去病墓的石刻，正确地明白地代表了汉武帝那个伟大时代的伟大的艺术创作。

现存着十一个石刻，除了两个鱼的雕刻——似是建筑的附属物——还在墓顶上外，其他九个石刻都已经盖了游廊，好好地保护起来。谁看了卧牛和卧马，特别是那一匹后腿卧地而前蹄挣扎着将起立的马，能不为其"力"与"威"震慑住呢！"马踏匈奴像"是那样的真实。一个胡人在马腹下挣扎着，手执着弓和箭，圆睁双眼，简直无用武之地，而那匹马却威武而沉着地、坚定勇猛地站着不动。那块"熊抱子"的石头，虽只是线刻，而不曾透雕，但也能把子母熊的感情表达出来。那两千多年前的中国雕刻家们的作品，是和希腊、罗马的雕刻不同的，是别具一种民族风格，是世界上最高超的艺术品之一部分。谁能为这些石刻写几部大书出来呢？有机会站在那里，带着崇高的欣赏之心，默默地端详着它们的人们，是幸福的！他们还将到华清池去，过个十分愉快的休沐日。他们还将到唐高宗的乾陵去，欣赏盛唐时代的石刻，一整列的石人、石马，一对鸵鸟、一对飞马，还有拱手而立的许多酋长、番王的石像（可惜

乾陵无字碑

石　人

都缺了头），都值得看了又看，看个心满意足。长安城的内外，是有那么多的名胜古迹，足资流连，足以考古，足以证史的地方啊。一时是诉说不尽的。韦曲、杜曲、王曲以及曲江池、樊川等古人游乐之地，今天只要稍加疏浚，也就可以成为十分漂亮的人民公园。我想不久的将来，我们就会看到那个宏伟而美丽的大公园在长安城南出现的。"古"与"今"，古老的文化和社会主义的工业建设，结合得如此的巧妙，如此的吻合无间，正足以表现我们中国是一个很古老的国家，同时又是一个很年轻的国家。不仅西安市是如此，全国范围内的许多城市也都是同样地把"古"与"今"结合起来的，而西安市是一个特别突出的、值得特别提起的一个典型的好例子。

一九五七年一月

原载1957年《政协会刊》第1期

与西安戏曲界谈艺

梅兰芳

西安是周秦汉唐的古都，也是具有悠久历史的古老剧种秦腔的发源地。秦腔跟京剧有密切的关系，有人说过京剧的主要曲调"西皮"就受秦腔的影响很大，此外，剧本表演等方面，也都有相似的地方，可以看出在很早的时候，就已经有交流经验，互相学习的痕迹。

这次我到西北来，在兰州、西安都看到秦腔的表演，所有腔调、动作、音乐和全部舞台的形象还保持着原有的风格，这一点我是很满意的。我不是说秦腔就这样停留在原有的基础上不要提高。我希望在提高和发展的时候，不要破坏原有的风格。秦腔的历史比京剧要远得多，更不要以为这个剧种古老了，就把它看成是落后了。它在社会主义文化高潮的影响下，正走向返老还童的道路，散放着青春的火花。

我现在谈一谈这次来西安所看到的四出精彩的秦腔节目，从这些优美动人的表演里，我们学习了不少东西。

第一出《杀裴生》。演李慧娘的马兰鱼、演裴生的李继祖虽然是两位青年演员，我看出他们腰腿的功底很深，也会做戏。在李慧娘救出裴生的几个追赶场面里，他们都能够把那种紧张的气氛充分表达出来。尤其是李慧娘许多次"吹火"的演技也十分纯熟。有人告诉我这出戏的"吹火"是秦腔传统的表演特技，观众是常常拿来测验演员的本领的。我希望他们两个人多多向老前辈学些东西来丰富自己的艺术。

第二出《杀狗劝妻》。演焦氏的宋上华是一个很有才能的好演员，可以说他在台上的一哭一笑、一举一动都在戏里。焦氏并不是一个不可救药的坏人，她的毛病是在"欺软怕硬"，她虐待婆婆是因为婆婆年老可欺；她对待丈夫也是这个方法，曹庄对她和蔼一点，她就狠起来了；曹庄生气了，她又改为笑脸相迎。宋上华在这些地方，脸上的表情变换得非常之快，而又自然，恰如其分地掌握了这个角色的心理活动，给人的印象是真实、开朗而且是有说服力的。

第三出《激友》。这是秦腔《和氏璧》剧中的一折。剧情是说张仪在落魄时受了他好友苏秦一番假的讽刺，冷淡的刺激之后，毅然到秦国献策，终于做了宰相。演张仪的苏育民那天只演了《见苏秦》和《回店》两场。他把一个有作为的书生在不得志的时候内心里复杂的心情刻画得非常细致。这个戏难演在什么地方呢？它虽然是出穷生戏，但不能演得过分寒酸，因为张仪马上就要做秦国的宰相了，所以在穷途落魄里面还要有气度身份。在这一点上，苏育民的表演是有独到之处的。他的动作干净利落，表情深刻动人，我肯定地说，他在艺术上已经有了极大的成就。

第四出《烙碗计》。情节跟京剧《铁莲花》一样，是描写一个没有爹娘的孤儿，受尽伯母的虐待，大雪天逃出门去，后来他的伯父终于把他找了回来。演伯父——刘子明的刘毓中，在追赶侄儿的两场戏里，活生生地刻画出一位慈祥可爱的老人，在大风大雪里四处找寻他那可怜的侄儿，那种又着急又疼爱的心情，我看了很感动。他的表演沉着到家，特别是浑身肌肉的颤动劲头和滑跌的身段，使人有寒冷的感觉。这种唱做并重的衰派老生戏，是要看工夫火候的，刘毓中继承了他父亲刘立杰先生，以及其他名师的优秀传统，才能演得那么出色。

从上面所谈的几个戏的表演里，看得出秦腔这个剧种里蕴藏着许多宝贵的东西，并且我们知道在党政领导同志的重视和关怀下，秦腔正向前稳步地发展着，这种现象是可喜的，前途是可以乐观的。

下面我把怎么样创造角色的问题谈一谈：每一个戏都有它的主题，自然就有各种不同的人物性格。问题是在我们应该怎样去体会角色，并且把他表现出来。我就拿《宇宙锋》作个例子：《宇宙锋》的主题是描写赵女不甘心屈服在她父亲赵高和秦二世的淫威之下，站起来与险恶的环境斗争到底。她在这个戏中共有六场，我现在分场来讲：

第一场《议婚》，赵女对匡赵联姻虽不同意，但在封建时代里都是这种摸彩式的婚姻，她不可能过分违背了父亲的意思，所以我在这场戏里只微露一点不满的情绪，同时这样做更能突出后面坚决不愿进宫的斗争。

第二场《洞房》，赵女是以新嫁娘的姿态出场的，须要格外稳重。所以我在这里唱四句慢板描写她婚后的感想。因为在慢的节奏中，边唱边做，比较容易显出她的稳重来，同时在赵女的内心里，两家如此光景，终生变乱的隐忧，必然会淡淡地反映到脸上来，因此这场洞房里，虽然表现出新婚夫妻的和谐亲爱，却又笼罩着一种愁闷的气氛。

第三、四两场《盗剑》《抄拿》，由于发生了两桩突然的事故，情绪不免紧张，但在紧张中还要显出她沉着和机智的地方，否则，就不像后面那个会装疯弄险的赵女了。

最后，《修本》和《金殿》两场，是全剧的高潮，也是说明主题的关键。我把《修本》里赵女的心情，分为三个层次：先是抱着满腹怨恨来见赵高；等赵高接受了她的请求，愿意为她修本，马上又转忧为喜；再听到赵高要把她送进宫去，这时候就掀起了她压不住的心头愤怒，紧跟着从三个"叫头"开始来进行这一场尖锐的斗争。

这三次"叫头"里的话白分量不同，第一次只是听到她要被选进宫去的消息；第二次是父命的威逼；第三次是圣旨的压迫。一次比一次沉重，压力愈大，她的内心反抗力就愈加强烈。所以念完了"慢说是圣旨，就是钢刀将儿的头斩了下来，也是断断不能依从的呀"以后，我用双袖向赵高有力地抖出。仿佛这样做更能显出这几句话白的力量。等到装疯以后的心理活动更复杂了，有人说，我在揪赵高胡子的时候，脸上好像笑又好像哭，问我是怎么样表演出来的。我在台上演戏，无法看见那时候自己脸上的表情，这可能是因为我心里交织着两种极端矛盾的感情，一方面想用装疯逃避这险恶的环境；同时，把父亲硬叫成"儿子"也是极不愿意做的事情，所以不自觉地流露出这种似笑似哭的感情来。

装疯和真疯的表演方法是截然不同的，如果赵女真的疯了，只要做成一个疯子样子就行了；装疯是要让赵高看了信以为真，而观众感觉到是装的。由于这场戏赵女的心情这样复杂，演员才有戏可做。我在四十年前就选择了它作为我体会角色的试金石，就是这个缘故。至于我在这出戏里的动作、表情方面的加工，是随着体会角色的深化而逐步推进的，不是一下子就能演成这样的。

《金殿》一场，赵女的环境更加紧迫了，原想在父亲面前借装疯逃避皇上的召选，但是秦二世还要召她上殿，她知道这次的危险性更大了，这件事情的后果如何无法估计，所以我上了金殿，内心里先把赵女的生死置之度外，这样可能让赵女的思想更加集中，使得她在金殿上的嬉笑怒骂也毫无任何顾虑，反而会有利于这场斗争。我是这样理解的，对不对请大家指教。

这场戏的身段采用男子的动作居多，这种传统的安排方法很巧妙，一来与《修本》里的装疯姿态不雷同；二来从空间上说，由于动作放大了，显得金殿的高大广阔。还有，这场戏从前不上哑奴，我为了想加强赵女下场的悲痛，让哑奴上场，在殿角下再见一次面，使观众感到一个人刚从极危险的关头闯了出来，见到了她唯一的同情者以后，会有怎样的一种悲痛心情啊！

一个演员对角色性格有了钻研和体会，应当怎样表达出来呢？这就关系到你的表演艺术是否丰富。前辈老艺人给我们留下了多种多样的传统表演方法，只要我们肯踏踏实实去学，这一座艺术宝库是取之不尽，用之不竭的。但是在运用方面，一定要结合我们的内心活动，譬如《醉酒》里的"卧鱼"这个身段本来没有目的，我把它改成蹲下去，是为了闻花，可是所有闻花、掐花、看花等姿态动作还是传统的东西，要点是在当时我的心中、目中都有那朵花。这样才会给观众一种真实的感觉。

演员在表演时都知道，要通过歌唱舞蹈来传达角色的感情，至于如何做得恰到好处，那就不是一件容易的事情了，往往不是过头，便是不足。这两种毛病看着好像一样，实际大有区别。拿我的经验来说，情愿由不足走上去，不愿走过了头返回来。因为把戏演过头的危险性很大，有一些比较外行的观众会来喜爱这种过火的表演。最初或许你还能感觉到自己的表演过火了，久而久之，你就会被台下的掌声所陶醉，只能向这条歪路挺进，那就愈走愈远回不来了。

我现在常演的戏里，除了《洛神》之外，其他都不用布景。我不是反对用布景，从前我在排演新戏时也常用布景，在我四十多年的舞台生活过程中，用布景还占着比较长的一段时间。从我这一段摸索的过程当中，我感觉到只是摆几张景片，也起不了什么作用，有时布景设计偏重写实，或者堆砌过多，还会影响表演。我现在只保留《洛神》的布景，就是因为它跟表演有密切关系的缘故。这段设计经过我简单地说一说：

《洛神》的高潮是《川上相会》一场，当剧本开始创作的时候，我们首先注意到应该怎样设计一种特殊风格的布景。为了要突出表演区域，我们就在舞台上搭出一个象征着仙岛的高台，高低三层，由上而下，由窄而宽。洛神在这个台上的舞蹈，是每层、每个角落都要走到的。我们往常在平面舞台上活动的范围，以台毯为标准，是四方形的，而这个仙岛上的活动范围，就大为不同了，所以我创造出一套新的舞蹈姿势，来适应这新的环境。

洛神先在幕内唱倒板，拉开了幕，她已经坐在最高一层的岩石上，十个云童，两个仙女，或坐或立，分布在岛的三层，都有固定的岗位，构成一幅立体彩色洛神图的画面。云童穿的服装，手里拿的伞、扇、采旄、旌旗等仪仗，都是参考古画上的式样、图案，结合舞台上的需要，配合布景的条件而定制的。

这场戏一共要演二十几分钟，唱的方面，从（西皮倒板）（慢板）（原板）（二六）逐步由慢的节奏一直唱到（快板）为止。舞蹈方面我是随着唱腔的快慢创造出许多新的姿势。音乐部分，在（原板）的过门中，也巧妙地运用了各种老的曲牌来衬托我的舞蹈，观众听了都说悠扬悦耳，对我的舞蹈帮助不小，而且没有生搬硬套的毛病。他们还说我设计这一布景没有浪费的地方，居然让它全部为我的表演来服务。我也承认布景是在《洛神》里起了作用，没有它我就不能演这出戏。

我为什么要在《洛神》里设计这样一堂布景呢？因为这是一出很美丽而含有诗意的神话戏，里面有神女在仙岛上歌舞的场面。

剧本是根据曹植所写的《洛神赋》来编写的，内容是描写曹植路过洛川驿，夜梦仙女约他川上相会。等他们在洛川见了面，洛神才说明她就是曹植早就思慕的甄后。彼此追念前情，互道珍重，惆怅而别。

演洛神这个角色，先要细细揣摩《洛神赋》原作的精神，和剧本台词的含义。多看古代有关神仙故事的名画和雕塑，再从想象中去体会洛神的性格，把她的惆怅、怀恋、寂寞、凌空的心理状态表达出来。特别是眉目之间的传神，表面上好像淡淡的，内心里却是极其凄楚激动的。在唱腔方面，我使用了传统的老腔，略加变化，主要是表达婉转长吟、哀厉永慕的感情。舞蹈方面，要使观众感觉到有"神光离合""乍阴乍阳""翩若惊鸿""宛若游龙"的意境。这样才能符合神仙的恋爱心情和这段故事的悲剧性格。

我使用布景的时间将近二十年，也只有在《洛神》这出戏里用的比较恰当，这也可以说明在古典戏曲里运用布景，实在不是一件简单的事情。

我们的剧团到各地旅行演出，是想通过表演和观摩，互相学习，交流艺术经验。不过，吸收别人好的东西，必须经过一番溶化，使它很调和、很适当地用到自己剧种里来。

每一个剧种都有它独特的风格，我们所期望的是每一个剧种都从原有基础上发扬光大，不要在吸取别人的东西的同时，丢掉了自己传统的风格。毛主席给我们指示，是要我们"百花齐放"，不要我们变成一花独放。

这次我们在西安，受到各有关单位的大力支持，和观众的热烈欢迎，使我十分感动。但是演期很短，不能满足大家的要求。我实在抱歉之至。

原载1957年10月16日《陕西日报》

慰劳团到西安*

陈嘉庚

西安途中古战场

余在兰州闻第一慰劳团已到西安，恐政府或各界重叠开会欢迎，即电知余将起程前往。五月廿四日早，假秘书长汽车离兰州往华嘉岭，近晚至平凉，此处有路可通宁夏。自兰州至此，路面铺石子甫竣，车行稳而速。是晚某长招往，越早启行，上坡前进，行一点余钟至高原，远望平野无际，农园广大，竟不知在海拔数千尺上行走。同行者言李华作"吊古战场文"即指此处。此段路边石子堆积，到处皆是，甫在铺路工作中，故车行迟缓。行点余钟，始过高原，路线逐渐降下，且多崎岖，尚幸系科学化工程，斜度顺序。至某处洞内有大佛，高三丈，参观后复行。约申时已望见远处林木茂盛，连续颇广。车夫云在前便是咸阳城，再去为西安。平生阅史，咸阳、长安等印象甚深，兹幸到临，喜慰无似。到渭水过灞桥，即入咸阳城一游而出，城内已颓废萧条，不堪入目。近晚到西安，寓于西安招待所（即营业旅馆名，前西安事变，诸蒙难者多在此寓）。

---

* 选自《陈嘉庚回忆录》，标题为编者所加。

慰劳团不自由

西安省政府派多人为招待员，已招待慰劳团等，领导人为寿科长，是日同若干人往咸阳城外迎余，余因入城故相左。余到招待所后，团长潘君等来见，云原寄寓此旅馆，甚适合，而寿科长等强将行李移往现寓所，较不称意。彼等已到四天。第二天共方朱德将军来见，请到其办事处午饭，业已接受将往，寿科长等闻知，借他故力阻其行，后又交来某某请柬，不得已乃向朱君辞谢，蒙朱君原谅改订下午三点。并云周君恩来亦候见，他复应承之，及到时寿科长等，乃将他所坐汽车驶往别处，延至近晚方回。朱君此次系由河北战区，经洛阳来西安将往延安，而周君则自延安来西安，将往重庆，为招待慰劳团，故在办事处等待一天。竟为省政府所阻，致屡约失信，对朱君等诚过不去。至强移慰劳团寓所，系杜绝与中共办事处来往。并派招待员时时随团员出入，虽个人出门亦受注意。

抗战与建国之喻

余到西安越日，接程潜、蒋鼎文、胡宗南，三君联名来柬招宴，是日往访蒋主席、程副参谋总长不遇。胡将军闻在终南山军校颇远未往。午后胡君来寓，相见谈论中，觉其刚直爽快，坦白活泼，敬佩无任。晚间余同慰劳团等赴宴，计设五席，大约多军政要人，与余同席为程、蒋、胡，及全国最高法院长焦易堂君，另两人忘其姓名，又余及李秘书共八人。筵终程君致辞毕，余答谢并报告余及慰劳团回国目的，及南洋受鸦片之害，并跳舞与树胶事。予言"南洋英属马来亚华侨二百余万人，十余年来受一种新毒害，其为祸恐不减于鸦片，即是跳舞一项。外国人歧视华侨，不顾华侨如何损失，但知彼有利可图而已。至树胶为南洋特产，现英荷限制，每年仅出产一百万吨，现价值坡币八万万元，申我国币六十万万元，单此一物胜过抗战前，我全国物产出口数目，故南洋之富庶可想而知。树胶发达仅三四十年，而种植之法分两时期，第一时期将林木斩倒，约三四个月后放火焚烧，不尽者集成堆再烧一次。第二时期，则掘土壤将树胶苗栽种落地，以后须注意两件事，即除尽恶草及预防白蚁是也。盖树胶最忌怕恶草与白蚁，二者若不除绝，树胶不能成功。如能认真切实办理，七八年后即有相当优厚利益。我国现虽遭敌人侵略，然最后胜利必定属我，古语云，多难兴邦，是则抗战即可以建国。鄙意抗战与建国，亦当如种植树胶分作两时期，第一时期抗战胜利已无问题，第二时期为建国，必须消除土劣贪污，如树胶之防恶草白蚁，则建国决可成功"。余言毕，同席中某君极表同情，向余云："先生今晚说此几段话，胜过携来数千万元回国，希望到他处亦须如此宣传。"后余到重庆，宋君渊源告余云："程君两次对我言，陈先生在西安筵中演说，甚形中肯，渠极敬佩。"据此则同席中颇有多人表同情，而好善言。余闻西安政治不良，故借题发挥，然余所言确属事实也。

秦王府欢迎会

余自重庆登报实行后，已不多接受应酬及开会，对慰劳团等亦再三劝告：到处须抱定此宗旨，以各界联合会为简便。故西安欢迎会即系各界联合，到者万人以上，在秦王府前旷地开会，该王府为明朝朱洪武封其子秦王所建。蒋鼎文主席，致辞毕，余答词言余同慰劳团回国之目的，华侨在南洋人数，及义捐工作，抵制敌货等事，以鼓励民众同仇敌忾。团长潘国渠继言，希望和衷共济，团结一致对外，抗战到底以达到最后之胜利，并可取消不平等条约云云。

终南山阅操

西安第七军校学生二万余人，为全国最大军校，校长为胡宗南将军，将军名闻中外，余久仰慕，见面后又喜其性情爽快，更加慰佩。胡君复诚意邀余及慰劳团参阅军校操演，订约上午六时阅操，八时开会。余等三点起程，天甫明则军乐队、大炮队、坦克车队、马兵队、机关枪队、手榴弹队、步兵队等等，一万余人（尚有数千人因距离稍远未参加），排列整齐。胡君备马十余匹，为余及慰劳团等骑乘。彼及诸指挥官，亦乘马前导，参阅后发令环行，从司令台经过一周，然后集合在司令台前听演讲。胡君致辞毕，余答谢，并报告南洋华侨事，如在秦王府所言，又言华侨司机及修机三千余人，放弃在洋优美职业，回国在滇缅及各路服务云云。侯西反君及潘团长，均有适宜演说。可惜慰劳团未有准备拍活动电影，若有之可在南洋表演，增加许多义捐收入也。

全国总城隍庙

我国不知从何代起，创设城隍神庙，各省诸城镇多有之。在西安城外数十里，距终南山不远，有一城隍庙，不甚高大，阔约四五丈，长七八丈。第七军校设办事处于庙内。余等阅操后，胡君在此招待午饭，到者百余人，多系教官。胡君云，此为全国总城隍庙，各处城隍庙俱统辖于此。余问是否最始创乎，胡君答未详，不过自昔相传如此耳。又问军校学生入学须何资格，又如何招收，几年毕业？答："最低须高小毕业，或有同等学力者，毕业期间规定两年。抗战以来急于需用，各程度较高学生，可早数月便派往战区服务。至招来之学生，自抗战后远近各处，自动而来者甚多，亦有初高中学生，自愿热诚救国，立志杀敌，实可钦佩。"余云："前日在重庆闻政治部长陈诚将军言，政治学校学生，自动来投者亦如此踊跃。我国有此民气，敌人欲亡我定必失败也。"席终胡强余发言勉励，余与潘团长及李秘书，均有短词劝勉，而诸教官亦多有答词，最后团员李英唱歌助兴而散。

南山训练游击队

余等在总城隍庙午饭后，胡君雇十余肩舆，并派人导游终南山，约行点余钟至山间。终南山即史所载"南山"，又云"寿比南山"及"罄南山之竹"，因料其产竹必多。沿途所见挑运竹帚者，相继不绝。山峰高者约千多尺，连绵颇广。在半山有学校，专门训练游击队。参观后往游诸山洞，有一石洞幽深寒冷，洞内冰片满地，诸团员各手携多片而出。时为阳历五月末，洞外光景颇佳，山上岩石美妙，拍照即回。至中途暑气甚盛，约百零度。至西安在某军营处，胡君约在露天与士兵会食，系六人共一壶菜及汤，配以馒头，席地而食。此为余等素未服军役者之初次经验。晚间复演剧招待，演员概系士兵，平时训练有素，故艺术颇好。胡君又订约再加十余天，全校二万余人，将在旷野演习作战，较有可观。然余及慰劳团已将他往，未能接受，但深感胡君盛意耳。

周文汉武陵

西安、咸阳等县，周秦汉唐设帝都于此，达千数百年，古迹甚多。慰劳团暇日已先往观一部分，唯诸帝陵则尚未往。故于任务完毕后，同余往观咸阳城外周文王陵。但见土堆如箱形，原无石碑、石雕，迨清某官来守西安，始于各陵为立一碑，标明某某陵。文王陵长约三四百尺，阔二百余尺，高三四十尺。武王陵在后，康王陵在前，相距离各千余尺。均较小，迷信风水者谓之负子抱孙，然地皆平原，非有山坡起伏。周公墓在左畔，距离稍远。次往观汉武帝陵，形如文王陵，但较小些。民国光复后，政府规定凡来参谒文王陵、武帝陵者，均须行礼三鞠躬，其他诸陵免。余陵大小不一，或高或低，均系土堆。复往观汉名将卫青、霍去病将军墓，型式则不同，形略圆颇高，面积约占十多亩。霍将军墓多石块，闻系仿彼在塞外建奇功之某处山形。墓边左右有两行平屋，各有四种石雕。余忆其一为马踏匈奴状，人马均比原形稍大，余不能记忆，此乃我国二千年前石刻之精妙美术也。越日往稍远之骊山下，看秦始皇陵。距骊山约六里，地亦平原，陵墓较大，长约千尺，阔五六百尺，高四五十尺，史言当时工役三万人，如英布即称为骊山之徒。各陵均无树林，仅有细草而已。复往马嵬观唐杨贵妃墓，该墓在一庙内庭中，该庙不甚大，内庭约三四方丈，墓作龟形约一丈。当时安禄山乱后，明皇及杨贵妃并妃兄杨国忠及军士逃难至此，国忠被军士所杀，复要求明皇杀贵妃。时明皇同贵妃，住在庙内，不得已命左右绞死，葬此庭中。杨贵妃为明皇媳妇、寿王之妃，娶已十余年，明皇始爱而夺之，致天下大乱，逃往成都。昏聩淫乱，遗臭万年。庙前树立一碑，志杨妃死事。

起程往延安

西安街道颇阔，有五六十尺，两边兼有步行小路，人力车甚整洁，闻系因各车主竞争。有人言妓女甚多，全市妇女七万余人，不务正业者至一万左右人，未悉是否事实。余往七贤庄，访第十八集团军办事处，询往延安汽车事。外处长蒋君言，他本拟来余寓告知，因鉴于前日往访慰劳团，致慰团被移寓所，恐再误故中止。余答无妨，我可自由打算，并托电告延安朱君，前日慰团失约，余甚抱歉对不住朱君盛意，系出于重庆派遣同来者作弊，与省主席等无干，希谅解为荷。盖余自闻该事发生，颇不安心，念慰劳团到祖国，未作何项实益，反增加两党恶感，故托蒋君代为辩白也。蒋君约定卅日早，备大小汽车各一辆，小车为余等坐，大车载护兵及汽油。是早临行时，寿科长坐一辆较新大汽车来，云主席派他用此车送余到延安。余乃辞蒋处长小汽车免往，而蒋君云他亦要加备一架车，路中较妥，故三辆车同行。午间到三原县，近郊有许多人在城外迎接，余甚不安，告寿科长切电止他县，勿复如此麻烦。寿君云此乃主席命令，渠无权阻止。在三原县午饭，设备颇丰，其壁上贴有印刷物多张，有一条云"禁用香烟请客"，余与县长甚表同情。回国两月行许多处，今日始见实行节约。此县为于院长故乡，文化颇发达，有中小校百余。筵间有一位山西阎将军处长某君，余即问要往山西慰劳阎锡山将军，能否达到。答车路通至宜川县，再陆行二天，如要往可预告备马轿来宜川相候。余言决往，希代转达。午饭后，立再西行，近晚到宜君县，在城外亦有许多人迎接，寓招待所。因蒋处长大小车未到，往城外散步，觉颇寒冷，与西安不同。将君等车至晚始到，余车行较快，相差几两小时。于是约他明早大小车先行，到洛川县午饭可也。

西　京

倪锡英

一　陪都西京

在中国历史上，有四个著名的古都：便是长安、洛阳、北平、南京。长安在陕西省，又称西安，古来称作西京，现在建设为西京市。洛阳在河南省，称为东京。北平从前称作北京，在河北省的中央，是民国初年的国都。南京在江苏省的南部，在民国十七年后，建为首都。这东南西北四个大都城，好像中国文化史上的四根台柱。自古以来，轮流地把握着中国的政治和文化的重心。

我们如果用历史的眼光来把这四大都城作一观察，那么建都年代最早的，要首推西京。其次是洛阳，再次是南京。至于北平，乃是从辽、金时方始建为都城，所以关系于近代的政治和文化很大。

西京的开始建都，是远在西周，当周武王克商以后，才建都镐京，这镐京便是现今的西京城，适当公元前一一二二年，距今三千余年以前。而洛阳的建都，是始于周平王时，所谓东周，比西京建都后了三百五十二年（公元前七七〇年建都）。南京的建都是在三国时候，吴大帝孙权，在公元二二九年即帝位，定都建业，这建业便是现今的南京城，离西京的建都，又后了一千三百五十一年。至于北平的建都，是在公元九六四年，较西京后了二千○八十六年。所以在这四个古都建置的年代上比较起来，西京该称作他们的老大哥。

我们若再试用地理的观点，来把现代这四大都城的状况作一比较。南京所表现的是新的蓬勃气象，北平所显示的是伟大与整肃的气概，而西京与洛阳，却处处显着古色古香的意味。在南京，新的建筑物不断地从那些瓦屋顶上露出头来，广阔的大街从稠密的市房里拆造完成，一望而知是一个除旧更新的局面。这因为南京现在正是全国的一个首都，首都的一切建设，都在向新兴的路上迈进。再看北平的景象，便绝然两样了。那里有深宫广院，崇楼危垣，一派帝王的气概，依然保留在现今的北平城里。这因为北平是近代最后建设的都城，一切的建筑和精华，至今还留存着。至于西京和洛阳，因为年代久远了，渐渐被人们所遗忘，伟大的建筑也随着悠久的岁月，被埋入土层中去了。现在遗留着的，只是一个古旧的城市，和附近一带前代的人们所剩下来的古迹。

自从国民政府在十七年把新都建设到南京以后，南京便称为中国的首都。而北平，便被一般文人学士们，称为故都。后来，政府感于西京和洛阳在文化上的重要，便把西京定为陪都，洛阳定为行都。所以历史上的四大都城，在现代可以这样写法：

首都——南京

故都——北平

陪都——西京

行都——洛阳

陪都西京，在历史上可算是古代文化的中心。我国古代学术思想最发达的时期便是周朝，而周朝前期的都城便建在西京，所以西京在当时，非但是帝王的京都，并且还是一切学术文化的发源地。它影响于我国文化的进步，可说是十分密切。

我们试将西京的沿革史作一个追溯，那么西京当夏商两代，是属于雍州的领域，雍州是禹治洪水以后所定的九州之一，它的领域占有现在的陕西、甘肃两省，那里四面皆山，地势险要，壅塞不通，因此便名曰雍州。自从夏朝以后，帝王们都建都在山西、河南两省，那时的西京，虽然地势险要，可是还没人注意。

当公元前一一三四年，周武王自西伯起兵，反抗暴君商纣；到公元前一一二二年（周武王十三年），将商纣战败，便灭了商朝，自己建立了周朝的帝业，率领了部下的文武官员，正式建都在镐京。这镐京故城，便在现今西京城的西面。那时称镐京为宗周，又称曰西都。宗周在当时是一朝文物的中心，帝王所居，因此建起很大的城壁和宫室，海内的诸侯们，都把镐京尊为一个神圣的都城，全国的文物制度，都以镐京为准则。

从武王建国又传了三百余年，到周幽王的时候，这位昏庸的君主，因为贪恋着女色和享乐，把国家大事置之不问，于是西方的犬戎族，便屡次入寇。幽王为了要博得宠姬褒姒的一笑，妄举烽火便把西周的宗庙社稷在一笑中断送了，所谓"一笑倾国"，西周就此灭亡了，而镐京也沦为西方异族的领土了。

周幽王在异族的兵火里烧死以后，太子宜曰便奉着先王的神位，东迁到洛阳去，立为平王，这是公元前七七〇年的事，也是洛阳开始建为都城，而镐京开始荒落的时候。自都城东迁以后，兼以镐京遭了异族的兵火，一切的建筑都沦没毁废，于是往日的繁华，也随着消散，镐京已不是当初武王建国时的镐京了。

东迁以后的周室，因为诸侯的互相并吞，弱肉强食的结果，形成了战国纷争的局面。王政式微，诸侯的势力十分嚣张，到了战国末期，海内只剩了齐、楚、燕、韩、赵、魏、秦七个诸侯，互相争雄，终年战争，便是历史上通称的战国七雄。这七雄中的秦国，在当时据有现今甘肃、陕西两省的地方，因为天然形势的雄秀，物产的丰饶，所以国势非常强盛。首邑自甘肃渐次东迁，到秦孝公时，便搬到了陕西的咸阳。这咸阳城便在现今西京的西北，只相隔三十里地。所以西京在东周末年，因为秦国强盛的缘故，而又接近咸阳，因此，已往的冷落，此刻又渐渐复兴起来。

咸阳一带在当时称为关中，苏秦所谓天府的雄国，"西有巴、蜀、汉中之利，北有胡貉、代马之用，南有巫山、黔中之限，东有崤、函之固，沃野千里，地势形便"。秦国靠了这天然的形势，终于灭了六国，统一天下，周朝也就此覆亡，而秦始皇便定都咸阳，建立了秦朝的帝业。

始皇建国以后，便实行专制政治，徙天下的富豪十二万户，都住在咸阳，尽收天下的兵器，在咸阳城内铸了十二个大金人。同时又在咸阳城内建起伟大的阿房宫，所谓"五步一楼，十步一阁"，极尽了天下宫室的美丽。那时的咸阳城，充满了专制的淫威。西京在那时虽然和咸阳离得很近，但是在行政上并不属于咸阳管辖，而名曰杜县。

秦朝的暴政，施行了没有几年，传到二世当国的时候，天下豪杰纷起，"削木为刀，揭竿为旗"，群起一致地诛灭暴秦。后来引起了多年的楚汉战争。西楚霸王项羽和汉高祖刘邦互相争雄，当他们打破了咸阳，项羽便一把火把城内所有的宫室府库全都烧了。待刘邦用智力战胜了项羽以后，便自立为汉高祖，统一中国，定都在西京，正式将西京定名为长安，这是西京在历史上第二次建为全国的都城。

长安城经汉代的建都以后，于是又繁华起来了。汉高祖便模仿着秦始皇的故技，在长安城里建起了长乐和未央两宫，富丽堂皇，不亚于始皇的阿房宫。自高祖以后，汉朝的政治和武功，十分整修和强盛。因此长安城内的建设，也更形繁华。西汉传了二百余年，到王莽篡位时，长安曾一度改称常安，及光武中兴以后，仍称长安，而把国都像东周一样地迁到洛阳去，那时长安城便陷入赤眉贼的手中。西汉灭亡，改称了东汉，而长安城也再度地荒落下来。

自汉朝以后，在西魏及北周两朝，西京均曾一度建都，但是为时很短，仍名曰长安。南北朝以后，隋文帝杨坚，受北周禅自立为帝。后来灭了南朝的陈朝，统一中国，便又建都在长安，那时的长安城，因为汉亡日久，荒落不堪，所以当文帝建都之初，便在汉长安城的东南，重建新城，东西广十八里一百十五步，南北长十五里一百七十五步，而称这新建的都城为"大兴城"。

隋朝灭亡以后，唐朝继有天下，仍以长安做京都，一仍隋时大兴城的旧观；在唐朝建国初年，称长安叫"京城"，到唐玄宗天宝年间，改称曰西京；唐肃宗时，又称中京，或称上都。城周广六十七里，可算得是当时的一个大城。唐代的武功，曾威震亚洲，所以当时如日本、高丽、印度等国，都有僧侣游学长安，几乎成了一个亚洲的文化中心，也可说是长安城的鼎盛时代。

唐亡以后，中国的政治重心，自黄河上游，迁移到了下游各地。宋朝最初建都开封，后来迁都杭州。辽、金、元三代，都建都在北京，元朝时，长安是属于安西路，到了明朝，便取了元时"安西"两字的意思，把长安改称为西安府。清朝时仍称西安，为陕西的省治，当庚子八国联军之役，慈禧太后曾和光绪帝避难到西京，因此西京曾一度建为临时朝廷。民国以后，废府改称长安县，仍为陕西省的省会。

自国民政府建都南京以后，便定西安为陪都；最近，并把西安改为西京市，直接隶属于国民政府行政院，这西安所以要改为西京直辖市的用意，完全是由于政府感于开发西北的重要，想以西京作出发点，去开辟西北的富源，那么西京市在若干年以后，说不定又将回复它往日的繁华面目呢！

二　到西北去

"到西北去！"

这四个字已成了当今中国上下一致的口号了。在这四个字口号的中间，大家满含着无限的奢望。"西北"，便好像是中国人当今唯一的出路一般。政府、人民组织了考察团，一批一批地到西北去。

戴季陶氏说："救西北就是救中国，望有力的、有钱的、有学的，都向西北去，第一步是办赈，第二步是兴业。第一步是救死，第二步是求生。中国根本的振兴，全在于此，爱国的人，努力前进！"

照戴氏的主张，竟把开发西北作为救国的唯一途径，他希望集中全国的政治、经济、学术各方面的力量，都向西北去，使西北在荒落中振兴起来，根本就是复兴中华民族。我们如果要对于西北问题作一个仔细的考量，那么便应当从西北的地理上先下一番研究。

一、西北在那里？

二、为什么要开发西北？

三、西北的富源有些什么？

四、西北的现状怎样？

五、开发西北应从何处着手？

以上这五个问题，凡是高呼到西北去的人，都应该有一个简明的理解。同时，我们还可以肯定地说一句，要研究西北，一定先要研究西京，要开发西北，一定先要开发西京。因为西京是入西北的大门，在地理上，也是西北各地政治、经济以及文化的中心点。所以在大家同声高唱"开发西北救国"的论调之下，西京在政治、经济以及文化、国防上的价值，也更形重要，更值得人们注意了。现在我们以西京为本位，对于上列的五项问题，作一个简要的剖析。

西北在那里？

西北在那里？笼统地说，西北便在中国的西北部。如果具体一点说，西北是包括了陕西、甘肃、宁夏、青海、新疆*五省。这五个省区，都位在黄河流域的上游。黄河发源于青海，经过甘肃、宁夏、陕西，套了一个大环，这才向东流入河南省境。而新疆和甘肃、青海两省密接着，在国防上、经济上，有非常密切的关系。我们如果把中国的地形比作一张秋海棠叶，那么西北五省的地位，正是从叶尖到中央的一个极主要的部分。

为什么要开发西北？

为什么要开发西北的理由，我们可以分成政治的、经济的、文化的、国防的四方面来讲。从政治上立论，西北是我国的五大行省，地广人稀，假使能够开发起来，可以把沿海各省的人民移殖过去，解决了政治上人口的畸形发展。中国政治上最大的障碍，便是在沿海各省，"耕者无其田"，人口过剩，土

---

* 现新疆维吾尔自治区。

地不够支配，因此种种争夺便发生了。而在内地各省，却是形成"有地无人耕"的一种相反现象，土地过剩的结果，形成了荒落与贫困，人们裹足不前，更无富利可图。我们试看江苏一省，每一方公里内平均的人口密度是三百三十六点七七人。而新疆省内每一方公里内平均的人口密度是一点五三人。这种剧烈的差距，在政治上会发生"过剩"与"不足"的种种困难，即以人民生活一项来说，江苏的一方公里内的土地，须有三百三十六人靠着它生活，而在新疆，却只有一个半人生活着。结果江苏的人民生活当然陷于困苦，而新疆也因为无人开发而同样的困苦。所以开发西北，在政治上的使命，是调剂全国的人口，使各人能得到均等的生活。

从经济上立论，那么西北是蕴藏最富的地方。新疆的金、玉、木材，宁夏的毛皮、农产及盐，甘肃的烟草、药材和煤矿，青海的家畜、池盐，陕西的农产、药材、森林、煤矿和石油，取之不尽，用之不竭；可惜这些天然的富产，国人都让它埋弃在一边，无人去过问。因此实际上蕴藏得极富的地域，现在竟荒凉贫困到极点，连年的灾祸使当地人们不能安居，纷纷地向各省流亡。如果一旦能把这些富藏开辟起来，非但国民的经济可以得到解决，就是整个地方与整个国家的经济，也能稳固起来。

西北是汉族文化的发源地，我们用历史的眼光来讲，汉族自新疆的葱岭高原一带，向东发展，经过天山而入黄河上流的陕甘各省。这个广大的民族，从此再向中国各地繁衍开去。所以西北在文化上的价值，可以说是汉族文化的源泉。我们的祖宗在三四千年前，他们以西北作根据地，创造了文化史上光荣的记录，尤其是陕西的西京，屡为周、秦、汉、西魏、北周、隋、唐七朝的都城，对于古代文化的影响，十分伟大。至今那班手创伟业的帝王们的陵寝，还是依旧留存着。而我们一班后生的人们，到现在那可把这一方民族文化发源的地方，完全遗弃呢。

中国沿海各大都市的文化，最早不过几百年。在元明以后，海运通达以后，才渐渐地繁盛起来。当千百年前像西京等地建为繁华的都城的时候，沿海各处还是不毛之地，无人去开发，正和现在的西北一样的冷落。所以我们如果要考察中国本位的文化，在沿海各地是找求不到真实的资料的，只有向西北去，那里到处都保留着汉族文化发轫的迹象。在从前，有许多外国的历史学家或考古学者，他们对于中国文化的考察，都以西北作根据地。曾有好几次，他们组织了考察团，到新疆、青海各省去考察和探险，去探求中国的富源和中国古代的文化遗迹。

至于开发西北在国防上的价值，那是更形重要。自从九一八事变以后，东北四省的富源，完全被日本所强占，国人痛于东北的将亡，于是大家都倡议开发西北，巩固国防，这虽然是一种不彻底的消极办法，但是即使东北不失，而西北各省在国防上，也很占重要地位。新疆和苏联的中亚细亚接境，如果我国政府没有雄厚的兵力配置和众多的人民去垦殖，那么苏联一定不肯放弃而会进迫侵略过来的；在以前曾几次盛传新疆独立，都是苏联并吞新疆的企图表现。而同时，在将来的国防事业上，石油和煤、铁原料，将要成为国际间战争时决胜的目标，陕西和甘肃各省蕴藏煤、铁和石油的丰富，可以取用不尽。又因为陕西各省深居在中国的腹地，一旦中国和别国发生国际战争，沿海各省势必沦为战区，在炸弹炮火的威胁之下，只有放弃和任其糜烂。而西北各省，敌人的军舰驶不到的地方，可以安心从事生产，以供战争时的大量需用。所以戴季陶氏所说的救西北就是救中国，实在是一种目光远大的立论。

西北的富源有些什么？

西北的富源有些什么？我们可以概括地说一句，凡是其他各省所有的物产，西北都全有，而它还有别省所没有的许多产物。西北不靠海，但是盐池和盐井里所出产的盐，比任何一省都要丰富，青海的吉兰泰盐池是世界著名的内海，只可惜国人不去利用制造。陕西延长的石油矿，储量之富，可供全世界三百余年的应用，现在世界各国都正在闹着石油恐慌的问题，而我们却把这唯一的大富藏任它埋没在地层里，不能用科学的新方法去采掘。此外西北五省共有三百二十四万方里的土地，仅可以广事种植。我国年来从外国输入的米麦食粮，为数很巨，一个以农立国的国家，结果国内所产的粮食，还不够本国的食用，宁非笑话。这原因，一半是由于连年的大灾，一半也由于把土地荒芜起来，不去开垦种植。即如西北各省，土地虽然适于耕种，而水利不修，因此农产大减。如果把西北各省的河道沟渠开通以后，那么到处都是膏腴的土地。

西北的现状怎样？

现阶级的西北各省是一个什么样的情形？我们只要偶然翻阅历年来中外人士到西北去考察的报告记载上面，在满纸上只看见写着"贫乏"两个字。所谓"天灾流行，民不聊生"。陕西和甘肃两省，没有一年不在灾难中。人民辛苦地工作着，不堪温饱。连年的水旱灾相逼而来，接着疫疠丛生，死亡枕藉，就是没有死的，大半都流亡到别的省份去求食。西北境内，已形成了十室九空，庐舍为墟的凄凉景象了。人民自身的生活还不能解决，更从何去谈开发。

因为人民的生活贫乏，所以文化也随着十分落后。在历史上这一带是最繁华富庶的地域，而现在一般人民却连建造房屋的能力也没有，大部分还是穴居野处，过着原始先民的生活。

所以西北的现状，完全是在一个大劫难中，处处显着衰落、贫穷的现象，只要有计划地去开发，将来是不难把西北从艰苦与贫乏中拯救出来的。

开发西北应怎样着手？

开发西北是一件伟大的工作，一定要全国总动员地去做，所谓"有力的、有学的、有钱的，都向西北去"，这话是不错的。集中了全国的力量，向西北去开发，才能有成绩。而第一步的着手，便是救灾，使西北的人民从灾难中抬起头来，然后能从事建设。建设的初步，第一是开辟交通，第二是兴修水利，交通便捷以后，能使商务发达；水利整治以后，能使农产增加；然后再兴办各地的实业，开采各处的矿产，把蕴藏在地里的富源，完全利用到地面上来。

但是在开发广大的西北的最初一步，还应该先去开发总握着西北事业中心的西京。大家应该先用政治的、经济的力量去建设西京，好比作战。西北五省的总领域是前线，而西京却是后方的司令部，它负有调遣指挥上的使命。在开发西北的过程中，西京是将始终占有最重要的地位。

所以对于西京的建设，实在是一件刻不容缓的事，我们可以说一句较偏激的话："要开发西北，一定先要建设西京！要到西北去，一定要先到西京去！"

三　西京形势概述

陕西，自古称为关中，而西京，正好位在关中的中心，所以形势的险固，在历史上是素来著名的。历代的帝王，都凭藉了这天然的形势，把西京作他们的发祥地，建立了几千年的帝业。

环绕着西京四周的是许多险要的关隘，在陕西全省，共有百二雄关，最著名的便是所谓关中四关。这四关是函谷关、萧关、武关、散关，如同西京四面的门户一般。

函谷关在西京的东面四百里，是从河南到陕西去的唯一关隘。苏秦所谓"秦东有崤函之固"，崤是崤山，函便是函谷关。当秦末楚汉战争时，项羽曾和刘邦在这里决胜过。那关城建造在一个深谷里，东西十五里，绝崖壁立，号称天险。在古时，"日入则闭，鸡鸣则开"，是国防上一个要塞。自函谷西去，到河南、陕西两省的接界处，还有一座潼关，地当山西、陕西、河南三省的交通要冲。如果把函谷关比作西京东部的外门，那么潼关该称是一重坚固的内门。敌人纵使攻下了函谷关西去，也不能飞过潼关而直达西京的。

屏蔽在西京西部的，便是散关。散关又名大散关，在陕西宝鸡县西南的陈仓山附近，这是陕西与四川省交通的要道。在历史上，曹操曾经从陈仓出散关讨伐张鲁，诸葛亮也曾自四川出散关围困陈仓，在当时是蜀魏两国交哄的地点。在形势上，出可以攻，入可以守，是兵家必争之地。

西京北部的关隘，便是萧关。萧关位在甘肃省固原县的东南，虽然和西京离得远一点，但是它的效用，正和函谷关一般。函谷是控制中原的要隘，而萧关在历史上是防御异族的壁垒。自萧关北去数百里，便是万里长城，当汉唐两朝，帝都都建设在长安，而长城塞外，在汉时是匈奴的领土，在唐时是吐蕃的属地，这些异族时常南侵，于是万里长城和萧关便做了长安帝都有力的屏蔽。所以在古代如果萧关一失，长安就此不保。而在现代，虽然塞外已没有异族的侵扰，可是，萧关在天然形势上，还不失是一个险要。它扼守着西京到甘肃、宁夏间交通上的要隘。

西京东南的门户，便是武关。武关在陕西商县东南一百八十里，在历史上是秦国的南关。这是从西京到湖北去的要塞。苏秦游说楚威王时，曾有"秦军一出武关，则鄢郢动矣"的豪语。这是说武关对于湖北军事的安危，有莫大的关系；但若反过来说，如果从湖北攻入陕西去的军队，只要一得武关，那么西京也就危险了。

西京的周围除了这四座著名的关隘之外，还有许多较小的关城，重重围列着，把西京拱卫得和铁桶一般坚固。东南如蓝关和富水关，是入湖北的要道；西南如饶风关、白虎关、青石关和牢固关，都是陕西与四川省来往的要隘。

和许多关隘一般，同样负着拱卫西京的职责的，便是附近的许多山岭。我们如果把那许多关隘比作是西京的门户，那么这许多山岭正好像是西京的天然围墙。它们的主干便是秦岭山脉，好像一张弓背似的，自西向东，弯曲成一个"U"字形。围列着西京的东南西三面。而北部却是渭水的一带浊流，直线形地横挡着，好像在弓的两端，张上了一根弦；而西京，正位在这一个山水交织成的弓形的里面。

西京附近的山，最著名的有太华山、少华山、冢岭山、终南山、太白山、陈仓山等；它们都依次地排列在弓背形的秦岭山脉上。

太华山就是有名的西岳华山，在陕西华阴县南十里，陇海铁路自河南洛阳西进，经陕州灵宝，而入陕西省境，潼关的天险北倚着黄河，好像拦阻着铁路前进似的，这是入陕西的第一个门户，也是西京东部最主要的一重外门。而华山，便在潼关的西南，壁立千仞地雄踞在陇海路的南面，好比是外门口的一座大石狮。那里非但形势险要，并且尤以景色见胜，凡到西京去的人必一游华山，所以它非但做了西京东部的拱卫者，并且还成了西北唯一的胜迹。

少华山在太华山西南八十里，因为别于太华，故称少华，又名小华。太华山自华阴县南向西连系过去，峰峦起伏，宛如一条游龙，到华县南部，便结为少华山的主峰，这少华山比太华山低得多，而峰峦之胜，也逊于太华。

冢岭山在西京的东南，北接少华，南连秦岭，是洛水的发源地，那里东面连着雒南县（今洛南县），西面连着蓝田县；蓝田是西京东南的紧邻，有公路相通，是湖北入陕的要道。那蓝田附近，有蓝桥和蓝关，都跨越在冢岭山上，形势非常险要。

终南山的主峰，在西京正南五十里地，北连太华，西至郿县（今眉县），绵亘八百余里，可算是西京城南的一座大围屏；如果把围绕西京的群山比作一张弓背，那么终南山适居全弓的中段。北望西京，好像是弓上的弹丸。著名的子午谷道，自西京城南，经过子口，跨越终南山，而至江口、宁陕，止于午口。这六百余里的一条大山道，便好像一支蓊杆似的，搭在弓背上，沟通了终南山与西京的交通。

太白山西去西京三百里，在郿县的南面，是西京西南部的一座雄山，伏在秦岭山脉上和东南的少华山，适成一个对称。那里，有西京西部向南去的两条陆路交通干线：一自盩厔（今周至县）经佛坪而至洋县的，所谓傥骆道；一自郿县经斜峪、留坝而至褒城的，所谓褒斜道，都越过太白山而向南，而太白山的主峰，适居在两道的中央。

自太白山再西北行，秦岭山脉快要接近陕西和甘肃的分界处，有一座陈仓山。这陈仓山又名宝鸡山，在陕西宝鸡县的南面，山的东面是褒斜道，山的西面有北栈道。而西京西部的门户大散关，也在陈仓山附近。

这太华、少华、冢岭、终南、太白、陈仓六大山，围绕在西京的南部，绵延八百余里，崇山峻岭，形成了一条铁打的围墙，把西京拱卫在里面。因此，西京的东南西三面，都被险固的山岭环绕着，而在这群山围抱的中间，却是一片数百里广远的大平原，西京城和它的邻县各城，便散列在这一片大平原上。

西京南部多山，而北部却完全是水流分布之区。黄河的上源自宁夏、绥远折流向南，把山、陕两省划了一道天然的鸿沟；流经潼关，在风陵渡口又折而向东，流入河南省境，又把山西和河南划了一条分界线。在风陵渡的转角处，有一条支流承衍着东行的黄河水向西去，和河南境来的黄河接成一条直线，这便是陕西省境内唯一的水道干流——渭水。渭水自风陵渡分支向西，经潼关、华阴、渭南、西京、咸阳、兴平、郿县、宝鸡各县，上流直至甘肃省境，在陕西省的中央部分横贯过去。我们假如把陕西全省的地形比作一个拱揖的老人，那么渭水便是这老人的腰带，而西京的位置，适居在这条腰带的中点。

除了黄河在陕西东边作为山、陕两省的分界线外，渭水便是陕西中部东西横贯的一条干流，而这干流又南北分成许多支流：北部的支流最著名的有北洛水、泾水、武水、沔水等；北洛水和泾水最长，北洛水发源于陕北的白于山，支流网布陕西北部，曲折南流，到朝邑以南，华阴以北，和渭水相合。泾水发源于甘肃省境，有南北二源：北源自甘肃固原县南牛营，南流折东，经隆德、平凉，和南源相会；南源出自化平县西南的大关山，向东北流，和北源相合，再向东南合流至泾川县，入陕西省境，经长武、邠县、淳化、醴泉、高陵等县，在西京城的东北和渭水相合。泾水清，渭水浊，世称"泾清渭浊"，便是西京北部的两条大水。

渭水南部的支流，较少于北部，因为北部是平原，所以支流纵横，可资灌溉；而南部却是崇山峻岭，所以很少水流，如浐水、涝水、留业河等，都是没有地理的价值的小河，虽然也可称是渭水南部的支流，而其实只是秦岭山脉北部的泄水涧而已。

以上是把整个陕西省作观点，而观察西京的形势大概，天然的山水分布在西京四周的，可以说得上很险要的。至于西京城区近郊的形势，就平旷得多了。

我们倘若乘了飞机，在西京的上空作一度回翔，那么这鸟瞰下的西京城郊的形势，便很明显地罗列着：东面有骊山巍然突立，南部是连绵的土原起伏着，土原南部，便是终南山脉，翠华山、青华山、圭峰山、将军山等连成一带高高的前屏。渭水和泾水的交流，好像一把雪亮的钢叉，横置在西京的北部。而南北间有无数的小水道纵流着，西京古城便在这山水土原的中央，雄伟地盘踞着。

骊山是西京东郊的一座名山，离西京城五十里，属于临潼县境，和蓝田县的蓝田山相连。那里多秦汉之际的遗迹，算西京城东的唯一胜地。西京城外的东南部，是许多土质的冈阜，围成一片起伏的高原地带，那些地带统称曰“原”，最著名的有白鹿原，位在骊山西南麓，在西京城的东南，和蓝田县接境。城南有凤栖原、鸿固原、少陵原、神禾原等，和南面的翠华山相连。西南还有毕原和细柳原。城北有首原，东北有铜人原。这许多原地上，大多是农田和村镇，而城西和城北的一片平原上，却留存着历史上许多古城的遗址。

渭水横卧在西京城北，许多细小的支流网布在西京的近郊一带，这许多支流大多是由南向北的，沟通了秦岭山脉群山与渭水的交通，泄水而成为西京乡区的水利命脉。在西京境内的支流，著名的有灞河、浐河、皂河、沣河、新泥河和潏河。灞河最大，又称霸水，是关中八川之一，发源于蓝田县东倒谷中，西南流与蓝水相合，折向西北，与辋水相合，然后流入西京境内，在西京城的东南，流过灞桥，再与浐河相会合，然后北流入渭水。浐河也是关中八川之一，发源于蓝田县西南的山谷中，西北流经焦戴镇，为焦戴河，再向西北流经西京城西，过浐桥，始和灞河同流入渭。皂河和渭水的合处在西京镇北草滩镇的北面，与灞河并列，自渭河支口向西南，过草滩镇，向西流过汉长安城故址，再折向南流，在西京城西围绕着，再向南去，河身渐狭，有细流和潏河相通。潏河的上源是大峪河，发源于西京南面秦岭山脉的大峪口，又名沈水，也是关中八川之一，潏河在西京城南分为二流：一流向北便是皂河，一流向南合滈水注入潏河。沣河的南源，系合高冠河和太平河二流，向北直流，在咸阳县西南，与渭水相合。而沣水又有一支流与新泥河相通，新泥河的上源，名曰沧浪河，发源于圭峰山，与沣河并行着，在西京的极西境流过，经咸阳县而注入渭水。

西京四周最接近的邻县共有六个：便是临潼、咸阳、蓝田、鄠县、高陵和泾阳。临潼在西京的东面，相去五十里；咸阳在西面，相去亦是五十里；蓝田在东南，相去八十里；鄠县在西南，相去七十里；高陵在东北，相去七十里；泾阳在西北，相去六十里。

西京的形势，在如许关山河道交织成的密网中，可称是极险固而雄伟的；有了这天然的地势，只要再加上人工的开发，将来定能成为复兴西北的中心大埠。

四　建设中的西京

政府鉴于西京形势的险固，在国防、经济上所处地位的重要，所以决心开发西北，建设西京，而明令制定西京为我国的陪都，称为西京。正式成立西京筹备委员会，主持西京市的一切建设事宜，如市政的改进，交通的构通，均在积极地设施和进行中，在不久的将来，西京便将从荒落中复兴繁荣起来。

和西京筹备委员会同样地负着建设西京市责任的，还有三个机关：一个是全国经济委员会的西京公路处，一个是陇海铁路管理局，一个便是陕西省建设厅。

全国经济委员会西京公路处的工作，重在建设陕、甘一带的公路，以西京为中心，而造成西北的公路网，可以说是开发西北和建设西京的先遣部队。各处的公路筑成后，便能沟通内地与边省和西京的交通，而把西京形成一个商业和经济的中心，那么西京的繁荣，在西北公路网完成以后，当然便指日可待了。

陇海铁路管理局所负的使命，是在延展西京向西至甘肃的铁道线，以完成中国唯一横断全国的大铁道计划，而使铁道东端的连云港海口，得和西北边远各省联成一气；西北各省的货物，能够走陇海路直接出口，而外洋的货物，也可以直接行销于西北边远各省。如果这铁道线西进的工作完成以后，那么西京便将成为西北各省货物聚散的中心，而将成为西北大陆的一个繁华的都市。

陕西省建设厅对于西京的建设工作，便偏重于西京市区，如同街道的修筑，市容的整饬，以及各种公共机关的兴建。因为西京是陕西省的省会，建设厅负有建设省会的责任。

西京市在这四个机关——西京筹备委员会、全国经济委员会西京公路处、陇海铁路管理局和陕西省建设厅——努力建设之下，最显著的成绩表现，便是交通的进步。所以我们要谈西京的建设状况，无异便是谈西京的交通建设。在未谈现阶段西京交通概况之前，我们试把西京过去的交通状况，作一概要的追述。

　　近百年来的西京，因为连年的兵祸天灾，形成了一个穷乏不堪的局面，人民连生活还不能维持，那有余钱去从事建设呢！而民国以来的政府，在军阀割据的局面之下，只知任意搜刮，从来也没有想到在西北做些开发的工作，西京的建设更不必谈了。军阀们对于西京的赏赐，不是坐索军饷，便是围城数月，甚至用战具摧毁旧有的建设。西京处在这种境遇之下，几乎连旧状也不能维持，更那能谈得上新建设呢！

　　所以在那时期，西京的交通事业，可以说落伍到极点，古语说"蜀道之难，难于上青天"，但是四川的交通，还有扬子江的航运可通，而西京在以前，因为渭水和黄河都不能行舟，全靠陆路的交通来维系。那时陇海路最初只通到陕州，后来才敷展到潼关，自潼关以西，至西京间二百余里的路程，完全靠着一条崎岖不平的汽车道，因为设备的简陋，原料的昂贵，所以行旅的人，即使花了很多的旅费，有时常常会遭到种种的意外。人民的穷困便直接造成了治安的不宁，一出潼关，处处都有被绑架勒索的危险，行旅裹足不前，货物的运输似乎格外困难了。

　　自西京向西，虽然有一条通至甘肃的大道，但是地势崎岖，晴天还能勉强通车，雨天便得断绝交通，而汽车都由民营，开行既无定期，客货均须预先挂号，俟客货装足一车，方才开行。而车上既无篷帐，又无坐位，栉风沐雨，险阻时生；有时遇雨或道路不平处，就须下车步行，所以那时自西京至兰州七百五十三公里的路程，得走上十来天。大多数的行旅商贾，全恃骡马作交通利器，其艰苦迟迟，概可想见。而西京南部，又横着一条秦岭山脉，南部的交通，便全靠几条旧式的栈道，如子午谷道、傥骆道、褒斜道等，十分不便。

　　自从国民政府在民国十七年统一了全国以后，有些目光较远的领袖们便倡言开发西北，最初不过还是口头的呐喊而已，自从民国二十年九一八事变发生以后，东北四省的土地不到经年便沦入敌手，政府在伤痛之余，为亡羊补牢之计，便想开发西北，以抵补东北损失的富源。在民国二十一年一·二八事变的发生，政府更加重了一重刺激，于是国内国外的调查考察团陆续地到西北去，作经济及地理上的考察，发现了西北的种种富源，于是更坚决了开发西北和建设西京的信心。于是最初在纸笔口头所呐喊的，此刻便见诸实行了。

建设西京的第一步工作，便是以西京为中心，筹筑西北各地的交通线网，近几年来努力的成绩，可以记述的约有三端：第一便是陇海铁路潼关西京间通车的完成和西展的进行；第二是陕西各公路网初步工程的完成；第三便是西北航空线的开始通航。

先说陇海铁路。

陇海铁路兴建于清光绪二十一年，至二十六年，开封与洛阳间开始通车，是为汴洛铁路，全线仅长一百十五英里。民国五年东段延展至徐州，西段延展至观音堂，全线长一千一百华里。民国十三年，西段自观音堂更延展至陕州灵宝，东段自徐州延展至海州，到民国十五年，海州与灵宝完全通车，全线长一千六百五十一华里。民国二十年底，西段通车至潼关，在那时自潼关以西至西京间的交通，全赖公路汽车。同年四月间，路局便正式成立潼西段工程局，积极从事于测量及建筑事宜，这工程继续进行了三年多，至二十三年年底，潼西段便正式通车，而西京便有铁道可以直达海口连云港，全线共长一千八百九十余华里。

潼西段通车以后，便又积极从事于西（西京）兰（兰州）段工程的进行，在民国二十五年六月，西京与兴平间已正式通车，最近已进展至宝鸡。将来积极西展，全线完成期，当在不远。

所以西京铁路的交通，是以陇海铁路做主干，向东西进展，沟通西京与各地的交通，我们可将西京铁路交通的现况，条列如下：

（1）自西京循陇海线向东：经临潼、渭南、华阴、潼关、灵宝、陕州、渑池、新安、洛阳、巩县、郑州、开封、兰封、商丘、徐州、海州，而至黄海边的连云港。

（2）自西京循陇海线向西：经咸阳、兴平、武功、宝鸡、马跑泉、洛门镇、通安驿，而抵甘肃的省会兰州。

（3）自西京循陇海线向东至潼关，渡黄河，至风陵渡，接通同蒲铁路，经蒲州、虞乡、解县、安邑、夏县、闻喜、临汾、洪洞、赵城、霍县、介休、平遥、祁县、太谷、榆次、太原、忻县、崞县、代县、山阴、怀仁而至大同，再可由大同循平绥路直通绥远包头。

（4）自西京循陇海线向东至郑州，自郑州向北循平汉路可通至新乡、彰德、顺德、石家庄、保定、北平。在北平又接通北宁、平绥两路。自郑州向南循平汉路可经新郑、新昌、郾城、信阳、孝感，而至汉口。更自汉口向南循粤汉铁路可直达广州。

（5）自西京循陇海路向东至徐州，自徐州向北接通津浦路，经济南、德州而至天津，更自天津由北宁路至北平及东三省各地。自徐州向南，经蚌埠、滁州而至浦口，渡江接京沪路，可至南京、上海、杭州。

在计划中，陇海路拟自西京至四川成都间，筑一条支路，以沟通陕川的交通，这计划如果实现，西京与四川间通了火车，那么蜀道可以不再歌行路难了。而在总理所著《建国方略》的"实业计划"中，拟以西京作中心，兴筑四条铁路：

（1）西京大同线——此线自西京起，北行经三原、耀州、同官、宜君、中部甘泉以至延安，再自延安东北行至绥德、米脂、葭州（今佳县）而至兴县、岢岚、五寨、羊房，再经朔州而至大同，全长六百英里，经过陕西有名的延长煤油矿，及山西西北部的煤田。

（2）西京宁夏线——此线自西京起，西北行至泾阳、淳化、三水、正宁、宁州、庆阳、环县，再经清平、平远、灵州而至宁夏，全线约长四百英里，经过矿产和石油最富的地区。

（3）西京汉口线——此线为联络黄河流域最富饶部分与长江流域最富饶部分的重要线路：自西京起，用天线路轨，越秦岭，进至丹江谷地，直至淅川，分线南行，至湖北，循汉水左岸经老河口至樊城、安陆，以至汉口，全线约长三百英里。

（4）西京重庆线——此线自西京起，直向南行，度秦岭，经宁陕、石阳、紫泉，逾大巴山的分水界至绥定及渠县，再经邻水江北而至重庆，全线约长四百五十英里，经过物产富庶和出产木材的地区。

总理所定的这四条路线，对于建设西京和开发西北，当然可作为重要的参考的，因为这计划对于实业及经济上具有重大的价值，一旦能兴筑成功，西京的繁荣当可立待。然国家一时限于经济，所以还只能算一个计划而已。

再说西京公路的修筑。西京的公路已筑成和正在进行兴筑的，共有下列五线：

（1）西兰公路——自西京向西，经咸阳、乾县、监军镇、邠县（今彬县）、长武、泾川、平凉、静宁、华家岭、定西，而至甘肃的省会兰州。

（2）西潼公路——自西京向东，经临潼、渭南、华县、华阴而至潼关，和陇海路的潼西段相平行。

（3）西荆公路——自西京向东南，经蓝田、蓝桥、商县、龙驹寨、商南，而至河南的荆紫关。

（4）西宁公路——自西京向南，循子午谷道，经子口、江口、宁陕，而至子午镇。

（5）西陇公路——自西京向西，经咸阳、兴平、武功、扶风、岐山、凤翔、汧阳（今千阳），而至陇县。自陇县向西经清水、天水、甘谷、武山、陇西、渭源、临洮，而至兰州。

除此而外，近年又计划建筑陕川公路，自西京直通成都，四川境内已经完工，在二十五年六月通车。这许多公路中，以西兰公路的工程最为浩大，而路线也最长，计自西京至兰州，共长一千三百五十五里，由全国经济委员会西京公路处修筑。全线山地占五分之四，工程最伟大的便是六盘山和华家岭，高出海平一万公尺。这路最早是前清左宗棠征回时所辟的大道，在民国二十年，华洋义赈会在陕西以工代赈，修建西京兰州间的汽车道，但是因为工程的艰巨，经费的支出，虽然全部完工，但只能勉强通车。自民国二十三年五月，便由全国经济委员会接办，成立西京公路处，目前因经济支出，只就华洋义赈会的旧道加以整修，在二十四年五月一日正式通车，开始载客运货。一面预备另外测定路线，铺砌硬面，筑成一条完美的公路，预计在三年内可以完成。

西北航空线的开始通航，是民国二十三年的事，这事业由中德合办的欧亚航空公司所承办，在二十三年冬，正式通航。西京的航空交通是属于沪新航线，自上海经南京、郑州、西京、兰州、肃州、哈密、迪化，而至新疆的边境塔城。自上海至西京每星期三上午七时十分启飞，到下午三时五十分到西京，计航程一千二百九十公里，历时八小时四十分。自西京至塔城的航线，现在只通至兰州，每逢星期四上午八时半启飞，至十一时半抵兰州，航程五百七十公里，需时三小时。自西京至上海在每星期日上午八时半启飞，下午四时四十分到达。兰州至西京线每逢星期四、六下午二时启飞，四时到达西京。座价自上海至西京国币二百〇五元，西京至兰州国币二百三十元，西京至塔城一千三百三十元，由上海直达塔城，需费一千五百三十五元。

西京的交通现况，全恃乎铁路、公路与航空路的沟通，所以现在已够称得上便利。而水路上的交通，可以说是绝无仅有，虽然渭水只在西京的咫尺之间，但是滔滔的浊流挟着淤沙浅滩，不便航行。在清朝末年，曾有自西京至陕州间行驶小汽船的建议，但是后来没有成功。现在自兴平以东，只能通行小舟。将来如果有计划地把渭水开浚完成，通行汽船，那么西京的交通，将更形便利，而商业运输，将更臻发达。

五　西京城区胜迹志

西京是一个古城，所以特多古迹。人们走进西京的境域里去，随时随地会和历史上的许多遗迹接触。因为西京是周、秦、汉、前秦、后秦、西魏、北周、隋、唐的故都，先后九百余年，握着中国政治文物的重心，在我国的各大都城中，西京是最古，而且建都的时期也最长，所以历朝相传，遗留的古迹也独多。近世的考古家、历史家们，都以一游西京为快，因为那里无异是一部活的历史教科书，一所最伟大的历史博物馆。

西京古迹的大部分，便是周、秦、汉、唐四朝，因为这四朝是中国历史上最强盛的时代：周朝是汉族古代文化最发达的时期，一切的礼仪制度都在那时订定；秦朝创始了专制独裁的政体，虽然为时很短，而在专制的淫威下，无数伟大的建筑，都在此时完成；汉朝为中古文化的鼎盛时期，政治武功都盛极一时；唐朝造成了近古时期汉族最强盛的一页记录，武力征服边远各地，而文化的力量更广被到东亚全区。所以在西京所留存的古迹，都是汉族最光荣的记录。有些人士都在倡议中国本位文化的建设，那么西京该是一部最重要的参考材料。

但是话虽如此，现今西京所遗留的古迹，大多只存了一个荒古的迹象而已，这迹象的是否古，是否如传说那样的可信，那就很难说了。因为历史上的周秦汉唐，都曾遭过极大的劫难。西周末年，犬戎入寇，曾在西京城内烧杀了一次，宗周的文物因此大部遗失。秦朝虽有阿房宫的伟大建筑，宫室富库，极尽了天下之美，然而经西楚霸王项羽的一把火，连片瓦都不存。汉亡以后，曾遭五胡十六国之乱，西京在当时成了异族争战的中心，连年的兵燹把汉都夷成了一片荒土。唐朝曾遭安史之乱，明皇一度弃京出亡；在唐朝末年时，又遭黄巢作乱，攻陷长安。而唐亡以后到现在已一千余年，一任其荒废圮毁，趋于沦没，所以西京有大部分的古物和古迹，都已埋入黄土层下，待后世人们去发掘和考证。

现今西京所有的古迹，大半是根据历史的传说，经过后人的整理修茸，供人凭吊。大概远古如周秦汉各朝的遗迹，都只有些荒土残址，唐代的风物，还有一点具体事物的留存。今将西京城区的名胜古迹，分述如下：

（一）碑林

碑林，在西京城南门内的东城根，是唐朝国子监的旧址。宋朝元祐五年（公元一〇九〇年），吕大忠把唐代开成的石经和柳公权、颜真卿所书的石碑集在一处，当时称为"碑洞"；到清朝初年，又把《圣教序》和《淳化帖》移入，就改名叫

"碑林"。现在林内共有名碑四百七十二种，大小碑石共计二千四百多块，可算是陕西文化的总荟。碑石以唐、清两代的最多，而其中以唐代石刻的《十三经》《大秦景教流行中国碑》《淳化阁帖》和《华夷禹迹图》及颜柳张欧的字帖，最为名贵。

在碑林附近，有许多人民专靠售帖和裱糊为生，至于碑帖的价值，视新旧而不同，新拓的很便宜，而旧帖就非常昂贵。碑帖的新旧之分，很有区别，如柳公权《玄秘塔帖》有"空王可托"四个字的算上品，《圣教序》有"三奥无恙"四字的算旧拓。《云飞经》刻十八道的为真本。现在关于碑林中的印拓和保管，都由政府统制，普通人不能任意印拓，以防碑石的损毁。

（二）文庙

文庙和碑林很相近，是唐朝贞观四年（公元六三〇年）所造，殿宇非常宏伟，里面古柏参天，很饶幽趣。庙内藏有虞世南手书正楷的《孔子庙堂碑》，欧阳询手书正楷的《皇甫君碑》，及王羲之九世孙智永禅师的真草《千字文碑》，都是极名贵的东西。在大成殿旁边，陈列着一块龙头的屋脊，是黄色的琉璃瓦所造，在民国八年庙中筑墙时发掘所得，也是一件有价值的古物。

（三）卧龙寺

卧龙寺，在文庙的东面，始创于隋朝，最初名叫福应禅院。唐朝时改名叫观音寺，因为当时有一位大画家吴道子，曾手画观音像刻石立碑在寺内的缘故。到宋朝初年，有一个和尚名叫维果，长卧在寺内，时人都称他叫"卧龙"，因此宋太宗便更名叫卧龙寺。清朝末年时，光绪皇帝和慈禧太后避庚子之乱，逃到西京时，曾大加修筑，因此殿宇的建筑，非常宏丽，可算是西京的首刹。寺内从前藏有宋明版本的《大藏经》一部，共计七千余册，极为名贵。最近已移藏在省立图书馆内。此外还有藤子佛"唵"字碑和"佛足迹"等石刻，也都很名贵的。

（四）下马陵

下马陵即董子祠，是汉朝大儒董仲舒的埋骨处，从前汉宣帝和魏文帝经过此地时，均曾下马致敬，所以名曰下马陵。到唐朝时，西京人把"下马"二字，讹传作"虾蟆"，因此称为虾蟆陵。白居易《琵琶行》上所谓："自言本是京城女，家在虾蟆陵下住"就是指此。陵在卧龙寺的东南，祠内有董仲舒墓，祠屋年久失修，很是荒凉。

（五）东岳庙

东岳庙在西京城的南隅，奉祀东岳大帝，是唐朝时的建筑。庙内有唐宋年间的壁画，是极有艺术价值的作品。可惜因为年代久远了，稍有剥落。

（六）钟楼

钟楼，矗立在西京城的中心，共有四层，高九丈，是一座十分雄丽的古式建筑。最初这钟楼建在迎祥观内的，明朝万历十年（公元一五八二年），巡抚龚懋贤命长安和咸阳二县的县令把它移筑在现在的地址。清朝乾隆年间，巡抚张楷又重加修葺，现在改为陕西省立民众教育馆的演讲厅，作为西京市民休闲时游息的地方。

（七）鼓楼

鼓楼在省政府门前，是元朝时的敬时楼，后来才改为鼓楼。清乾隆时由巡抚张楷与钟楼同加修葺，最近由陕西省政府修刷一新，很是壮观。这楼比钟楼高，共十一丈，凡三层，也是古式宫殿型的建筑。

（八）省立图书馆

省立图书馆，在西京城内南院门，是明朝时书院古址的一部分。这个书院本来是宋时张载、程颢、程颐诸人讲学的地方，在明朝时由常遇春改建而成。陕西人民至今还沾染了浓厚的理学气味，这讲学所对于当时及后世的影响，很为重大。清朝时就此地改为陈列馆，民国成立以后，把陕西各地公私藏书和古物，全行聚存于此，称为陕西省立图书馆。馆舍的建筑是中国式的楼房，屋檐和壁间都雕刻着花纹图案，很是美观。现在馆内藏有中西书籍数十万册，里面有唐宋元明版本的《大藏经》一部，是由卧龙寺移来的，最为名贵。此外并陈列历代的古物数百件。凡是到西京去的人，一定要去参观一下的。

（九）大雁塔

大雁塔，在西京城南七里的慈恩寺内。汉宣帝时，在乐游原创建一座乐游庙，这便是慈恩寺的前身，到隋朝时，就乐游庙原址，改建为无漏寺。唐朝时，高宗皇帝又改建为慈恩寺，请高僧玄奘法师和他的弟子等在寺内翻译佛经。在高宗永徽三年（公元六五二年），玄奘又请高宗在寺内仿西域的制度，建一座五层的高塔，以为藏经之用。后来塔顶坍倒，到武后长安年间，又改建为七层砖塔，高十六丈，内设螺旋梯，可以登临塔顶。历宋元明清各朝，均加修补。在民国十九年冬，朱庆澜又捐助巨款，大加修葺，寺屋和雁塔都焕然一新。

慈恩寺在唐代是最著名的大寺，塔门的石刻是颜立本所画。塔下有《圣教序碑》，是唐褚遂良所书。塔前有许多碑碣，都是自唐代至清朝间许多举子的题名，所谓"雁塔题名"，就是指大雁塔前的石碑而说的。塔后有不空和尚译刻的《大慈经》幢，院内有几块类似钟磬的响石，游人目为很珍奇的。每逢阴历十五日，寺内有庙会，西京城内外的游人，都来赶集，很是热闹。

至于大雁塔的命名，共有两种传说：一说是西域建塔时最下一层作雁形，此塔仿西域国所建，故名大雁塔；一说是当这座塔建造的时候，有一只大雁飞过，忽然坠地而死，就葬在塔内，故名大雁塔。这两种传说，以第一说较为近理。

（十）小雁塔

小雁塔，在西京城南三里的荐福寺内。荐福寺是隋炀帝居藩时的旧宅，后来舍宅建寺，崇奉密宗。最初名曰大献佛寺，到唐武后天授元年（公元六九〇年），改称荐福寺。寺内原有小塔一座，在唐武后神龙年间，曾在寺内翻译佛经。中宗即位以后，便大加修饰，宫内的嫔妃们，集资在寺内建了一座塔，高二百余尺，共十五级，但是不能登临，因为和大雁塔对峙着，故名小雁塔。

小雁塔曾遭过几度的地震，但都没有使塔身圮毁。在明嘉靖乙卯年间，西京地震，小雁塔分裂为二，癸亥年间又遭二次地震，裂缝稍微合拢了些，以后每逢陕西地震，小雁塔的裂痕总是分裂或合拢，从没坍倒。现今在小雁塔的中央，自顶而下，仍有一条一尺多宽的垂直的裂痕，真是一件奇事。

荐福寺内还有一座大铁钟，相传出自武功河边，有一个洗衣妇在武功河边洗衣，用木杵捣衣，声响传布数里，大家觉得很奇怪，便把捣衣处的土地发掘开来，发现一座大铁钟。人们就把这一座大铁钟送到荐福寺内，所谓"雁塔神钟"，也是西京八景之一。

（十一）大兴善寺

大兴善寺在小雁塔的南面，这寺最初名叫遵善寺，是晋武帝所创建，到隋文帝时改名为大兴善寺。唐朝时曾大加修建，相传当时寺内有二十万僧众，内部组织的伟大，可算是全中国第一。到唐朝开元年间，密宗的祖师善无畏、金刚智、不空三人，在此倡设密教，所以这寺是中国密教的发源地。现在寺内还留存着唐塑的佛像，很有艺术价值。

（十二）曲江池

曲江池，在大雁塔东南三里，名义上称为池，实际上已是一片陆地了。这里本来是秦时宜春苑的故址，汉时称作曲江池，隋时改称芙蓉池。唐朝开元年间，曾大加开凿，周围七里地，广植花木，建起各式的亭台楼阁，作为京城里一班官家的游乐之所。唐亡以后，这里便日渐荒废，至今便湮没为陆地了。张礼的《游城南记》上所载："依塔下瞰曲江宫殿乐游燕喜之地，皆为野草，不觉有黍离麦秀之感。"这正是当今曲江池的一个实地写照。虽然在景目上"曲江流饮"还列为西京八景之一，但是游人到此，也未免有些黍离麦秀的感想。

六　西京近郊胜迹志

西京近郊的胜迹，包括西京郊外及邻近各县如咸阳、兴平、临潼、蓝田等的名胜古迹在内。在西京城郊百余里广的范围以内，都是古长安城的旧址，历朝的古迹，均分布在这百余里内。现在从西京的西郊说起，顺序条列如下：

（一）咸阳古渡

"咸阳古渡"是关中八景之一，唐人诗上的"咸阳古渡几千年"，便是指此而言。古渡遗址在西京城西五十里的渭水河边，这是由西京去咸阳必经的一个渡口，西京和咸阳两县间，横着一条渭河，成为两县的分界线。自西京至咸阳，必须渡过渭河。自古以来，渭河上便没有造过桥，因此行人车马，都须乘船渡河，这个制度创始于周秦，相沿至今，仍是不变。不过近年来公路交通，这古渡上便常有汽车通过。在冬季水浅结冰的时期，渡船不能来往，为便利交通起见，便在河上架起轻便木桥，行人都打桥上渡河，到春季水涨以后，便将木桥拆去，仍旧恢复河上的交通。

（二）马跑泉

马跑泉三字，在中国几乎成了一个普通的名词，各地的地理传说上，都有马跑泉的名称。这传说和命名的由来，大半都是记述历史上的皇帝或伟人在那地方骑马跑过，马留足迹，涌出清泉来。在全国取名马跑泉的地方，不亚十余处。这里所说的马跑泉，是在西京城西七十五里地，距咸阳二十五里的一个古迹，相传唐朝时，太宗皇帝在此行猎，马跑得泉，霖雨不溢，大旱不竭，水质非常清冽。现在这马跑泉非但是一个泉名，并且已成了咸阳县西的一个大镇了。

（三）茂陵

茂陵是汉武帝的陵寝，在咸阳城西三十里，离西京八十里，自西京有公路汽车可通。汉武帝是汉朝一位抱有雄才大略的君王，对内倡导尊孔，排黜百家，以抑制人民的思想，对外征讨匈奴，通使西域，用武功征服了西北的异族。当年在战场上有两个最忠勇的良将：一个便是卫青，一个便是霍去病。及武帝死后，营葬茂陵，卫霍两人因为生前有功于汉，死后也就附葬在茂陵旁边，现在茂陵北隅，有卫青的墓，西隅便是霍去病的墓。

霍墓前面有一带石砌的假山，山石上刻着各种人兽的浮雕，有狰狞的武士，以及十二生肖的动物。雕工很古老，富有艺术上的价值。

（四）马嵬坡

马嵬坡在兴平县西三十里，离西京一百三十里，这是唐明皇宠妃杨贵妃被迫自缢的地方，现在杨贵妃的墓，就在马嵬坡上。贵妃生前受尽了明皇的宠幸，所谓“后宫佳丽三千人，三千宠爱在一身。金屋妆成娇侍夜，玉楼宴罢醉和春。姊妹兄弟皆列土，可怜光彩生门户。遂令天下父母心，不重生男重生女。”到后来安禄山和史思明起兵谋反，进逼西京，明皇只得挈着杨贵妃向四川逃命，行过马嵬坡，六军不进，请明皇杀贵妃以谢天下，明皇无奈，便命高力士赐杨贵妃死，贵妃便自缢在马嵬坡下。诗人白居易的《长恨歌》上，描写当时马嵬坡贵妃自尽的情形，非常动人：“九重城阙烟尘生，千乘万骑西南行。翠华摇摇行复止，西出都门百余里。六军不发无奈何，宛转蛾眉马前死。花钿委地无人收，翠翘金雀玉搔头。君王掩面救不得，回看血泪相和流。"现在马嵬坡上，只剩着荒草离离，贵妃墓上的碑志尚存，但已颓废不堪。真是"马嵬坡下泥土中，不见红颜空死处"。一代倾国倾城的佳人，现在只留下了一段悲艳的遗事和一抔荒土，供后世游人的凭吊。

（五）周陵

周陵又名周文武陵，是周文王和周武王的陵墓，在咸阳县北二十里。明朝初年，太祖朱元璋曾从事修筑，立碑保古，最近由陕西省政府重加修葺，焕然一新。每逢清明节日，国民政府特派大员会同陕西省政府，到周陵前去祭扫，称为"民族扫墓节"。因为周文王和周武王是奠定汉族古代文化基础的两个君主，值得后人去崇敬的。在文武陵之西，有太公陵，北面有周公陵，其余成王、康王、恭王的陵墓，都在文武陵的南面。凡游人到西京的，一定要到周陵去瞻谒，正如到了南京，一定要去瞻拜中山墓一般。

（六）钓鱼台

钓鱼台，在咸阳城南十五里的渭水之滨，这是姜太公钓鱼的遗址。从前立有庙碑，现在日久湮废，只留剩了一个钓台的遗址。每当夕阳西沉的时候，远山衔日，渭水粼波，景色非常美丽。

（七）阿房宫

阿房宫的遗址，在西京城西三十里三桥镇的西南。这是一代专制君王秦始皇所手建的，和万里长城、骊山墓同为当时的三大工程。现在长城还巍然存在，骊山墓内部已屡遭发掘，外观尚存，而阿房宫在秦末遭了项羽的一把火，至今只剩了一堆黄土，连一点踪影也没有了。据《史记·秦始皇本纪上》所载，阿房宫建于秦始皇三十五年（公元前二一二年），始皇聚了六国之财，在渭水南部的上林苑中营建朝宫，东西五百步，南北五十丈，宫殿的上层可坐万人，下层可以建树五丈高的旗杆，周围阁道环绕，自殿下有地道可以通到终南山顶，宫殿的北门用磁石做成，倘若进谒的人身藏兵器，便会败露。这种建筑的雄伟华丽，就是近代也难比拟，可惜现在已完全废毁，游人们只能望着一堆荒土，唏嘘叹息而已。

（八）武家坡

武家坡在西京城南大雁塔西南三里多地。凡是听过京戏的人，无人不知"武家坡"三字，因为这是一出很动人的戏，记述唐时名将薛平贵之妻王宝钏守贞不辱的情形，这武家坡便是当时王宝钏的家，现在在武家坡的沟旁有一个窑洞，相传便是薛平贵的旧家。坡上建有一座庙屋，庙内供奉着薛平贵和王宝钏的塑像，香火很盛。

（九）牛头寺

牛头寺在西京南门外二十里韦曲镇东的皇子坡中，唐德宗贞元十一年（公元七九五年）所建。寺内有唐朝石刻的经幢和龙爪唐槐，是十分珍贵的古物。寺内有土窑洞三所，可供夏季避暑之用。

（十）杜祠

杜祠在牛头寺的隔壁，是唐代大诗人杜甫的享祠。杜甫生前的故居在樊川，就是现在建祠的地方。明时有人集资在此建祠，以表思慕敬仰之意。民国二十一年由张继、戴季陶诸人，捐款重修，现在祠屋已修整完好，西京筹备会的工程处，就附设在内。

（十一）华严寺

华严寺在杜祠东四里，唐贞元十九年所建（公元八〇三年）。寺内有佛教华严宗始祖杜顺禅师和四祖清凉国师的纪念塔，从前杜顺禅师曾在这寺内讲说《华严经》，感天雨花，因名华严寺。民国十九年秋，曾由朱子桥捐款重修，现在寺屋仍很完整。

（十二）兴教寺

兴教寺在华严寺东南六七里，离西京南关四十里地，唐高宗总章十二年所建。寺内有三座著名的塔，中间一座特别高大的，便是大唐三藏法师玄奘的葬身之处，左面是测师塔，右面是基师塔。

（十三）南山

南山亦名终南山，是西京城南的唯一胜地，当地人称作南五台，最高峰高七千七百尺，和华山同为终南山脉的支脉。山上林木荫翳，风景幽绝。从西京到南山去游览，可乘汽车先到离西京城南五十里的留村，由留村上南山顶，还有三十里路程，山路很平坦，可以坐兜子直上。山顶的五台是观音台（又称大台）、文殊台、清凉台、灵隐台和舍身台，以观音台为最高，是南山的主峰，峰上有圆光寺，是唐时所建，殿瓦都是铁质。山后悬崖间有一所大茅庵，是僧人静修的胜地，有很多高僧在此修道。此外四台，相去都很近，每逢夏季，西京人士都到山上去游览小住，作为唯一的避暑胜地。

（十四）翠华山

翠华山在西京城南六十五里，位在南山之西，与南山相连着，也是西京的名胜之区。自西京去有汽车可直达山麓的太乙宫。山上风景清丽，有湖，有风洞，有冰洞，有瀑布，比南山幽胜。由翠华山向北，可便道游览香积寺和灵感寺，向西可游草堂寺。

（十五）华清池

华清池在临潼城南骊山北麓，离西京五十里，汽车火车，都可直达，交通很是便利。相传这是唐时华清宫的故址。泉水温热，达华氏一〇四度。这温泉的年代，已极古远，秦时称曰"神女汤泉"，到唐太宗贞观十八年（公元六四四年），在池上营建宫殿，名曰温泉宫；到唐玄宗天宝六年，更名华清宫，那时把温泉筑池，广植花木，环宫筑短城，城外建官员的宅邸；自安史之乱以后，宫室全毁。民国十九年后，归陕西建设厅管理，始改名华清池，整理修葺，培植花木，并将池内划分等级。现在院内共有优等池三个，男池二，女池一，女池名贵妃池。在民国二十四年四月，陕西省府委托中国旅行社经营管理，重加规划，并在院内附设客房、厨房和运动场，以便游人住宿游息，浴资分三等，特等单人池每客一元，其余的二角和六角不等，院外还有三个男浴池和一所女浴池，公开任人沐浴，不取浴资。

华清池的闻名，是由于杨贵妃在此洗过浴的缘故。《长恨歌》上所描写的："春寒赐浴华清池，温泉水滑洗凝脂。"

千古传为佳话。泉水温热适宜，内部所含的成分，经上海工部局卫生试验所化验的结果，含有：炭酸钙0.009%，炭酸镁0.00259%，炭酸钠0.00338%，硫酸钠0.03907%，钾化钠0.00322%，卤化钠0.02608%，矽氧0.0039%，氧化铁矾0.0002%，有机物0.00012%，能治疗皮肤病和各种疾病。凡是到西京去的游人，一定要一游华清池，往游华清池的人，都一定要一试温泉浴。

（十六）秦始皇陵

秦始皇陵在华清池东北十五里，由临潼县有汽车直达。当始皇在生的时期，便从事于陵墓的建造，在骊山北麓，占地一顷，墓高五十丈，周围六七里，墓内筑石椁为宫室，以人膏为灯烛，以水银象征江海，以黄金制成凫雁，奇珍异宝，不可胜数。后来经项羽发掘，以三十万人运三十日还不能运完。唐末的黄巢也曾二次发掘，后来有一个牧羊人持火到墓内去找寻羊群，不慎失火，延烧了几日，便把所有的宫室建筑，完全烧掉。现在只剩孤塚一堆，高十余丈，周围广二里，供人凭吊而已。

（十七）烽火楼

烽火楼在华清池西南五里骊山的第一峰上，是周朝时王室向诸侯的报警设备。相传周幽王因为要博宠姬褒姒的一笑，戏在楼上使人举起烽火，骗诸侯的兵马前来救援，到后来犬戎真的入寇，再举火报警，诸侯兵因为鉴于上次的被骗，大家按兵不动，因此幽王便被杀在骊山下，西周也就此灭亡，所谓"一笑倾国"，就是指此。每当夕阳下山时，由西京远望骊山烽火楼，景色如画。所谓"骊山晚照"，也是西京胜景之一。

七　华山胜景（上）

华山东去西京一百一十四公里，是陕西省内唯一的名山，所谓西岳华山，和泰山、恒山、衡山、嵩山同称为五岳。五岳中以嵩山为最高，泰山最灵，而华山最秀。如果要以风景的幽绝来作一批判，那么西岳华山该称五岳的冠军。整个的华山好像一朵石莲花，山峦重叠，壁立险绝，崎岖的山道，好像一座倚侧的天梯，不易登临，而沿途的景物，也好像仙境一般，白云出岫，古松盘旋，处处都似艺人的名画。

游山玩水的人，是忘怀不掉华山的，每一个去西京的人，必顺道一游华山，因为陕西省在历史上开发得很早，而西京又是古代的文物中心，所以邻近在西京的华山，除有天然的奇景外，人事的建设也很早。如山路的修凿，殿宇的建造，历代均有建置，因此相传至今，华山上的建筑物大半仍很完好，和东岳泰山一般。游人们常常是成群结队地去华山作探游的。

自从陇海铁路出潼关，接轨至西京以后，使华山与西京，更加重了一层密切的联系，因为交通的便捷，自西京至华阴间，早发昼至，只须五小时余的旅程，便可到达。旅客游过华山以后，可以很从容地西进到西京；或自西京东来，到华山游览一周。因此凡到西京去的人，必一游华山，而游过华山的人，必西去拜访西京。华山和西京，便互相联系着，一个以名胜，一个以古迹，号召一班往西北的游客前去。正如平绥路上的八达岭万里长城一样，虽然已属于察哈尔省境，去北平百余里，然而到北平去的人，必顺道一游八达岭，是同样的道理。

关于华山的胜景，为记述上明晰起见，可分为下列六系：

一、北山路诸胜；二、北峰诸胜；三、中峰诸胜；四、东峰诸胜；五、南峰诸胜；六、西峰诸胜。

（一）北山路诸胜

北山路诸胜，包括华山自北麓至山顶沿途的胜景；华山在华阴县的南面，在华阴城南十里，便是华山的北麓。游人们欲登华山，须循北山路上去。今将北麓至山顶间沿路的胜景，分述于下：

华岳庙　在华阴城东五里的岳镇，陇海铁路适穿镇而西，而华岳庙便位在铁道的北边；凡是游华山的人，一定先走岳镇谒华岳庙。这庙建自汉代，历代均加修治，清康熙、乾隆两朝，曾发重帑大事整修，殿宇宏伟，是华阴城外唯一的大建筑。庙内藏有汉代至清朝的碑碣很多；清朝时，毕沅在庙内建古碑亭两座，搜集汉唐以来的残碑断碣二百余种，嵌置在壁间，于历史文化上，很有重大价值。岳镇上有简陋的客店数家，可供游人栖宿，由此到华山山麓，有车轿可以直达。

云台观　在华山北麓，离华阴县城南八里，是后周武帝为道士焦道广所建；宋太祖建隆二年（公元九六一年），陈抟就遗址重建，宋真宗曾两次临幸，建集真殿，元末被毁于火；清朝末年，又加重修。现在为兵工厂所占用，不能入内游览。

玉泉院　玉泉院在华山北麓，宋皇祐年间，陈抟所建，清乾隆年间重修，院址适当玉泉下注的地方，故名玉泉院。玉泉自张超谷下流，到北麓平地上，回成溪流，玉泉院便建在溪流以西，那一带绿树亭榭，颇饶幽趣，而仰望怪石森立，俯视碧涧分流，更是奇观。院内有希夷祠，相传是陈抟修道的地方，祠后有希夷睡洞，洞内有陈抟的卧像。陈抟是宋代一个修道致仙的人，相传他一觉要睡三千年，那卧像铸得很有骨气，双目微瞑，倚枕而卧，游人都好用手在眸颊间抚摸，因此面上晶莹得如同汗湿似的。在希夷洞旁有一块大石，石上刻着"山苏亭"三字，相传从前陈抟曾在此建亭；旁有无忧树四株，相传也是陈抟手植，树下有无忧亭。在玉泉院东南，池中有天然舫，还有群仙馆和迎仙院等。

自玉泉院上去，当谷口处，有土地台，虽不很高，但仰视群峰，俯瞰河渭，已可稍放眼界，登华山的人，都在这里作初步的休憩。台畔有梯云石，再上有金天宫，谷口还有五龙潭，潭上有五龙宫；入谷后三里地，有一个石龛，名曰三里龛。谷口东南，便是古时的熊牢岭，现在是华山的中方。中方上面有大罗峰，峰上有醮坛，笔峰在中方的东部，去中方的半路上，有一所驾鹤轩，相传是唐时金仙公主得道时，驾鹤升天的地方。大罗峰的东南，有驾鹤岭，相传是卫叔卿得仙的地方。熊牢岭上还有种药坪，相传魏朝时仙人王晖，曾在那一带的溪畔种植黄精，山上的虎豹，替他驾犁耕耘。

中方附近的建筑及古迹很多，如三盘山、太清宫、仙人桥等，都在中方的范围以内。老君洞在中方的绝顶处，木公祠在中方的东边，俗名东王公。金母祠在中方的西边，和东王公相对，俗名西王母。中方还有王猛台的遗迹，相传晋时大将王景略，曾屯兵华阴，抵御慕容晣，在此筑校将台，就是现在的王猛台，现在台已不存，只在山崖上铸着"王猛台"三字，而附近的山壁间，都是窑窟，山上的农夫们，常常会拾到箭矢上的镞铁，或许还是当年战争时的遗物。过王猛台数步，有一块大石，高约三丈，上刻"鱼石"二字，相传在前清光绪十年的六月六日，华山上出蛟，巨水浸流，山上的大石，都随着水流往下冲，冲到这里，为山石挡住，这冲下的大石，形状很像一条大鱼，故名鱼石。

五里关　又名第一关，形势非常险要，大有"一夫当关，万夫莫入"的气概。关口奇石壁立，高数百尺，谷口很狭隘，流水随着山势，曲折环绕，经五里多路程，便到第一关的关口，那里有大石塞着口，好像一扇石门，向里面进去，如入隧道。入关以来，只见两山对开，岚光交堕，凡五里而达五里关。从前有人就山势险处，垒石为城关，以为避兵祸之用。关上百余步，有桃花坪，那一带飞瀑纵流，像银练一般，而四围山色青苍，鸟语花香，竟如仙境一般。

五里关的南面，有张超谷，相传汉朝时张公超在此结庐修道，一时从他学道的人很多，都搬到这里来住，便成功了一个市集，名曰雾市。在东面有一间石室，高六丈，可容一人起居，名曰卧仙坪，相传是张公超的故居。这张超谷是登山必经的一条谷道，在谷中岩石下有一个石窟，相传有僵尸出没，每逢春游时，游人都以酒洒在谷中，以避邪祟，在宋朝时，山上忽然飞来一块大石，把穴口塞住，从此就太平无事。

壶公石室在第一关西北的孤峰上面，石室内可容十余人，室旁有龙泉，东北流入雾市，东面有芦花池，是后魏寇谦之箕场的遗址，西面有修羊公的石榻，都是有名的古迹。

自第一关南行四里，便到方洞，洞口有石崖突立，高百余尺，中间一线分开，名曰希夷峡，相传是陈抟化形脱骨，脱去凡胎成仙的地方。从前自峡顶有铁链下垂，可以攀援而上，相传陈抟的遗骨，就在峡巅，道士们常常引游人上去参观，后来有人把趾骨偷了一块去，道士很怀恨，便将垂链割断，从此游人们便不能上去了。希夷峡西有龙泉，东南是云峰谷，游人到此，怅望着仙境，真有出尘的感想。

莎萝坪　莎萝坪一名洞天坪，自希夷峡西上数十步，便到第二关，那里大石中分，好像用刀斧劈过似的。两旁大石对立，石色坚黑，好像是华山的一重铁门。混元庵在关内的东壁，傍依着高崖，悬空构成。莎萝坪在关南二里地，建有莎萝庵，庵外东面有瀑布数十丈，庵前旧植莎萝树一株，即所谓菩提树，在前清中叶，树枝还很茂盛，现在已完全不存。八仙洞在莎萝坪的西面，洞口有一块石崖，奇险难登。自莎萝坪东望，是大上方和小上方，位在西元门之下，山形好像一张坐椅，瀑布悬崖，高数百尺。小上方附着石崖，楼阁迭起，山径很险，都有铁链攀援着，在铁链尽处，有一个大石隙，便是西元门，相传是金仙公主升仙的地方。由此上去，远望白云峰，峰上旧有白云宫，为唐时金仙公主修道的地方，因为山路峻峭，游人很少登临。

自莎萝坪南行二里，当十八盘的下面，有白鹿龛，相传是鲁女生隐居的地方，后来跟西王母乘白鹿去修仙的。由此再上去，便到十八盘，山势陡险，凡十八折，计程三里，孤危错落，两旁好像用刀斧劈截了去似的。白羊峰在西北五里，毛女峰在十八盘的西南，峰上有毛女洞，相传秦始皇时，有宫人玉姜，当始皇死后，伴同殉葬在骊山，后来玉姜设计逃出，便隐入华山，在这里吃些柏叶，喝些清泉，维持生活，而满身都生出绿毛来，这毛女洞便是从前玉姜的居处，而毛女峰亦因此得名。毛女洞下，有一个古丈夫洞，在北斗坪的北面，洞西有卧虎石，北面有灵芝石和狮子岩。由十八盘再向南行，约三里，有三皇台，再行一里，便到云门，大石绵亘，形势非常险要。

青柯坪　青柯坪在云门里面，自山麓登山，到这里刚好是一半路程。白玉泉院上山，山路都崎岖险峻，只有这一片的山势，较为平夷。上望西峰，苍黛点点，如柯叶一般；东面的石崖上镌有"青柯坪"三个大字，坪内有东道院（九天宫）、西道院和通仙观等，可供游人留宿。在道院后面，有梅花洞，洞顶有白点，很像梅花，洞中有禹王塑像，雕工极佳，也许是从前廖阳洞的遗址。

青柯坪的东面，有一座太虚庵，是慈圣太后藏经之所，明朝万历十八年，又重建藏经阁，现在阁址已圮毁，改建清华观。自青柯坪西望，一峰插天，便是北斗坪，相传是毛女拜斗成仙的地方，有拜斗阳龛的遗址，那一带密树成屏，两峰间微露着平田数百亩。登坪远望，身心为之一爽。

回心石　自青柯坪左面向上一里多地，便到回心石，华山的险道，自此开始，初入华山，可以坐了山轿上去，到了此地，便不能坐轿了。山路斜侧如削，两旁都是绝壁。游人须攀着铁链，方能上去。因为山径的险阻，有些胆小的游人，到了这里，便畏险而退回去，故名回心。石旁山岩上，有许多石刻的字句，如"英雄进步""当思父母"和"心中有险，不险亦险；心中无险，虽险不险"，都是寓意很深的警语。

千尺幢　自回心石再南上，约百余步，便到千尺幢。那是一条极险恶的石道，一面是削壁，一边是巉崖，只在中间留了一条一尺多宽的隘道，高六丈余，就石道上凿成五百多步的石级。游人登山，须拾级攀着铁链上去。幢顶有一个圆洞，好像一只盘，形如木槽，名叫天井，顶上设有铁门二重，白天开放，黑夜便关闭起来。门旁有一所灵官殿，可以休息。

百尺峡　自千尺幢再向上去，转入百尺峡的险道。这峡比千尺幢更险，而山道更为狭隘，行人上下，都须攀着铁链而行。石级七八十步，穿过两重削壁，上面有一块巍巍欲坠的巨石，刻着"惊心"二字，这便是云头石。

群仙观 自百尺峡向东北行二里，有二仙桥，过桥有龙背石，转折向上，有一块高崖踞在路旁，题着"俯渭崖"三字，可以俯视渭水，故名。在桥西有车箱谷，杜甫诗上所谓"车箱入谷无多路"，就是指此。由车箱谷再上去，过黑虎岭，向东北行四五十步，便到媪神洞，有一座大殿屋，便是群仙观。群仙观全部用山石筑成，楼房上下二十余间，很是壮观。

老君犁沟 自媪神洞东南上山峡行五里多地，便到老君犁沟，山道又转奇险，须挽铁索而上，凡二百五十步。那一带石壁插天，宛如刀切，而泉水纵流，像一根银链一般，令人悠然神往。老君犁沟附近有铁牛台，铁牛台再北上，便到猢狲愁，相传从前每月的三、八日，猴猿千百成群，自上方水帘洞出来，在山谷中嬉戏，但是到了这里，因为山势的险绝，便不敢再上去，故名猢狲愁。现在附近有一所小屋，里面奉祀猴王，有猴王及童子铁猿等的塑像。这里是犁沟的尽处，由此再上去，便到北峰。

八 华山胜景（下）

（二）北峰诸胜

北峰 一名云台峰，在华岳的东北隅，两峰峥嵘，四壁悬绝，峰顶白云缭绕，好像蒙了一层白纱似的，故名云台峰。峰下有一个大洞，相传从前有人从这洞里走进去，自北经东方山，直通黄河底，听见流水潺潺的声音。后周武帝时，道士焦道广隐居在峰上，修道成仙。自岭下上去，北行二十余步，有一座石坊上题着"白云台第一门"六字，隔五十步，又有一坊题着"白云仙境"四字。从此再向北行数百步，便到峰顶，真武宫和三霄殿倚山为屋，远望去好像楼屋一般。游客到此，可以借宿，里面房间很清洁，招待也很周到。屋后有一株老松，松上挂着一支铁犁，相传是老君挂犁处，这东西便是老子的遗物。

北峰上的古迹和传说极多，但古迹大部都已不存，北峰侧有长春石室，相传是唐朝贞观年间道士杜怀谦所居；北峰的南面有一座石门，高八丈余，门上有一个石洞，好像一扇窗户，名曰玉女窗；北峰的附近还有公主峰，相传是汉朝南阳公主避王莽之乱，入华山修仙，后来升天而去，她的丈夫王成追赶不及，在峰上拾到了一只绣花红鞋，已变成了化石。还有北峰的石壁间，有油渍的遗痕，传说这是仙油渍，是从前焦道广设醮时，上天降赐灯油，从石壁间淌出来，后来道广乘麟化去，石壁间便不再出油，到现在还留有当时的油渍。在北峰的东南，有一处地方叫神土崖，相传焦道广居峰上时，想建造一所房屋，可是没有泥土，后来山岩上忽然生出许多神土来，故名神土崖。

三元洞　自云台峰向南，经过日月崖，便到三元洞，洞南有阎王碥，西面倚着崖壁，东面临着高谷，俯首下视，一片渺茫，行人们在这里走过，都称为"人鬼关"；过了阎王碥，便到升岳御道，相传汉武帝和唐元宗都曾在此游过，现在两旁有栏杆的石础尚存。

擦耳崖　自老君犁沟向东转，便到擦耳崖，崖上有一条很隘小的石道，下临绝壑，游人过崖，须攀着崖石，蹑起足趾，把身体贴在石壁上爬过去，故名擦耳崖。再南去便到道德台和都龙庙。

苍龙岭　自云台峰向南去，出了云台第一门半里路，循着山崖向东南去，一线鸟道，下临深谷，这里便是仙人碥。在仙人碥稍南，便是上天梯，由上天梯南望，可以看见苍龙岭如鲫鱼似的背脊，连系着北山路与兴中峰间的交通。

苍龙岭是北峰近麓的名胜，岭形中高旁低，像苍龙的一条背脊，故名苍龙岭，形势很险，两旁有石栏围护，岭上有石级可通，登岭上山，好像在驾空的梯子上走过一般。岭脉尽处，便是龙口，有一块大石，名曰逸神崖，相传是韩愈痛哭投书的地方。从苍龙岭至山巅，路忽中绝，由崖下凿石，折身反上，名为"鹞子翻身"。岭东有飞鱼岭，和苍龙岭对峙，附近还有将军面、上马石、马鞍桥、单人桥等胜迹，山石的形势，都非常奇特。

金锁关　自单人桥向南沿石背而上，就到金锁关，金锁关又名通天门。进了关门以后，便是三峰口，三峰口有宗土祠和四仙庵的建筑。从此处再上去，便到东峰的下麓了。

（三）中峰诸胜

中峰位在东、西、南三峰的中央空阔处，自华山北麓登山，经苍龙岭而直上，便到中峰。那东、南、西三峰之间，有两个溪涧，一路自细辛坪向北，把山势划分成二道，东面为东峰和玉女峰，西面为南峰和莲花峰；另一路自玉井下流，在玉女峰下和南流相合，汇成一条大瀑布，向北崖飞流。

中峰顶上有镇岳宫，位在三峰的中央，又名上宫，倚着中峰的西北崖而构成。宫前五尺，有玉井，深十丈，径宽五丈，水色清冽，相传从前井中生有千叶白莲，吃了可以成仙。

在井上有座玉井楼，和镇岳宫双双对峙，俯临着玉井。在井的东北，有一个大坎，名曰列宿潭，一名二十八宿潭，山石上有二十八个石臼似的洼洞，自南向北排列着，好像一串佛珠。玉井的泉水自上崖下流，经二十八宿潭，再向中峰的北麓下注，泻入水帘洞内。

镇岳宫的东北峰顶，有一片平旷的山原，中间有一个池塘，名曰莲花坪，那一带古松盘旋，巨桧参天，满生着各种珍奇的花草，池内满植着红莲花，每当夏季荷花开放的时节，香气沁人，娇艳欲滴。韩愈诗所谓"太华峰头玉井莲，花开十丈藕如船"，就是指这莲花坪的美景而说的。莲花坪东南，便是细辛坪，出细辛门向东，越过溪口，登巨石，上面有一重铁门，便是太极东元门。

细辛坪旁有迎阳洞，洞向东南，很是高旷，洞的东北有菖蒲池，西南有二仙龛，二仙龛北面便是紫气台。

水帘洞位在中峰的北崖，适当西峰的腹部，是华山著名的一个山洞。华山上有四个著名的山洞，西面的叫西元洞，南面的叫正阳洞，东面的叫昭阳洞，北面的叫水帘洞。水帘洞俗名叫老君脐，洞室很深，一望无底，洞内丛生着香花异草，白云在洞口缭绕着；因为山路的难行，所以游人的踪迹是很难前去的。洞上有各种彩色的奇石，好像一群披衣的神仙，俗名叫石仙人。

（四）东峰诸胜

东峰又名朝阳峰，是华山东部的一个主峰。自中峰细辛坪攀着斜削的石道，可以上去。峰顶有朝阳宫、三茅洞和清虚洞等。三茅洞位在东峰的尽处，洞内有陈抟的塑像，洞外有甘露泉，在这里下望平野，河山隐现，景色非常壮丽。

下棋亭 下棋亭一名博台，在东峰南面向下的一个孤峰上面，从东峰上远望下棋亭，可以看见在一块平广的大石上，刻划着一张棋盘，相传是二千余年前秦昭王所刻的。好奇的秦昭王命工人们用钩梯爬了上去，拿松柏的心做博箭，在上面刻着"王与天神博于此"的字句。现在那上面建有一座铁万亭，景色险绝。

仙掌崖 仙掌崖又名巨灵掌，相传是巨灵神所留下的手迹；在神话传说中，巨灵神是一位造山川开江河的神。从前华山和山西的首阳山（即雷首山）本来是连在一起的，巨灵神因为要使黄河水流通，就用手把两山劈开，用脚把山下的地域分开，现在的掌印留在华山上，而足迹留在首阳山下，这便是仙掌的由来。从山下远望仙掌崖，真如一个掌痕似的，黄白相间，五指分明地印着。崖上有石月奇迹，成新月形，光滑异常。崖旁有杨虎城和顾祝同等所建的水泥塔，可以登临远望。

玉女峰 玉女峰倚在东峰的左襟下，在仙掌崖西下二里多路；相传从前有人看见玉女乘着石马隐入峰间，故名玉女峰。峰东北有一块石崖，上宽下缩，好像鸟类的嘴喙。有一株古松附生在岩上，名曰舍身树。峰顶有明星玉女祠，祠内有玉女塑像，祠前有五个石臼，臼内满置清水，旱天不干，雨天不溢，相传是玉女的洗脸盆。祠下有一石梁，东西广八九步，南北长二十多丈，两头壁立，好像一只大石龟，前面有一条裂缝，深不可测，相传唐元宗曾在此投书求雨，名曰石龟蹑，那裂痕，传说直通黄河，又名龙窟，是玉女峰上一个奇险的胜迹。玉女祠东还有玉女龛，上面有玉女石室；祠西还有龙窟祠，南去有玉女石马，相传便是玉女入山时所乘，这石马很灵异，一到晚间，便能听到马鸣嘶嘶的声音。

（五）南峰诸胜

南峰是华山的最高峰，从远处望去，东峰和西峰分列两旁，南峰突立地耸出在两峰之间，假如我们把这些山峰来象征一个人形，那么南峰是人的躯体，好像正襟危坐着，而东西两峰，便好像盘曲的膝头。峰下有一条土径，两旁异树交映，峡水流鸣，正如世外桃源。峰顶共分为五岐：便是落雁、松桧、贺老石室、老君丹炉和室旭，成为五个峰坡，高入天际。这南峰五岐的胜景，分述如下：

炼丹炉　炼丹炉就是老君丹炉，又称老子峰，峰上有八卦池和老君炼丹炉。丹炉在山峰的腰部，径宽一丈多，高六尺，相传是从前老子炼丹的地方。

落雁峰　落雁峰在老君丹炉之东，峰势奇险，如同落雁。峰顶有一个老君洞，相传是老子隐居的地方；老君洞北面，便是仰天池，又名太上泉，即道教所称的太乙池，池水作青绿色，闪烁发光。池南山崖下面，有黑龙潭，深二三尺，大旱不涸，相传有龙伏居在潭内的时候，池水便作黑色，龙飞去的时候，池水便清洁如常。黑龙潭旁有一所翠云宫，每年春天，香火很盛。

松桧峰　松桧峰是南峰五岐中最秀丽，而且最高峻的一个山峰，峰上尽是一片青葱的松柏和桧树，异云缭绕，景色清绝。峰顶松桧丛中，有一所金天宫，又名白帝祠，始建于明代，奉祀白帝。由此再东上，便到南峰绝顶，东下便到避诏崖，崖上好像蜂窠，是古来隐士们居住的巢穴，后周的焦道广和宋朝的陈抟，都曾在此静养，"避诏崖"三字，就是陈抟亲笔手题。崖东有东华洞，崖南有雷神祠。

南天门　从避诏崖向东，有一座石坊，便是南天门，门外有一块石坪，便是聚仙坪，下临高谷，南望三公山，景色奇险。南天门的西南有朝元洞，洞很高深，里面都是白石，相传是贺老所经营，洞内有三清的塑像。自朝元洞再向西，经过铜柱栈，便到长空栈，再过去便是贺老石屋和全真崖。

（六）西峰诸胜

西峰一名莲花峰，是华山最深邃幽奥的地方。峰势壁立，好像用刀斧劈削而成的。峰顶高矮重叠，远望去好像石叶的莲花瓣；顶上西北有肥蟥穴，相传从前华山上有一条大蛇名叫肥蟥，六足四翼，当肥蟥出现时，天下便要大旱。峰北有西岳殿，殿后有舍身崖，相传从前有一个孝子，因为双亲生了重病，特地到华山上去祈祷岳神，只要双亲病愈，愿以身代，后来双亲的病果然好了，孝子便如约到舍身崖边向下投跃，忽然崖际起了一阵大风，把他吹到家里，因此这里便名曰舍身崖。

舍身崖附近，有西元洞，很是深邃，是华山四洞之一。峰顶西北面，有洞元石室，东西有二门出入，洞内周围广五六丈，是从前隐者修道的地方。

西峰的绝顶，有一块摘星石，又有斧劈石，长十余丈，浮置在峰顶，分成三段，北面两石之间，像一扇石门，东面直临溪底，相传是沉香劈山救母的地方。斧劈石下面又有莲花洞，峰顶又有白莲池。

以上是华山胜景的大概，不过是一个纲目的记载而已。华山的胜处在乎奇险，在乎秀丽。我们如果把东岳泰山比作一个山东的武夫，那么华山的确堪称是陕西的佳人呢！最近陕西省政府，已把华山北麓一带，划为风景区，拟从事大规模的建设。所以在不久以后，华山将成为西京邻近的一个大花园，吸引国内外的游人，对于西北的繁荣上，具有很重大的关系。

九　西京城区一周

全中国有三个著名的大城，那古老壮美的城楼和城垣至今还被保存着。这三个著名的大城便是首都南京城，古都北平城和现在我们所讲的陪都西京城。

南京的城周最广，所谓"巍巍石头城"，周围共有七十六里。北平排行第二，内外二城合计广六十八里，这号称第三大城的西京城，城周广四十里。我们如果把这三个大城的城围的形状来作一比较，那么南京是一个不规则的多边形，北平是一个双重套叠的凸字形，而西京城却是一个很有规则的长方口字形，和北平的外城很相像。

历史上的西京城区，曾经过好几度的兴废；历朝对于西京城的建筑，都时常更易地点。周初最先建筑的西京城，称作镐京，是在现今西京城西的斗门镇旁。自东周迁都洛阳后，镐京便荒废圮毁，到秦始皇时，便定都咸阳，在今西京西北的渭水北岸。后来秦始皇又营建阿房宫，把京城宫室都迁到渭水南面来，咸阳宫又告废毁，而那时的阿房宫，便在现今西京的城西。秦亡以后，项羽入关，阿房宫被焚，接着汉高祖便建都长安，营建未央宫。那汉时的长安故城，便在现在西京城的西北，适当皂河的南岸。汉亡以后，经魏晋六朝，都城他迁，汉城和未央宫等同遭圮毁；到隋朝统一中原以后，重新奠都长安，就大规模地建造都城的城阙，名曰新都。隋亡唐兴，便就隋时的原址，更加扩充，城域最广，计东西长十八里，南北宽十五里，周围共计六十七里，和现在的北平城围，竟占了同样的面积。

唐时的长安城的旧址，便在现今西京城的周围，刚好把现今的西京城包围在里面，套成一个回字形。这建筑最伟大的唐代长安城，在唐亡以后，也就渐次圮废，直到明朝洪武初年，陕西都督濮英，重修长安城，就唐时长安城的旧址，修筑新城，这明初所建的长安城，便是现今的西京城址，清朝时曾加修补，民国以后，仍循明城的旧观。这明初所筑的长安城，东西长七里余，南北宽五里，周围共计二十五里，一般人都知道西京城广四十里，这是一个夸大的计算，其实现今的西京城，实际只有二十五里的广围。

西京城垣和城楼的建筑，可以称得上是雄伟而美丽的，南京城号称"龙蟠虎踞"，以雄伟见称，北平城除雄伟外，还兼有了整齐和美观，西京城也是如此，雄伟虽比不上南京、北平，但建筑的美丽，却是可与北平城相比。坚固的城壁上建起了巍巍的城楼，富有东方色彩的建筑美，那些城楼和北平的正阳门一般建造，三重檐的宫殿式建筑，朱漆的大柱支持着飞檐画栋，比起南京新建的挹江门、中山门及和平门等，还要美观得多。只是南京新建的各门，都以适应近代交通为原则，所以每个城门都有三个环洞，以利车辆的来往，而西京城却仍和北平城一样的，只有一个深邃的洞门，人们在门内走过去，会感到沉着和雄壮来。

西京城墙的建筑，除美观外，还极坚固，城墙的高度约三四丈，城基厚六丈，顶部宽三丈。那城头上很是平坦，现在已辟成城上汽车道，可容四辆汽车并行而驶，和山东的济南城一样，人们可以坐着车子到城头上去兜圈子，观光城内的各种建筑和景物。

西京的旧城门凡四，新辟的城门凡三，它们的位置和名称，如下所示：

旧门

东——长乐门

西——安定门

南——永宁门

北——安远门

新辟门

东——中山门、中正门

西——玉祥门

这新辟的三个门，中山和中正二门，在北城安远门的东面，适当陇海铁路车站之南；玉祥门在西城安定门之北。中山门和玉祥门，是冯玉祥氏在陕西时命他部下的军队所辟，一以纪念总理孙中山先生，一以纪念他自己。中正门是民国二十三年陇海路通车西京时所辟，是纪念蒋中正氏的。这几个新辟的城门，都是以便利交通为主题，所以建筑上完全注意于车辆交通的来往便利。而那四个旧城门，依然是从前的旧观，每一重门外，都有曲折的护城，城上筑箭楼，在全城的四角上，和北平的皇城一般，筑有角楼四座，环绕全城有敌楼九十八处，是从前战争时守城的防御工程。

以上是西京城区的外观，至于西京城内，因为近年内努力建设的结果，市面已从荒落中渐臻繁荣，加以省府所在，和西京筹备委员会的成立，对于西京的市容，大加整治，所以最近的西京市已从古旧中蒙上了新的光泽，从前人对于西京的印象是幽古和荒落，所谓古长安的市街，都是古木广道，市面是很萧条的。

西京城内最热闹的区域，便是全城中心的钟楼附近一带。那里是东、南、西、北四条大街交织成的十字中心，钟楼巍巍地雄踞着，下面喧烦的车马行人，来往不绝，因为那一带，非但是西京的商业区，并且还是民众的游乐场所。自钟楼东去，直抵长乐门，便是商务繁盛的东大街。那街道已经比旧道放宽了四倍，两旁都是新式铺面的建筑，陈列着近代的奢侈物品，大街上辚辚地奔驰着各种车辆，汽车、马车、人力车、自由车、手车络绎地来往着，显示着一种新旧的差异，和西京物质享受的不调和。

东大街上，饭店、酒馆、旅社都林立着，此外如把握着陕西金融事业的各银行，也都在这条大街上。除了东大街以外，西大街也算相当的热闹；自从陇海路通车西京以后，城北如中山门、中正门外，也应着交通的需要，而兴起市面来，将来这一带，是会造成西京新兴的闹市的。

我们如果把西京城内的概况划分成区域来说，那么东西两大街可称为西京的商业区，而钟楼一带又兼成了西京的游乐区；鼓楼为省政府的所在地，那一带是政治官员们所出入，可以称为西京的政治区，而中山门和中正门外，适当陇海车站，行旅商贾都得在此上下，便成了西京的交通区域。

西京城外，大都是周、秦、汉三代的古迹，汉长安城离西京最近，城墙虽已荒圮，而还有几条土垄的遗迹可寻，那汉长安城的许多城门，虽然门已不存，但是那些名字还被西京人习惯地称呼着；正如上海洋泾浜上的许多桥名一样，现在洋泾浜早已填塞而筑成爱多亚路了，但那些旧日的桥名，至今还被大家习惯地沿用着，来称呼那一带的地名。汉长安城的规模不小，因此城门也很多，现在还留存的名称有端门、安门、西京门、章门、直门、雍门、横门、洛门、杜门、宣平门、清明门、霸城门等。自西京城至汉长安城遗址，有大道可通，汉时著名的长乐宫和未央宫，遗址尚存。

西京城外的市镇很多，较著名的北有草滩、新筑二镇；东有灞桥、狄寨、高桥诸镇；南有三兆、鸣犊、大兆、鲍陂、韦曲、杜曲、王曲、黄良、子午等巨镇；西有斗门、秦渡、三桥、郭杜等镇。就中以草滩镇和灞桥镇占有商业地位。草滩镇离西京城北三十里，北临渭河，自陕西兴平以东，可以通行帆船，所以沿渭水上流的货物，都集中在草滩镇，然后运至西京。将来如果能把渭河疏浚，通行汽船后，草滩镇的商业将更臻繁盛。

灞桥镇位于灞水东岸，陇海路在镇北通过，设有霸桥车站，因此灞桥镇因为位置的关系，也算是西京城东的一个大镇。这灞桥去西京城东二十五里地，唐朝时，人们都在这桥上送别的，故又名销魂桥。桥身横跨灞水，建筑很坚固，灞桥镇就位在桥的东北，有汽车道直通西京城，假如游人要从西京去游览华清池和始皇陵等名胜，是非走灞桥镇经过不可的。

西京城乡的交通，现在已极臻便利，除了有无数大路可通行骡车、人力车外，各城镇和邻县之间，都有汽车道可通。城东有汽车路可通灞桥镇、斜口镇而直抵临潼县；西南有汽车道经狄寨镇通至蓝田县，南面有汽车道直通终南山，西面有三条汽车道干线，一通至鄠县，一过斗门镇、大王镇等通至盩厔，一线直通至咸阳。所以自西京作中心，出发到各地去，都是非常便利的。只是路面修筑，大半因经费关系，未臻完善，而汽车的交通，因为汽油的昂贵，一般人还不能普遍的享受。

总之，这西京古城，近几年来，在各方面的努力下，的确已有不少建设的成绩表现，在不久的将来，这古城会变成西北一个前进而繁华的大城的。

十　西京的生活

"长安居，大不易。"

这是前人对于西京生活的一个概述，我们拿来和现今的西京生活情况作一对比，仍有几分适应的地方。在西京，上自政治官员，绅士富商，下至庶黎贫民，对于目前的生活，都会感到一种不舒适和艰难的感觉。前者是感于物质享受的不满足，后者是感于求生的艰难。

西京自清末受了战乱，元气大丧，民国以来，政府一向没有加以注意过。在民国十七年时，革命军北伐，又遭了刘镇华围城三月，兵荒以后，接着天灾流行，那年八月里起，大旱了三年。灾祸重重地加在西京人民的肩头上去，弄得民不聊生，人民的生活，凋敝之极。自民国二十年以后，政府倡议开发西北，先拨款救灾，二十一年因感于一·二八事变敌人的威胁，便正式把西京定为陪都，从事开发，经省政府和经济委员会的努力，如组织农村合作社和棉业改进所等，把大量的金钱流通到民间去。农民得了经济力的扶助，又兼以几年来风调雨顺，农产丰收，于是大家才得喘了一口气，生活比较安定了一些。人民虽谈不上安居乐业，但已不再像以前那样地转辗流离了。

自从民国二十三年陇海铁路西展，通车直达西京以后，一切新鲜的生活资料自陇海车载着叩关而入，这才使西京市民的生活起了一个大改变。从陇海车上载出了大量的当地出产的棉花和麦籽，又同样地从外省各大埠运进了金钱和各种商品；久陷于贫困古朴的西京市民，便开始和各种新奇的商品相接触，使他们的生活从古老守旧的方式，渐渐地迈向新的方面去。虽然在陇海路没有通车以前，西京也有各色外埠的货物运输进去，但为数极少，而享受的人，更属寥寥。通车以后，货物接踵而来，外埠的政务工作人员以及商人们，也都随着到西京去，许多新的习尚，被这班外乡人带了进去，渐渐地，西京市内一般人，也普遍的同化了。

所以现阶段西京市民的生活，已渐渐脱了古老守旧的典型，从事于新生活的享受了。关于西京市民生活的概况，我们可以分为衣、食、住、娱乐四项来说：

先说西京市民的衣，这"衣"字的解释，可以广义的作为服饰来讲。自古以来，关中的风气是质朴守旧的，所以一般人民的衣饰，大半都很少习尚时髦的。乡间女子，尚多留发缠足。城市中较为开通，截发高跟的摩登女郎，也常常徜徉在长安市上，杜甫《丽人行》诗上的"三月三日天气新，长安水边多丽人"现在尚能略见。近年来教育渐渐普及，因此青年男女们，大都是简单整齐的学生服装。

西京的食，和其他较大的城市一样，各色口味全备，近年来因为国内外的考察团和旅行团一批批不断地前去，因此，西菜在西京也成了一种很普通的食物。在从前喝一瓶汽水得花一元的代价，喝啤酒便更贵，现在铁路通达后，价目较为便宜，但是捐税很重，售价仍嫌过昂，只有上等人士吃得起。西京市上的菜馆，著名的有西京招待所（西菜）、南京大酒楼（江苏馆兼办西菜）、西北饭店大餐间（西餐）、玉顺楼（河南馆）、天锡楼（教门馆）、第一楼（陕西馆）、十锦斋（天津馆）、鸿源饭庄（河南馆）。这许多菜馆，大都集中在东大街一带，专供外来的旅客和当地的富绅官员们宴乐之用。

至于西京一般人民的饮食，大都是很简单而刻苦的，人民大宗的食料是面粉、高粱及各种杂粮，米饭简直是不吃的。平时粗茶淡饭，充饥便可，很少上馆子狂喝狂饮的。在西京市内的人民，饮料尤其成了严重的问题，西京市上的饮水，有甜水和苦水两种，甜水只限于西门一带的井内，因此全市人民的饮料，都得花钱到西门去买，而水价又特别昂贵，里面还满含泥汁。其余各处的井水，全是苦汁，不能取饮。最近省政府和西京筹备委员会的建设局，都组织了凿井队，在市内开凿自流井，以便民众付低价购水，解决这饮水的大难题。

西京有一种"凤酒"，是很著名的，这种酒出于西京邻近的凤翔府，酒色很像徐沛一带的白干，而酒性比白干还烈，就是善喝酒的人，也容易醉倒。"李白斗酒诗百篇上"所谓"长安市上酒家眠"，大概就是饮了这种烈性的凤酒所致的。凤酒以外，有二种仿绍兴酒制法的南酒，一种叫甜南酒，一种叫苦南酒，苦南酒很像绍酒，但是浑浊不堪；甜南酒很少酒味，近乎是一种"五加皮"。此外还有一种"醅酒"，酒性很和平，味道更甜。当地人喜欢喝凤酒，这大概是他们性格刚强的缘故。

西京的住所，可以说是集了古今的大成，也可说是一个人类住所进化的展览会。在西京，前进的人们住在一九三六年式的大洋楼上，睥睨一切；最落伍的贫民还挖着地洞营着穴居生活。普通的市民，大都住在一种古式的民房里。

　　这里所谓洋楼的建筑，大都属于旅馆，专门安寓外来的贵宾和客商，旅馆中如西京招待所、西北饭店、青年会宿舍等，都是洋楼式的建筑，而以西京招待所尤为新式，价目也最贵。此外如大华饭店、西京饭店、关中饭店等，规模也很不小，房价自数角至一元余，还不算十分贵。

　　普通市民的住宅，它的构造，是内地很普遍的一种庭院式，中间一个院子，四面建造屋子，所谓"堂屋""东屋""西屋""南屋"是。那些房屋大都是用砖瓦建筑。在一般居户的住宅内，都喜欢点缀一些艺术的图画或雕塑，以及诗文对联，来作装饰。这足以证明西京民间对于艺术的空气很浓厚。这原因是由于西京是一个古都，而且唐代建都时，诗文艺术，盛极一时，西京人民至今还留着唐代的遗风，喜欢在大门上贴上几副红色泥金笺的对联，联上都是截取唐诗上的名句；或是画上几笔山水，可谓风雅自赏，另成一体。除了门首的泥金笺对联和山水画外，屋内的照壁上，都喜欢刻些浮雕的花卉翎毛，以为装饰，这种浮雕，很富有艺术价值；在西京的水木工匠，已成为一种特别的技巧。

　　最后，我们要说到西京的民情、娱乐。西京古来是"强秦"的本部，民情习俗，向称正直刚强，最著名的秦腔，便是他们那里人民性格表现的一种特殊的戏曲。凡是到西京去的人，一定要去一聆秦腔的曲调，而当地人尤其爱听他们家乡的音乐。在西京市上，著名的秦腔戏院有三家：一是关岳庙街的易俗社，一是骡马市街的三意社，一是南院门的正俗社。除了秦腔以外，平剧和电影，也受市民们同样的欢迎。平剧有国民戏院和新舞台两家，电影院有阿房宫、民众、秦光、民光、西京等五家，开映中西名片，有声电影也已很普遍。

西京市内的居民，据数年前调查，共计十一万人，近年陇海路通车以后，已有十三万多人。市内可以供人游息的公共园囿很少，但是一般的住户人家，院子里多种植着各种花木，以供观赏。丈把高的石榴树，一丈多的木槿花，在西京城内各住宅里，到处可以看见，所谓"春风得意马蹄疾，一日看遍长安花"。这种植花木的风气，还是唐朝传下来的流风遗韵呢！

（本文有删减）

陕西旅行记[*]

王桐龄

第一章　赴陕行程日志

民国十三年七月七日晚六点，由北京西城察院胡同十五号敝寓乘人力车赴西车站。

此次赴陕，系应西北大学、陕西教育厅合组之暑期学校讲师之聘，原约与师范大学生物学教授李顺卿（干臣）同行，届期，干臣因率领本校博物系三年生赴山东青岛、博山、大汶口等处采集标本，阻于潮水，未能即行采集，不得归，乃单独赴西车站，与西北大学招待员，北大哲学系三年生韩城王捷三晤面。同行者为教育部佥事、会稽周树人（豫材），晨报记者、会稽孙伏园，京报记者、费县王小隐，天津南开大学哲学教授、昆山陈定谟，人类学教授、钟祥李济（济之），西洋史教授、邵阳蒋廷黻，基泰公司工程师关颂声、邝伟光（杰臣）、郭如松、沈汝楠（柳生），天津南开大学社会学系毕业生、乐亭刘鸿恩，共十三人。陕西省长驻京代表、众议院议员、陕县郭光麟（伯勇）在西车站膳堂设西餐送行。

十点，由西车站乘二等车出发。

---

[*]　选自《陕西旅行纪》，有删减。

由前门至郑州二等车票，大洋十八元一角，外加特别快车费大洋二元一角，床位费二元，共二十二元二角。车上每四人一室，左右各二床，分上下二层，有寝具、电灯、电扇，设备甚周到，较京奉头等车无逊色。车上备有西餐，菜皆适口。

自顺德至郑州，途中多白地，仅有高数寸之小苗，旱象已成，虽以后再落雨，恐秋收亦无望矣。

八日午后，过黄河桥，遇大雨。

黄河桥久应改修，因无款，故延期，途中车行甚缓，人有戒心。

四点二十分，至郑州，住大金台客栈。

大金台客栈，每室二床，二人同住一室，每日每人大洋一元；一人独住一室，每日大洋一元二角。屋虽不甚宏敞，然有床、帐、桌、凳、盆架，无蚊子、臭虫、跳蚤，亦可谓难得矣。晚餐有粥、有饭、有馒头，菜尚可口。唯厕所太狭隘，苍蝇太多，臭气触鼻，令人作呕。中国人习惯，讲吸收不讲排泄，一叹。

九日午前九点半，赴车站，买三等票，上二等车，因陇海铁路每次列车头二等仅各有半辆——一车分为两截，前为二等，后为头等，而且时常为不买票之军人占满，余等本欲买二等票，站长令余等买三等票，上二等车，若能占有座位，再行补票；余等从其言，上车以后，幸尚有座，乃各再买三等票一张，连先买者人各有二张三等票——一作为补票，价钱大洋陆元四角。

十点四十五分，开车。自此往西，经过荥阳、汜水诸驿而至虎牢关，循外方山脉北山麓西上。山不甚高，有土无石，有草无木，隧道甚多，一望皆黄土层——黄河流域之冲积层，人家多在半山上或斜坡上穴居，古人所谓"人家半凿山腰住，车马多从屋顶过"者是也。

经过巩县以西，遂至洛阳平原，四面有山——东南为外方山脉，西南为熊耳山脉，西为崤山山脉，北为北邙及黄河，中有伊、洛二水通流，幅员虽不甚辽阔，然形势甚佳，土壤亦甚腴也。由洛阳而西，经过金谷园、新安、渑池诸驿，皆古来历史上著名之地。再西至观音堂，又入山地——崤山山脉，自此往西，经过峡石驿、张茅镇诸驿，即古来所谓崤函之地，路愈险，山愈高，谷愈深，隧道甚多，高山深谷交错，故隧道与铁桥相连络，往往才出隧道，便过铁桥，甫过铁桥，又入隧道，至于铁路两旁皆峭壁，或一旁为峭壁，一旁为绝壑。火车由其中间通过者，更屡见不鲜也。峡石驿之东，有一长隧道，约四里有奇，火车凡行七分钟始通过。闻陇海铁路在民国八年以前已通到观音堂，所以不能即行修到陕州者，实以此隧道工程太浩繁之故。洛阳以东，河流缺乏，铁路两旁皆土山；洛阳以西，河流较多，山亦土石参半。观音堂以西多石山，山与谷相交错，谷中有小平原，平原中有小河流，风景绝佳，颇似日本，所最为憾事者，则山上无树，一望皆灰、黄二色，仅有小河流点缀其间，河流两岸皆农田，有草，有树，有禾稼，差觉怡情悦目耳。

晚十点半，至陕州驿，西北大学讲师、陕西省长公署秘书、平乡张毓桂（辛南），陕西督军公署副官、驻陕州办公处主任马思骏（金台），陕西督军卫队团骑兵营独立排排长牛冠斗（星南）来迎，驻耀武大旅馆。屋内设备虽异常简陋，而无蚊子、臭虫、跳蚤，亦可谓难得也已。前北大理科学长、杭县夏元瑮（浮筠），东南大学国文系教授、盐城陈钟凡（斠玄），经济学教授、渭南刘文海（静波），先一日到陕，亦驻此处，约定同行。

自郑州至渑池，皆黄土层，地甚肥沃，而亢旱殊甚。洛阳以西多小河流，秋禾尚可观，以东多白地，有小苗，仅高数寸，秋收无望矣。土含铁质，色带红，皆立土，甚坚固。人家傍山或坂，凿洞以居，当地人名之曰窑。

十日午前八点，发陕州，由黄河乘船，溯流西上，向潼关。

陕州为水陆通衢，州南门外为大道，北门外为黄河。自陕至潼约一百八十里——当地人谓一里等于平常里数一里八分，谓之大里——本可坐车以行，然山路崎岖，颠簸殊甚，久旱无雨，尘埃障天蔽日，鼻为之塞。同行者人数较多，雇车殊不易——此间车夫多天津人，又刁又狡，故辛南已先决计乘船。余等亦以乘船较为舒服，乐得赞成。

既乘以后，觉着甚不舒服。盖黄河无客船，仅有载货船，前后尖，中间宽，两头之舱不能容物；中间之舱有席顶，无木顶，席甚薄，下雨则漏；两旁用木板作围屏，板皆用钉钉住，不能启闭，闷坐舱中，不能睹两旁之物；前后有窦无门，无物遮护，遇风由窦通风，甚凉爽，遇雨则由窦溅水，甚沾濡。余等十七人，分乘二船，余船三舱，共乘九人，每舱三人，船顶甚低，舱甚窄，每舱又各有行李二三件，局促殊甚。余等卧则屈膝，坐则折腰，立则鞠躬，人人终日抱膝长吟，无自由回旋之余地。余等皆久居陆地，不惯在船上出恭。黄河中流多滩，船旁滩拉纤以行，旁岸之机会甚少。偶尔旁岸，船主为赶程道计，多不停留。故余等在船上四日之间，上岸出恭之机会绝少。此起居之不便也。

黄河之水半杂泥沙、灰尘、便溺，饮之辄胸前作恶。余等携汽水，可以解渴，但多饮则腹作泄。途中不旁岸，无处可以吃饭，故托船夫做面汤、馒头疗饥，然粗恶殊甚。余等携有罐头鱼肉，然此物多陈旧，常吃则肠胃不适。此饮食之不便也。

余船水手共五人，一人在船后扶舵，一人在船头撑篙，三人在岸上拉纤，途中行四日，皆遇西风，不能急行，是日宿灵宝县东，约行五十里左右。

十一日，遇雨，数行数止，宿于灵宝县西，仅行二十里左右。夜间上游雨水暴至，溜头甚高——夜间不能见，大约至少亦在一尺以上——冲动船锚，船向下行，漂流数里。余知船身颇旧，而未知水手驾驶之能力何若；倘有疏虞，则河身宽数里，流甚急，雨甚大，天气甚冷，夜色已深，对面不能睹物，虽善泅水者，亦难达到岸上，将有葬身鱼腹之虑，心甚惴惴。然恐惊同伴，故坚卧不起，不敢声张。幸而船长年老，颇谙练，顺风水之性，漂流数里，止于水较浅、流较缓之河滩上，遂停泊焉。

河南东部皆平原，故中牟县以东，时常河水泛滥，横流溃堤，大好农田，化为沙地。河南西部皆山地，自郑州以西，黄河南岸为嵩山、北邙山及崤山，北岸为太行山、王屋山、砥柱山，河身受两旁之山脉束缚，虽挟泥沙俱下，只能垫高河身，不能淤到两岸，故洛阳平原皆膏腴。余等乘船由陕赴潼所经之河路，界在山西、河南二省之间，北为山西之砥柱山，南为河南之崤山，两岸多峭壁，中间有大河通流，河身之宽常至数里，一望浩森无际，风景殊不恶；但可惜山无树，河无草，水中岸上，一望皆黄，稍煞风景耳。

十二日早，过函谷关。

关在灵宝县西数里，关以东有小平原，南负崤山，北带黄河，灵宝县城在焉。关以西为甬道，两旁皆峭壁，中间只容一车通行，若东来西往二车相遇时，则彼此皆不能通过，故入谷以后，车夫恒高声遥相招呼，令对面之车，择路较宽处——用人力凿成，在大路旁宽约一车者——暂行停止躲避，俟此车既过再行。城西关东有河名涧水，雨后山水暴发，车马不能通行，余等下船往看函谷关，阻水而返。

灵宝县以西，山愈高，河身愈陡，山水暴发后，浅滩皆不见，风景绝佳。河北为山西平陆县界，岸上颇有新栽之树，逐渐成荫，略见阎督政绩。闻河北无盗匪，河南多盗匪，故行船者多停泊北岸。

晚宿阌乡县城西，本日约行五十余里。落日西沉，略无遮蔽，古人所谓"大漠孤烟直，长河落日圆"之风景，约略似之。

十三日，临时雇用纤夫九人，趱程前进，途中遇东风，船行甚急，下午三点至潼关，第三十五师长憨玉琨（润卿）受刘督军委托，遣副官、洛宁李品三（金斋），洛阳林祖裕（治堂）来招待，借住潼关汽车站。房屋虽少，而院落宏敞，同人多带行床，三三五五，自由宿于院中，尢臭虫、蚊子来攻击，精神颇快。潼关东西道路太坏，汽车多毁坏，抛弃院中，殊觉可惜。晚餐后往拜憨师长，谈一刻钟而返。

潼关在黄河南岸，南负山，北带河，极为形胜。有东、西、南、北四门，东、西、北三门皆旁黄河沿，南门在山上。城内北半为河岸平原，户口甚多，商业繁盛；南半为山麓高地，地势形胜，烟户稀疏。城墙南半在山上，北半在平原，最北之北门，则面河而开，仅容人出入。

秋日赴阙题潼关驿楼（中，六，十四）

许　浑

红叶晚萧萧，长亭酒一瓢。

残云归太华，疏雨过中条。

树色随关迥，河声入海遥。

帝乡明日到，犹自梦渔樵。

十四日早七点，借妥憨师长汽车二辆，陆路赴长安。余等十五人分乘二汽车，留王捷三、刘鸿恩二君乘骡车搬运行李。

由潼关赴长安之大道，一路分为二线，南线行汽车，北线走大车，二线相旁而行，宽约四五丈，汽车路颇修整，不大颠簸。经过华阴县、华县，遥望华山——在路南，路旁有汾阳王故里、寇莱公故里石碑。有汾阳王庙及华岳庙——在路北。汾阳王庙甚小，无足观；华岳庙基址甚大，外墙周围之广，几等于城寨，因现在驻兵，不能瞻仰，亦可惜也。

再西过渭南县，遥望秦始皇帝陵——在路南，高如小山，上无树木，基址略呈方形，幅员之广，闻约九百一十三亩。再西过鸿门旧址，新丰旧城，皆古来历史上著名之地。

行经华阴

崔　灏

岧峣太华俯咸京，天外三峰削不成。

武帝祠前云欲散，仙人掌上雨初晴。

河山北枕秦关险，驿路西连汉畤平。

借问路旁名利客，何如此地学长生。

经秦始皇墓（中，六，二四）

许　浑

龙盘虎踞树层层，势入浮云亦是崩。

一种青山秋草里，路人唯拜汉文陵。

十一点，至临潼县，赴华清池沐浴。

池在临潼县南门外骊山下，系唐华清宫旧址，旧日建筑，经前清咸丰年间战乱而毁，现在建筑，系同治年间新造，内有娘娘殿，中祀贵妃，配享者为一青年，亦杜十姨伍髭须相公之类也。有温泉池二，大者名太子池，小者名贵妃池。贵妃池中有一石，上带红色，永不脱落，好事者谓杨妃月事来时坐处之遗迹也。池水温度约华氏九十六度至九十八度，而有游鱼——鲫，水草，亦奇观也。镇嵩军第四路步兵第二营营长、巩县赵清海（晏亭）驻防于此，留共午餐。

过华清宫（中，六，十）

杜 牧

长安回望绣成堆，山顶千门次第开。

一骑红尘妃子笑，无人知是荔枝来。

新丰绿树起黄埃，数骑渔阳探使回。

霓裳一曲千峰上，舞破中原始下来。

华清宫（中续，下，六）

崔 橹

草遮回磴绝鸣銮，云树深深碧殿寒。

明月自来还自去，更无人倚玉阑干。

骊 山（中，六，二三）

许 浑

闻说先皇醉碧桃，日华浮动郁金袍。

风随玉辇笙歌迥，云卷珠帘剑佩高。

凤驾北归山寂寂，龙旗西幸水滔滔。

贵妃没后巡游少，瓦落宫墙见野蒿。

午后，一点出发，二点至长安。

到陕西境内以后，有二事最容易惹人注目：一为官道旁之高柳，一为城门脸或大街转角处白灰墙上所书之格言。柳树为左文襄公在陕甘总督任内所栽，现今已几六十年，多数高逾五六丈。公清廉公正，遗爱在民，陕西人比之召伯之甘棠。格言系冯前督在任时所书，专训导人为善。但自民国成立以来，伟人土匪，相携举兵，将陕西境内之官柳斩伐大半。冯在任未久，旋即去职，灰墙经雨淋日晒，一大部分格言，已陆续剥蚀矣。

陕西大道皆宽轨，车轴长出于车厢者约尺许——合左右两旁计之，潼关以东皆窄轨，故东来西往之车，皆在潼关换车轴。

第二章　长安之观察

第一节　长安之建筑

甲，学校

十五日晨起，个人参观西北大学。校之南门在东木头市，北门在东大街，有基址六十余亩，房屋七百余间；系前清末年省立大学堂故址，旋降为高等学堂，民国成立，改设西北大学预科，旋改为法政专门学校，十二年九月，复改设西北大学，大略分为二部：南半为西北大学，北半为陕西教育厅、教育会、水利局、林务处，现在教育厅移居梁府街前清旧提学使署，北院只余三机关矣。房屋系中国大四合式，院落周围有回廊，既壮观瞻，又避风雨，其优点一也。院落宏敞，树木甚多，空气清新，颇足怡情悦目，其优点二也。教员、学生寄宿舍，职员办公室，皆有相当面积，其优点三也。然讲堂内大柱子，颇碍学生眼目；大礼堂横宽，不适讲演之用；大门之内有二门，二门之内有大堂——现用作接待室，大堂之后有二堂，现用作大礼堂，有三堂，有四堂——现均用作讲堂，四堂之后有内宅——现用作图书室。自大门至二堂，两旁仅有回廊，并无房屋；自二堂至内宅，两旁虽有厢房，然太小，不适作讲堂之用。自大门至内宅，南北长约一百八十五步，适合于讲堂用之房，仅有三四间，两旁多跨院，办公室、寄宿舍在焉；东西宽约八十八步，房屋甚多，院落甚宏敞，而能作讲堂用之房，亦只有最近建筑者三四间。全校建筑皆用宫廷及衙门式，无一所楼房，占地方太多，房间较少，大房间尤少，宜于住家，不宜于作学校，知从前监修者皆外行也。梁栋、椽柱、门窗、户牖皆用杨木，知长安木材缺乏也。院内多用土坯作墙，黄土涂壁，既缺美观，又难耐久，知长安砖与灰俱缺乏也。闻刘督军拟划出从前满城旧址——在城内东北隅，约占全城总面积三分之一——一部分，约二千九百亩建筑新大学，而以此处为预科校舍。然长安物价较天津约贵三分之一，据关颂声君报告：洋灰一桶在天津卖价大洋五元，此地卖价银三十二两，砖瓦、木料皆贵至一倍以上。西北大学拟建筑新式楼房办公室一所，照天津物价估计，需洋七万元；照此地物价估计，需洋二十万元——陕西财政困难，此计划亦非短期内所能实现也。

长安雨少，故房屋虽欠修理，尚不至于坍塌。西北大学教员室，屋顶皆瓦松，密如鱼鳞，然室故无恙；若在北京，则大雨时行时，室内室外淋漓一致矣。

此次在长安参观之学校，除去西北大学以外，有第一中学校——在西仓门，第三中学校——在枣刺巷，职业学校——在举院巷，第一师范学校、第一女子初级中学校——皆在西安书院门，成德中学校——在北大街，女子师范学校——在梁府街。因在暑期内，各校皆放假，故堂上功课无可参观。建筑则一中、一师大体一致，院落宏敞，树木甚多，房屋多旧式，少楼房，全体形式，近于宫廷及衙门，而不类似学校。三中院落树木成林，是其特色。一师系关中书院故址，路闰生先生所住之仁在堂犹存，今为校长办公室。第一女中系女子模范小学提升，院落较小。成德中学系前督陈树藩所创，曾拨与官地一万三千顷作为基本金，财产充裕，房屋皆新式建筑，房间虽不多，比较适用，外院操场极其宽阔。女子师范系最新式建筑，皆二层楼房，然工程太不坚固。至于梁柱材料多用杨木，墙壁材料杂用砖坯灰土，则各校皆一致也。

长安玻璃极贵，故各校门窗，俱不多用玻璃。

乙，官署

此次在长安，参观之官署甚少，然督军、省长二公署，则各去过几次。督署在故明秦王府内——俗名皇城，系冯前督所造，用兵为工，用故秦王府城旧大破砖与杨木为料以造成，房间甚少，仅足应用。唯院落异常宏敞，满种小树，小树中间杂以水井菜畦，人路两旁满生芝草，每日太阳西下时，督署军人自己浇菜，风趣甚佳，十年以后，当然绿树成荫矣。省署在西大街路北，系前清旧布政使署，机关较多，刘督军之眷属寓焉，故房屋较多，房间较大，然装饰朴素，固无以异于民居也。

丙，寺观祠宇

长安城内寺院，屡遭兵燹，多数荡然无存；其硕果仅存者仅有数处，兹谨将著者此次在长安参拜之寺观祠宇列举于下，以供参考：

一、文庙。在南门内东城根，殿宇院落皆宏敞，古柏甚多，古松仅有一株，旁院内附设孔教会所立之学校。

二、卧龙寺。在城东南隅卧龙巷，系汉灵帝时创造，后屡经改筑者。殿宇颇庄严宏敞，藏有康南海欲得之《大藏经》，经有二种：一系明太祖时南京出版者，一系明英宗时北京出版者。据该寺住持显安云："长安城内寺院，共存三部《大藏经》，民国成立时，为兵士及居民所毁，今皆不全矣。"中国人富于破坏性可见一斑。寺之前殿入门处，有长三四尺、宽尺余之大青石一块，上有形似蚯蚓之软体动物化石数具，颇可贵也。后殿所供之佛身系藤胎，犹是清初制造。

三、广仁寺。系喇嘛庙，在城西北隅，寺之东、南二面皆农田，据云多系该寺产业。墙内多草花及木本花，墙外多高树，地颇清幽。正殿供铜像三尊，外饰以金，甚庄严，中央为观音像，两旁为文殊、普贤像。观音像身体较大，面貌较平，微带白色，据云来自西藏。文殊、普贤像身体较小，面貌较丰隆，颜色甚黄，据云来自北京。全寺喇嘛二十余名，有蒙古人、本省人、河南人之别，掌教老喇嘛年五旬余，系蒙古人，由北京雍和宫派来者，能说北京官话，不大懂陕西话，民国五年来此。据云该教虽禁止杀生，并不禁止饮酒食肉也。

四、西五台。在广仁寺东南，与市街接近，台系垒土筑成，上供佛像，共有五所，在城西北隅，故称西五台。其中二台已圮，二台为军人所住，仅最东之一台有尼僧住持，所供为菩萨。台之后殿最高，全城一览无余，城内人家院落内树木颇不少，但市街上甚有限耳。

五、清真寺。长安城内清真寺共有七处，著者仅参观二处：一最大者，为化觉巷清真寺，系唐玄宗时所建，有天宝元年王鉷所撰碑，俗名东大寺。一最古者，为大学习巷清真寺，系唐中宗时所建，俗名西大寺。东寺甚大，西寺略小，二寺庙宇皆宏壮，雕刻甚古雅，附设回教义塾，读阿拉伯文字之《可兰经》，东寺并附有国民学校一处。

六、董子祠。在城东南隅，祀汉江都相、广川董仲舒。

董子墓在焉，正殿屋宇无恙，唯门窗户壁狼狈不堪，有许多贫民杂居其中。墓在正殿后，一抔黄土而已。庙内外共有石碑四座，皆明清时代所立者。正殿前西边有小跨院，董子苗裔在焉，寡母孤子及其姘头共三人。闻孤子仅十余龄，其母本其父之妾，父故后，子才数岁，乃另找一男子同居；其男子余曾晤面一次，三旬余之粗笨农夫耳，亦冒姓董。闻祠内祀田共十六亩，典质殆尽，长安绅士欲筹一笔款项赎回祀田，逐走男子，现正在准备进行中也。

七、多忠勇公祠。在五味什字巷路北储才馆内，祀清中兴名臣、忠勇公多隆阿。民国成立以后，改名忠义祠，起义及剿匪战没之军人皆附祀于此。现在前殿改作储才馆讲堂，后殿如故，多公神位在中央，两旁及两庑配享者皆民国军人。

八、左文襄公祠。在东木头市西头路南，祀清中兴名臣、湘乡相国左文襄公宗棠。现在前半改为亚东宾馆，后殿仍为左公祠。

二祠皆清末所建，虽不及以上各祠之古雅，然尚伟大，较之现在建筑，固远在以上。

北京近旁多圆塔或八角塔，河南、陕西境内多方塔，塔下不必定为坟，塔基亦不必定在寺内，有时为村中风水起见，特造一塔以为厌胜；塔亦不必甚高，平均高二丈上下者居多数也。

丁，一般建筑物

河南、陕西境内之瓦房，往往作半圆形，有前半面，无后半面；废去梁柱，用劲山搁檩，无屋脊，当脊之处为房后山墙。

长安之瓦房，有仰瓦，无俯瓦，分量较轻，材料亦较省，然每房皆有明脊，既费材料，又为梁柱无故添出许多担负；自郑州以西至咸阳，旧式之瓦屋皆如此，不似京津最新建筑之瓦房，皆废去明脊，又轻巧，又省事也。自郑州以西至咸阳皆黄土层，土皆立体，中含铁质甚多，色近红，异常坚固，故乡僻之农人多住窑。城内之富家大族，亦往往在后院特掘一窑，夏日用以避暑。乡僻之人多住土房，城内之人虽住瓦房，亦往往用土墙土壁，官衙、学校、兵营皆如此，不独民居也。

第二节　长安之市街

长安城东西宽约七八里，南北长约四五里，周围约二十四五里、东、西二门及由东至西之大街稍偏南，故北半城较大，南半城较小。东大街之北为旧满城，占城内地约三分之一，前清西安将军驻此，民国成立时，全城被焚毁，现在夷为平地，满人散居各处矣。北大街之西、西大街之北一带，俗名回城，实则有街、有巷、无城，不过为回教徒集中之地耳。长安城内居民，据西北大学法科主任蔡江澄先生言："从前所调查之数约十二万，回教徒不足一万，然团体颇坚固。"繁华街市为西大街、桥梓口及南苑门，前二处为旧式商店集中之处，后一处为新式商店集中之处，经济之中心点，全城精华之所萃也。省长公署、财政厅、警察厅、长安县署，皆在西大街，实业厅亦距此不远，又政治之中心点也。

第三节　长安之实业

甲，农业不发达

渭水流域本农业国，周秦以来久已发达。现在多数之士大夫既不研究农学，仅山野农夫抱残守缺，保守古来之旧习惯，毫无改良及深造，较之古代，只有退步，并无进步。

乙，林业不发达

各山脉皆童山，建筑材料及燃料俱感缺乏。

丙，工业不发达

机器工业尚未输入，即固有之手工，亦只保守古来旧法，毫无发展及深造。

丁，商业不发达

交通不便，运价太贵，洋货及各省土货之输入，本省土货之输出，俱感困难。

第四节　长安之教育

甲，研究新学之人太缺乏

丁，整理旧学之人亦缺乏

丙，著作品缺乏

丁，译述品亦缺乏

戊，日报及杂志缺乏

杂志仅有二种：一、实业厅办之《实业杂志》；二、实业会出版之《实业浅说》。日报仅有六种：一、《建西日报》；二、《新秦日报》；三、《陕西日报》；四、《民生日报》；五、《旭报》；六、《平报》。其内容多系剪裁京、津、沪各报纸凑成，关于陕西本省之特别记事及论说较少；销数极不畅旺，多者三百余份，少者数十份而已。

己，出版所及印刷所缺乏

现在尚无出版所，印刷所之能印报纸者，仅有三处：一、教育图书社，教育厅办；二、艺林印书社；三、新秦日报社。此外小印刷所只能印广告、传单，于宣传文化上无甚重要关系也。

庚，教员缺乏

本省人才不足，专门以上学校之教员，多系借材异地。又因交通不便关系，本省之毕业于外国大学之学生，多在交通便利之外省就事，不肯回本省。

辛，学校缺乏

第五节　长安之市政

甲，建筑

陕西长安为中国故都，间有数百年前建筑，如卧龙巷之卧龙寺，化觉巷之清真寺，大学习巷之清真寺等，颇庄严瑰丽，伟大可观，然此种古建筑，现存者绝少。新建筑之房屋，因木材缺乏，故梁栋椽柱多用杨木；因石灰缺乏，故多用黄土涂壁；因燃料缺乏，砖瓦价昂，故院墙屋壁多用土坯替代，既缺美观，又难耐久，官衙、学校皆如此，不独民居也。

乙，道路

陕西长安为中国故都，街道较为宽阔，然新式之马路尚未动工，旧有之路分二种：大街皆石路，用长四五尺、宽二三尺之大石砌成，多系数百年前旧物，高低凹凸不平，车行颠簸特甚。小巷皆土路，多坑坎，遇风则扬灰沙，下雨则成泥泞，行人裹足。

丙，交通器具

城内之交通器具，约有六种：一、单套骡车，系普通中等以上之人——陕西官场不用轿，省长以下皆乘车——所用，但行石路则颠簸殊甚，且时间不大经济。二、人力车，行路较快，且不大颠簸，但道路太坏，雨天人力车不能行。三、轿，赁价太昂，行路又不甚快，时间、金钱俱不经济，故用者绝少。四、大车。五、二套轿车。六、小手车。三者皆用以载货，行人乘之者绝少。汽车仅督署及各师旅长各有数辆，用以作远路之交通机关，平时不用也。

丁，通俗教育

全城仅有教育图书馆一处，在南苑门。通俗图书馆一处，在北大街。通俗讲演所一处，在北门内雷神庙门。阅报社仅有四处，附属在两图书馆、陕西实业会及碑林内。

戊，卫生设备

一、医院。防疫机关尚无，医院共有数处：1. 陆军医院，官立；2. 宏仁医院，地方团体立；3. 关中制药社，团体立；4. 大生医院，私立；5. 竞爽医院，私立；6. 广济医院，私立；7. 广仁医院，教会立。但除去陆军及广仁医院外，规模俱甚小。

二、饮料水。自来水尚无有，新式之洋井仅有数处：1. 督军公署；2. 红十字会；3. 西北大学；4. 西华门；5. 东门外。但上层含有杂质之水多渗入，颇咸卤不适用。其余概用旧式井，水内含有硝质，于卫生殊不相宜，洗衣服亦多不洁。唯西门外瓮城内路北有甜水井一，水源甚旺，足供多数人用。

三、下水道。地沟尚欠疏通，雨后时存积水。

四、排泄物。路旁虽有官中厕，但稍僻静之处，常有人随便出恭。路旁多尿坑及秽水坑，行人过者掩鼻。秽土废料——如瓜皮果核等——随便弃置于道旁，苍蝇繁殖其中，为各种传染病之媒介。

己，警政

警政内容多未详，仅有二事可记载：

一、路灯。大街仅有数盏，小巷尚无。

二、消防。无水龙及消防队之设置，大街各有太平水缸数个，小巷尚无。

庚，慈善事业

官立者有育婴堂、恤嫠局、残废军人教养院、残肢留养局各一处，地方团体立者，有孤儿院、妇孺教养院各一处，但规模俱不大宏敞。

辛，娱乐机关

一、公园。仅有南苑门一处，与图书馆在一院内，规模狭小，无足观。但其中用花树造成陕西地图一幅，颇具美术及科学思想。

二、戏园。有易俗社、共乐社、三意社、万福社、正俗社五处，皆秦腔，唯共乐社兼演二簧。易俗社为本地士大夫所组织，不专以营业为目的，其内容颇有种种特色，兹列举之于下：

1. 股东半含捐助性质，每年不分红利。

2. 前台角色，薪水极廉，即大名鼎鼎号称台柱子之刘箴俗、刘迪民、苏牖民、王安民等，月薪仅制钱五六十吊，合大洋二十元以下——无北京捧角之恶习。

3. 后台经理人，半带义务性质，除去教师外，薪水皆极廉，或竟无有。

4. 对于全社学徒，以学生礼待遇，除去教以戏剧以外，并授以普通常识及日用必需之技术，将来若不愿做伶人，尽可就他种职业，无北京穷伶终身跑龙套之苦楚。

5. 社员出演时，一丝不苟，一毫不懈，虽做配角跑龙套之人，亦精神圆满，无懈可击。

6. 社内行头极华丽，全体社员俱用社内行头，无北京名伶自带行头之奢侈风气。

7. 社内有讲堂，有寄宿舍，全体社员住社内——家住城内者为例外。下台以后上课，汉文精通者，能作三四百字以上文章，无北京穷伶目不识丁之苦楚。

8. 社内禁止学徒与不正当之人往来，并禁止其受外界之赠予，无北京伶人兼营像姑生意，前为面首，后为龙阳之笑话。

因以上原因，故社内颇有财产，社基渐巩固，社内名誉亦鹊起矣。

三、电影。青年会偶一演之，但不能常演，尚无特设之电影馆。

四、妓院。公娼无有，闻私娼甚多。

此外若动植物园、博物馆等之高尚娱乐品，尚未着手筹备，落子馆亦尚无有，社会太单调，故一般下等娱乐品，若赌博、鸦片等，颇受一部分人欢迎。

壬，电气工业

长安城内，仅有电灯电话及电报局，规模俱不甚宏敞，此外一切电气工业尚无有。

第六节　长安附近之交通机关

甲，火车路

陇海铁路仅修到河南陕县，以西尚无有。

乙，长途汽车路

仅由长安修到潼关，汽车由去年开行，因路途不平——多为重载大车所毁坏，车多破损，新购之汽车尚未到，故现在停驶，仅有人力车通行。

丙，电车路

尚无有。

丁，大车路

甚崎岖，可行单套骡车、二套轿车及重载大车，但颠簸殊甚，每日至多不过行百里。除去秦岭山脉以外，陕西全省大路皆可行车。

轿子亦有，但除去汉中以外，不大通行。

戊，河流

渭河、黄河皆可行船，顺流而下遇顺风，每日可行百余里，由草滩——在长安城北，距城三十里——至陕州，约四百余里，约二日半可到。逆流而上遇逆风，每日仅行十余里，由陕至潼仅一百八十里，著者赴潼关时，共行四日。

己，邮政

甚迟滞，由长安达北京之信，平时行七日。

庚，电报

不甚发达，电杆甚矮小，皆用杨木。

第七节　长安之宗教

僧尼喇嘛寺、道观，虽随处皆有，但除去最少数之高僧外，多系解决个人面包问题，不以研究宗教为目的。清真寺长安城内共有七处，寺内多附属旧式义塾，教儿童以阿拉伯文字之《可兰经》。外国人所创立者，有浸礼会、圣公会、青年会等，尚与知识阶级接近。

第八节　长安之风俗

甲，衣

甚朴素，除去政界以外，皆穿布不穿绸，军人、教员、大商人皆然，不独细民也。

乙，食

一般之人食小麦粉，较直隶人之食玉蜀黍、小米，奉天人之食高粱者，食品尚优，唯由外输入之食品太贵，一般人不能享用——汽水一瓶索价大洋七八角。

丙，住

房屋院落尚宏敞，唯房屋多土壁，院落多土墙，城外之人，间有住窑者。

丁，嗜好

卷烟、水烟甚流行，鸦片、赌博，亦尚未能绝对禁止。

戊，信仰

科学知识尚薄弱，迷信尚流行，占卦、相面、看八字、看阴阳风水之小摊，长安城内颇不少。

己，女子问题

尚认为男子之附属品，平日不许出门；社会中公开之职业不许女子加入；缠足者尚多，亦甚纤小；长安市街，不见女子踪迹，故与余同来之友，几有投身入光棍堂之感焉。

第九节　长安之古迹及古物

历代宫殿、苑囿、陵墓、寺观，大半破坏，或尚存一部分，如慈恩寺之大雁塔，荐福寺之小雁塔等；或仅存其基址，如弘福寺、青龙寺遗址；或基址全无，此类甚多，即文王之丰，武王之镐，成王以后之宗周，汉之未央宫、长乐宫，亦在此列。所谓古迹，大半有名无实。古器具若石碑、石人、石马等，半为官吏或人民所盗卖，半为外国人或外省人——以古董商为多——收买或偷窃以去。明清以来不甚著名之石碑，多为本城石头铺收买，改大为小，作为新碑出售。

长安保存古碑之处名碑林，在南门内东城根，归图书馆照料。其中收容之古碑有百余种，大碑约二百四十块，小碑二千余块，两共约三千块——魏碑仅有数块，唐碑甚多，有名者为石刻《十三经》。碑帖商每日派人捶击，自朝至暮无已时，自元旦至除夕无休日，受伤甚剧。

教育图书馆在南苑门，其中保存铜像、石像、陶器像不少，有佛，有菩萨，有韦陀，有天尊，有平常装束者，高者五六尺以上，小者尺余。大约皆系后魏隋唐时代遗物，由外国人或外省人，从外县收买或偷窃以去，途经长安，由本地官绅截留者。唐太宗昭陵前八骏中之六骏——其二骏先已失落——在陈前督任内，由其老太爷以十万元偷卖与日人，其中二骏已运出潼关，四骏为陈督派人截留，陈列于此以供众览——但全身已被日人击碎，现在系用黏料黏着而成，中多伤痕。

陕西城内以私人资格收藏古物最多之处有二家：一为阎甘园，陕西蓝田县人，藏有古画、古器具多种。一为陈士垲，字次元，河南河洛道卢氏县人，前清拔贡，北京法律学堂出身，现充督署秘书长，藏有碑帖五千余种。余常谓二君所存皆国粹，欲劝二君合组一博物馆，公开以供众览，然馆址、房屋及陈列器具需款甚巨，亦非短期所能做到也。

第十节　长安之饮食

此次在陕，住西北大学，饭食由暑期学校供给，差足果腹。刘督军邀饮四次，一次在西北大学，用素菜——时因祈雨禁屠；一次在省署，一次在督署，皆用西餐；一次在宜春园——在关岳庙街路南，易俗社之秦腔开演于此——用中餐。西北大学、陕西教育厅邀饮一次，在校内；储才馆邀饮一次，在馆内，皆中餐。讲武堂邀饮一次，在青年会，西餐。商务印书馆邀饮一次，在馆内，中餐。陈次元先生邀饮一次，在陈宅，中餐。师大毕业同学邀饮一次，在五味什字巷义聚楼，中餐。督署之中餐，商馆之中餐，陈宅之便饭，色香味俱美。督署之西餐亦佳，然中国风较重。此外各处厨役手艺俱平常，讲武堂之西餐系外叫者——青年会不卖饭——花钱甚多，不大实惠。

长安水果，有沙果、苹果、桃、杏等，俱不甚大；橘子、香蕉等南方水果，因交通不便，皆无有也。西瓜亦甜亦大，差胜北京。牛、羊、猪、鸡价俱公道，鸭子及鱼价俱昂贵，长安应酬场中好用鱿鱼，每席必有。

长安冬季气候较北京温暖，不能结天然冰，又因交通不便，外国机械未能输入，亦不能造人造冰，故冷吃之物不容易制造。饮料中最流行者为凤翔所产之烧酒——俗名凤酒，长安所产之葡萄酒及甜酒——米汁，啤酒、汽水皆自东方运来者，价钱异常昂贵，冰激凌则绝对不能制造矣。

第十一节　长安之土产

漆器、竹器甚佳，毛织毯亦可观，但价钱颇不廉。碑帖甚佳，总算价廉物美，但未免摧残古物。每年出土之古物甚多，京沪各处古董商派人在此处设肆收买，转卖与外国人或外省人以牟利。

第十二节　长安之植物

长安纬度，东与江苏徐海道铜山县相对，虽地在高原上，然气候比较温暖，寒期不甚长，寒气亦不甚烈。植物除去杨、柳、榆、槐、椿、榕、构、柏等树，为北京所习见者外，楸树、皂角树、柽树、青桐树甚多，修竹高逾寻丈，丛生成林，石榴树高过檐顶，实累累以百数，皆北京所未习见者。唯松树甚少，长安城内仅有南门里孔庙内一株。据第一女子初级中学校校长李约之先生口头报告，草花甚少，热带植物尤少，以人工培植之力尚未周到也。

第三章　著者到陕西之任务

此次来陕，原系西北大学、陕西教育厅合组之暑期学校邀来讲演，嗣到长安以后，各处多来相邀。计在督署讲演二次，约五小时，题目为《陕西在中国史上之位置》，听演者多军官，约二百余人，秩序整齐。在储才馆讲演三次，约六小时，题目为《陕西在中国史上之位置》，听讲者多候补文官，约百余人。在讲武堂讲演一次，约三小时，题目为《陕西在中国军事史上之位置》，听讲者为陆军学生，约四百余人，秩序整齐。在暑期学校讲演四星期，约二十二小时，题目有三：一为《陕西在中国史上之位置》，二为《历史上中国民族之研究》，三为《历史上亚洲民族之研究》，听讲者为高小教员、劝学所员及中等以上学校之教职员及学生，最多时四百余人，最少时百余人。

第四章　咸阳古帝王陵之参拜

此次到陕目的，原为暑期讲演，然既有余暇，又有适当伴侣，当然赴各处参观古迹名胜，以满足个人研究历史之欲望，此应有之义务也。七月二十六日赴咸阳，是日早七点，偕陈斠玄、王小隐乘骡车起身。咸阳距长安不过五十里，车行四五小时可到，车系二套轿车，由督署代雇者，唯上无帷，前无帘，仅有破苇席覆顶，上下一望皆黄，是为生平所仅见。出长安西门，约行二十里，为三桥镇，又二十里，至临沣屯，屯在沣水西岸，东门临沣水，水甚清，河身宽二十余丈，河流之宽不逾二丈，下流入渭。又十里，至渭水，水在咸阳城南，渡水即城，城之东南二门皆在河之北岸，水甚浊，流甚急。沣水有桥可渡，渭水无桥，用船拖过。下午一点，入咸阳城，住县署街——由东门至西门之大街——东升客栈，湫隘污秽不可以居，乃往劝业所内，面托劝业员杜善义君，代借县议会内房屋，安顿行李。午后四点，往北原，参拜周文王、武王、康王陵，入夜始返。

北原在咸阳北门外，约十里，地基高于咸阳数十丈，车行渐高，遥望圆形方形之黄土，大小累累以千百计，皆古帝王陵，或古大臣富豪墓，诚壮观也；然陵墓多数无院墙，无殿宇，无树，无碑，无可以作为纪念品之古器具，如石人、石兽、石牌坊、石五供等，偶尔有之，亦明清时代所造，无较古者；明人考据不精，错误时有，不足为信据；然则除去一抔黄土，可以证明其下为古人坟墓外，固丝毫无可瞻拜，亦绝对不能研究也。唐人诗云："五陵北原上，万古青濛濛。"据著者所见，黄则有之，青则无有，陕西之所谓古迹，可以推知其大凡矣。

康王陵在咸阳北门外北原上，距城约十二三里，无人看守，四围土墙已破损，中央享殿已坍塌，仅有柏树一株，有本，无干，已半枯，无古器具，仅有石碑，多损坏，其完整无缺者，乃乾隆五十七年巡抚毕沅所立也。坟作长方形，甚高大，东西宽，南北狭，坟上无草，一望皆黄。

文王陵在康王陵北约四里，有人看守，对于参观者，不招呼，亦不索酒资。四围土墙已破损，中央享殿尚完整，有古柏十余株。有本，有枝，有叶，无干——河南、陕西居民，多迷信柏树枝可以驱百鬼，故每年除夕，皆往折其枝插于自家门户上，遂使古柏皆成光本，枝附着于身。上自洛阳以西皆如此，不独咸阳也——无古器具，石碑甚多，最古者为明正德年间所立，以前者无有也。坟作长方形，形势类似康王陵，而伟大过之，坟上无草，一望皆黄。

武王陵在文王陵北，相距仅数十丈，墙殿多破损，无古器具，石碑颇不少，皆明以后所立者。墙与文王陵南北相对，东西稍狭，几类正方形，坟上无草，一望皆黄。

是时天气已晚，对面不能见物，乃乘车返咸阳。时城门已闭，幸县长已通知守门之军警，临时开门放行。晚，宿于县议会。二十七日早，发咸阳，下午，还长安。

咸阳城东楼（中，六，二二）

许　浑

一上高城万里愁，蒹葭杨柳似汀洲。
溪云初起日沉阁，山雨欲来风满楼。
鸟下绿芜秦苑夕，蝉鸣黄叶汉宫秋。
行人莫问当年事，故国东来渭水流。

经咸阳北原（中，九，十二）

马　戴

秦山曾共转，秦云自舒卷。
古来争雄图，到此多不返。
野狐穴孤坟，农人耕废苑。
川长波又逝，日与岁俱晚。
夜入咸阳中，悲吞不能饭。

咸阳怀古（中，十，十八）

刘　沧

经过此地无穷事，一望凄然感废兴。

渭水故都秦二世，咸原秋草汉诸陵。

天空绝塞闻边雁，夜尽孤村见夜灯。

风景苍苍多少恨，寒山半出白云层。

咸　阳（中，七，二三）

李商隐

咸阳宫阙郁嵯峨，六国楼台艳绮罗。

自是当时天地醉，不关秦地有山河。

第五章　终南山之观察

第一节　南五台之名称及其区域

终南山为秦岭一部分，著者此次所登之峰，俗名南五台，因山西有五台山，其上寺院香火极盛，陕西迷信家皆羡慕之，故造寺于终南山绝顶，以满足一般人民崇拜佛教之欲望，山西之五台山，俗称为北五台，故称此为南五台；实则其上之高峰，并不止五个，普通所指之五台，有二台不在峰顶上，此委巷小家子之说，甚可笑也。兹试略举其名称及其地点于下，以供参考：

一、岱顶圆光寺，终南最高峰，距平地三十里。

二、文殊台，在岱顶东山腰，较圆光寺稍低，相距不过数百步。

三、清凉台，在岱顶东山腰，较文殊台又低，相距不过百余步。

四、灵应台，在岱顶东，为另一高峰，较岱顶略低，而陡峻过之。

五、舍身台，在灵应台东，为另一孤峰，较灵应稍低。

以上一、四、五三台在山顶，二、三两台在山腰，其非以峰作单位，而为拉杂凑成者，概可知矣。岱顶以西，尚有一孤峰，较岱顶略低，近来始有人踪，名曰"兜率台"，不在五台之列。岱顶以南，有高峰名翠华，即古之太乙，亦不在五台之列。

第二节　登终南山旅程日志

八月十四日午前六点半，乘骡车由长安起身，出南门，向终南山进行。同行者为李干臣、陈斠玄、蔡江澄及陕西林务专员赵昆山四君，随带听差兼向导一名，分乘三辆单套骡车。是日之骡车为西北大学代雇者，较之赴咸阳时所乘之二套骡车，差为洁净。南山麓多土匪，时有劫掠之事，是日向督署借得卫队四名，骑马荷枪随行。

九点，至韦曲，共行二十里。韦曲以北皆旱田，地味干燥，以南多水田，地味潮湿。又南行东转，约三里许，至牛头寺，寺在韦曲东龙首原上，祀释迦牟尼，稍东为杜子祠，祀唐诗人杜工部。此处地方凉爽，从前为长安贵人避暑之处，自民国成立后，地方多故，避暑贵人久不至矣。本年西北大学一部分学生在此避暑，组织暑期平民学校。院内树木甚多，有南天竹、龙爪槐及木瓜（即香圆）等，梅树、桂树、紫荆树，高皆逾丈，甚为雅观。房屋虽不甚多，而院内清香，沁人肺腑。正殿后有人造之洞——即窑——三间，老僧寝处于此，余入参观一次，冷气袭人，洞内供罗汉像。

此一带地统名樊川，稻田荷池甚多，樊哙之封邑在焉。再东十五里为杜曲，唐朝贵族杜氏世居之地，现在人口尚不少；以非赴终南必经之路，故不往。

折而西，归原路，南行三里，有河流，名潏河，水甚少甚清，与黄河、渭河之混浊者迥异。河上有桥，宽丈许，长数丈，名申店桥。过桥南行十二里至黄甫村，人家多土房茅草顶，差与"黄"字名实相副。骡车大路在阪上，西望村落，树木甚多。村南有河流，名洛河——陕西有二洛河，此为南洛河——沿河一带皆稻田，引河水以灌溉，河由秦岭山麓，北下流入稻田中，因天然地势，自然就下，差省人工，风景之佳，颇似日本。

古云"八水绕长安"，谓浐、灞二水在城东，沣、皂二水在城西，潏、洛二水在城南，泾、渭二水在城北，实则泾、渭皆大河，发源甘肃，流入陕西，会于高陵，下流入黄河，其流域长亘千余里；浐、灞、沣、皂、潏、洛六水皆小河，发源长安城南之秦岭山麓，北流至长安城北，入渭水，最长者不过百余里，短者仅数十里。现在陕西天旱，浐、灞二水皆涸，沣、潏、洛三水，亦仅细流涓涓矣。

自渭南临潼以西，经过长安、鄠县、盩厔、郿县，沿秦岭山脉北麓，渭水南岸，凡东西数百里，南北数十里间，皆稻田，引南山之水——灞、潏、洛、沣等水——以灌溉之，故用力少而收获多。近来私种鸦片之风流行，多数稻田，已变为鸦片栽培地矣。

南行五里，至王曲，为长安城南之市镇。在小酒铺中略进午餐，馒头几个，咸菜一碟，差足果腹而已。昆山原籍在王曲东十二里，与小酒铺主人有旧，主人特别招待，在外觅得生鸡卵十余枚，煮熟以佐餐。王曲南半里官道旁，有陕西全省总城隍庙，颇堂皇伟大，为此地人民崇拜之中心点。出王曲南行约十里，至留村，距长安五十里，是为终南山北麓。是时下午二点半，乃入广惠寺小憩，商议雇山兜上山。平时每兜脚夫二人，往复一次，约六十里，需时二日，价洋二元。是时脚夫以我辈皆远客，要求每兜用四人，索价八元，磋商之结果，至少亦须六元。余等以索价太昂，无还价之余地，乃议停车马于山下，留车夫与护兵一名，在此处喂马，随带护兵三名，雇用脚夫二名，肩挑衣服行李，步行上山。

四点半出发，南行里余，至朝天门，遂入山沟，两旁为山，中央为谷，有涧水由山下注，气候渐清爽。从此南行，经过一天门，路渐高，庙渐多；至二天门，则路渐陡，多石级叠累之路，少土路，气候渐冷。约行十四五里，至胜宝泉，小憩，饮茶。拟在此处住宿，因另有游客携眷在此避暑，不果。

复东南循山路行，步步登高，约行二三里，至迎真宫。时已午后八点，暮色昏黄，路旁树木甚多，不能睹物，乃止宿于此，嘱看庙和尚作汤面疗饥，以咸菜及秦椒末佐餐。十点，就寝。

迎真宫房屋不多，寝室系火炕，余与江澄、斠玄宿于外间门扇上，夜间甚冷，跳蚤极多。干臣、昆山宿于炕上，夜间尚不甚冷，但跳蚤亦不少。

十五日早四点起床，五点一刻出发，循山路向东南进行；过三天门，路愈陡，路旁植物愈多，湿气甚重。六点，过吕祖宫，至紫竹林，小憩，饮茶。此处距山下二十余里，供观音，寺前眼界极空旷。

自此以上至四天门，路愈陡，路旁多庙，多树。回头下望渭水流域平原，则长安如盘，渭水如带，皆在眼前，风景奇丽，略似日本东京近郊之高尾山。唯山较高，较奇，天然之风景似胜彼。而树木之中，杂树甚多，松柏甚少，不似彼之满山皆杉，树之队伍甚不整齐，路较窄，较陡，较不平，人造之风景似逊彼。庙多用石与砖及土坯建筑，与彼之用木造者，亦异其趣。而各庙之旁，皆有泉水，供住持及游人饮用，则与彼亦正相似也。七点半，至岱顶，为南五台之最高峰。上有圆光寺，供五大菩萨。此寺在民国四年失火，现在系重修者，开工九年，尚未收工。正殿五楹，南向，因山太高，风太剧，恐受震撼，故以石为墙，用铁作瓦，木材用松树，系就地取材。余等在此处早餐，有馒头、米汤、茄子、芸豆、萝卜缨、芹菜，较昨晚之菜稍佳。陕西最普通之菜为秦椒末，在山中几乎每饭皆有。

九点三刻，下岱顶，往西行，上兜率台。此处系新开辟者，道路崎岖难行。峰顶仅有茅屋二间，为居士修行之所，无庙。

十点，下兜率台，东行，穿岱顶北山腹，至文殊台。台在岱顶东山腰，地势稍低，相距不过数百步，庙门深锁，无僧看守。

十点五分，下文殊台，东北行百余步，至清凉台。亦在岱顶东山腰，地势益低，庙门深锁，无僧住持。

下清凉台，东行，十点半，至灵应台。台在岱顶东，为另一孤峰，高不及岱顶，而陡峻过之。寺祀送子娘娘。余等在此处小憩，饮茶，干臣、昆山二君同赴舍身台。

舍身台在灵应台东，为另一孤峰，较灵应稍低。四围皆大青石，无树。庙以石为墙，其址甚小，无僧。距灵应台甚近，全峰一览无余，余等故不往。

十二点，由灵应台下山，西北行四五里，十二点半至紫竹林，在此处午餐，有米饭、素菜，食后，小憩。

二点一刻，西北行，就下山之途，途中不敢逗留，四点一刻，行约二十里，至白衣堂，小憩，饮茶。

六点回至留村，即刻乘车北上，七点至王曲，八点至韦曲，拟止宿于此，叩各店门，各店以近来土匪甚多，相约张灯之后即闭门，不再留客。不得已，忍饥与疲复前进，十一点至长安南门，由护兵向南关巡警局借电话，唤开城门，十二点回西北大学。

第三节　终南山概观

自长安至终南山麓之留村，大体皆平原，然北部为渭水南岸，地势较低，南部为秦岭北麓，地势较高；北部多旱田，南部多水田；北部干燥，属大陆气候；南部湿润，属森林气候。

自留村至岱顶，皆山路，方向自西北向东南，名为三十里，实则不止三十里，自朝天门以上，路渐高，气候渐爽，涧水下流，两旁为人行之土路。一天门以上，寺渐多。二天门以上，路渐陡，石路渐多，树木渐多。胜宝泉以上，涧水中断，然尚有泉可供饮料。三天门以上，气候渐冷，湿气甚重。四天门以上，路愈陡，然土路转多，石路转少，寺院渐少。自此以上皆无泉，山顶五台所用之水，一部分由四天门运上，有时存储雨水以供饮料，游人饮之多腹泻。

自山麓至山顶，共有寺五十余处，皆僧寺，仅吕祖宫一处为道观，皆前清及民国新建筑，无稍旧者。寺观基址皆不大，而香火颇盛。寺皆无下院，无财产，各寺之所有权，归山下各村落，最远者达于咸阳。每村各有一二寺，或二三村共有一寺，推乡绅为会长，管理寺务。每年六月初一日至三十日，为开庙会日期，所收之香资及平日所募之布施，皆归会长经理，寺僧不能过问。寺僧名义上为住持，事实上为聘员，每年除去由会长给予钱若干、米若干、麦若干外，仅有平日游客给予之茶钱及店钱归其所有，此外不得过问。每寺仅有一僧，不著名之寺，平日闭锁，不招僧住持，以省经费；至开会时，则由会长派人，或亲身来经理，供给朝山之客饮茶住宿，而收其香资以为报酬，俗呼寺为汤房者以此。

秦岭山脉南麓——汉中道方面——树多，北麓——关中道方面——树少，因樵采者太多，遂至童山濯濯。独终南山谷，为朝山者必经之路，民间习惯：谷中之树，禁止樵采，各寺若兴建筑，需用木材时，须先呈报县署，由县署饬各寺会长开联合会议，通过后，始行批准。各寺所需木料，须在其寺近旁采集，不得侵入他寺范围。若无故滥行斩伐，则以为得罪于神，须罚其出资，在附近寺前演剧，以向神表示忏悔。古迹，名胜，水源地应保护之森林，赖神秘的迷信习惯而得以保存，在世界上固属创闻，而在我国则正可利用此种习惯，以实行保护政策也。

终南山

王 维

太乙近天都，连山到海隅。

白云回望合，青霭入看无。

分野中峰变，阴暗众壑殊。

欲投人处宿，隔水问樵夫。

终南山上植物甚多，此次干臣、昆山系受西北大学委托，调查山上植物，将来预备在此地造林场者。干臣采集之标本甚多，兹将其调查所得之结果，列表于下，以供参考：

附：终南山植物表（略）

终南山及华山一带，地方偏僻，交通闭塞，故天然植物，被人类之摧残较轻；气候适宜，草木畅茂，种类繁庶，非罄数年之功，不足以研究该二处植物界之全豹。兹谨就二三日之游览，沿路两旁，眼光所能及之植物，列名于下，俾留心于内地之植物者，得知其概况。

李顺卿识　十三，九，十

第六章　华山之观察

第一节　华山之区域

秦岭山脉，西起陕西汉中道凤县，东经关中道鄠县、盩厔、鄠县、长安、临潼、渭南、华县、华阴等县，至潼关，而与崤山连接，东西长约八九百里，最高之峰为太白山，在鄠县境内，其东为终南山，在长安境内；东为骊山，在临潼境内；又东为少华山，在华县境内；又东为太华山，在华阴境内。普通所称之华山，即指太华，高出海面约万尺，至顶列为三峰：西曰莲花峰，峰之石䃉隆不一，皆如莲叶倒垂，俗名西峰；南曰落雁峰，在莲花峰东南，约三四里，旷莽无际，俯瞰三秦，为三峰中之最高者，俗名南峰；东曰朝阳峰，在落雁峰东北，约三四里，较落雁峰略低，俗名东峰；朝阳峰之西，有一小峰，状甚秀异，如为朝阳峰所抱者，是为玉女峰，俗名中峰。此四峰总为一大峰，周十余里，外面壁立，而内面倾斜，莲花峰之东北麓，地势最低，雨时则四峰之水，皆会于其处，俗名玉井，亦曰玉泉，玉泉之水北流至北崖，化为瀑布，泻入崖下。北崖东北隅有一孤庙，名金锁关，为登华顶者必经之路。

出金锁关，东北下，另登一孤峰，名五云峰，地势较华顶四峰皆低，为登华顶者必经之路。由五云峰东北下，经过苍龙岭，上天梯，擦耳崖，而至云台峰，途中所经之路绝险，眼界极宽，为华山最胜境。云台峰为另一孤峰，俗名北峰，地势较五云峰又低，中间有苍龙岭联络之，势若长虹，为天然之栈道。自此峰西北下，经过老君犁沟、百尺峡、千尺幢而至青柯坪，虽地势奇险，攀登极难，然眼界之空旷，远不及苍龙岭矣。自青柯坪北下，经过十八盘路，而至莎萝坪，地势之陡，等于南五台绝顶，然较之百尺峡、千尺幢，则益为坦途矣。自莎萝坪以下至谷口，地势倾斜益减，与南五台三天门以下相等，愈为坦途矣。兹试将华山之峰及登华顶所经之路程，列举于下，以供参考：

一、华山之峰

1. 华顶：分为四峰，总为一大峰，周围十余里。

甲，南峰，即落雁峰，为华顶最高峰，海拔约万尺。

乙，西峰，即莲花峰，在南峰西北约三四里，较南峰略低。

丙，东峰，即朝阳峰，在南峰东北约三四里，较西峰略低。

丁，中峰，即玉女峰，在东峰西北不足一里，较东峰又低。

2. 五云峰：在华顶东偏北，较中峰低。

3. 北峰：即云台峰，在五云峰东偏北，较五云峰又低。

二、登华顶所经之路

1. 谷口：在华阴县治南十里，亦名张超谷，所经之路平坦。

2. 第一关：在谷口南五里，亦曰五里观，路渐高。

3. 莎萝坪：在第一关南五里，路益高。

4. 毛女洞下院：在莎萝坪南五里，所经之路为十八盘，甚陡。

5. 青柯坪：在毛女洞下院南五里，所经之路益陡。自谷口至青柯坪，山路约二十里，尚可乘肩舆，唯险路仍须步行。

6. 北峰：在青柯坪东南十里，所经之路，为千尺幢、百尺峡、老君犁沟，奇险绝陡，只能步行。

7. 五云峰：在北峰西偏南五里，所经之路，为擦耳崖、上天梯、苍龙岭，奇险绝陡，只能步行。

8. 华顶：在五云峰西偏南五里，所经之路为金锁关，甚陡，只能步行。然较之千尺幢、百尺峡、老君犁沟、擦耳崖、上天梯、苍龙岭等，则险峻之程度，似乎稍逊。

以上所举路程：自谷口至青柯坪二十里间，尚属坦途，方向大体向南，但稍偏东。自青柯坪全北峰约十里，方向向东南；自北峰至五云峰约五里，方向向西稍偏南；此十五里间，为华山胜境，道路极其难行。自五云峰至华顶约五里，方向向西南，道路比较尚属易行。

华山险峻之路，两旁或一旁必有铁索，行人可以攀援而进。相传铁索创置于宋真宗时，历代时有增置，或修补；清高宗乾隆中，毕秋帆巡抚陕西，其缠足之如夫人欲登华山，秋帆为之大行修理；中间偶有断续之处，为当代善男信女所修复者，则用铁牌勒其姓名于铁索旁，以迷信之心理，谋交通之便利，真可谓功德无量，我辈游人受惠不浅也。相传每年开庙会时，缠足之妇女，登山朝拜者甚多，陈前督之如夫人数人，亦皆登过一次。

华山诸地，凡山顶曰峰，两峰中间连接之石梁曰岭，山边曰崖，两山间曰峡，山间之低地曰谷，山间之平地曰坪，山岩之穴曰洞。

第二节　登华山旅程日志

余以八月十四日赴南五台，十五日还长安，十六日复在西北大学暑期学校授课一次，结束讲义，十七日午前七点发长安，就还京之途，同行者为李干臣、陈斠玄、李济之、蒋廷黻及西北大学校长室秘书段民达绍岩，共六人，相约往游华山。西北大学校校长傅佩青将回兰封为其封翁祝寿，亦同行。分乘汽车二辆，九点至渭南，赴县立高等小学校，访刘静波，适值静波有事羁身，不克同行，余等乃辞去。十二点半至华阴，谒县长徐文永少甫，适刘督军先来电请其照料，徐县长款待甚优，在县署用茶点毕，派保卫团五名，引路兼护送，导余等赴华山麓。佩青因急于赶路，先辞谢赴潼关。

是日午后三点，余等六人分乘骡车三辆，出华阴西门，折而南，行十里，四点至华山麓。徐县长先请华阴县承审员施仁政静谷、警佐李廷献修甫、县署会计李廷臣相辅，在此接待，住仙姑观。

观在华山北麓，谷口东，距谷口不足半里，为唐睿宗女西城公主潜修之所——唐中宗景龙四年六月，睿宗即位。十二月，以西城、隆昌二公主为女官，以资天皇太后之福。欲为造观，谏议大夫宁原悌、补阙辛替否上疏谏，不听，后改封西城为金仙公主，隆昌为玉真公主——正殿祀九莲圣母，西配殿祀金仙公主，为唐代金仙观遗址。玉真观在其东，约半里许，地名华山城子，其庙已圮，遗址被居民侵占，建为房屋。

仙姑观为西峰下院，每年三月间开全山大会，九月九日开西峰庙会，观内香火甚盛，香客以商雒一带者居多数。观内植物甚多，有松、柏、椿、香椿、梧桐、青桐、槐、杨、桑、榆、桧、枣、杏、核桃、枞、紫金等树，皆高过屋顶，紫金高约四五丈，大树也。后院有竹数百竿，青葱可爱。

五点五十分，往游玉泉院。

院在仙姑观西不足半里，南接华山北麓，西邻谷口。华顶玉泉之水，由北崖泻为瀑布，降至崖下，流入青柯坪下之山沟，合石隙细流之水，汇为深涧，下流穿过本院南墙，出北墙，北流数十里，入渭水。其水甘而冽，可以供饮料及灌溉之用，故其流域颇有稻田，玉泉院之得名以此。正殿祀陈希夷先生，建筑甚伟大。内院植物甚多，有青桐、紫荆、黄杨、牡丹、桂花、玉兰、枳、金线吊蝴蝶——人造树用冬青树接成——等。外院有希夷洞，供希夷先生石卧像。有希夷先生手植无忧树——榆之一种——数株，为后五代末宋初之古树，传世之久几近千年，老干轮囷，枝叶扶疏，巨物也。旁有无忧亭一座，建筑古峭，下视渭水流域平原，眼界空阔。院外竹园极多，风景甚丽。

晚，宿于仙姑观，县署送来晚餐，甚丰腆。

由山麓至山顶约四十里，往返步行，甚为困难。由山麓至青柯坪二十里间，本可以乘肩舆——一圈椅缚两扁担，前后二人抬之，俗名山兜——奈一个月以前，驻陕某师长，赴青柯坪避寿，军界来祝寿者甚多，雇肩舆至二十余抬，所发下之赁价，多数为仆从干没，舆夫索价，有时反被仆从殴辱，故舆夫对于官厅完全不信用，余等此次雇舆乃大费周折。幸施先生、李警佐从中调停，议定一送一接，照两次之脚价开发，先发赁价，后送酒资，雇定肩舆八抬，约次日清晨起行。

十八日午前八点，乘肩舆上山，李警佐李相辅偕行，随带巡警八名，引路兼护卫。西行不足半里，经过玉泉院前，即至谷口。入谷向南稍偏东，循玉泉涧水进行，沿路大石嶙峋，水声潺湲，道路甚陡甚窄，宽不过二尺，无十步外之坦途。谷中有一巨石，为前清光绪十年六月，雨中由山上冲落溪中者，俗以其形似鱼，呼曰鱼石。八点四十五分，行五里，至第一关，旁有五里观，祀关壮缪，在此小憩饮茶。又南行二里，至莲花洞，又三里，经过桃林坪、希夷峡，至莎萝坪，小憩。

莎萝坪祀上帝，旧传有大莎萝树，荫可数亩，今已无其迹。

自莎萝坪前进，山路益陡，称为十八盘，余等下舆步行。又五里，至毛女洞下院，小憩。莎萝坪之东，隔溪绝壁最高处，号曰上方，相传为陈希夷隐居处，以非必经之路，故不往。毛女洞下院西高岩上，有洞在焉，相传毛女名玉姜，字正美，为秦始皇宫女，殉葬骊山者；以计脱，隐居于此，以非必经之路，故亦不往。

自毛女洞前进，山路益陡，时常下舆步行。十点二十分，行五里，至青柯坪，自谷口至此，山路约二十里，行二小时以上。青柯坪之庙名通仙观，庙共四所，道士七八人，住持高礼江，字九源，山东泗水县人。此观为北斗坪下院，北斗坪在观西约数里，为一高耸之孤峰，以非必经之路，故不往。此处为明末理学大家冯从吾先生讲学处，旧名太华书院。

青柯坪在华山腹，地势幽秀，眼界空旷，北望渭水流域平原，如在目前。南望西峰，壁立千仞。西峰之东，沿华顶北崖隆起之处，为二十八列宿潭。旁有大瀑布，直下数千仞，颇壮观瞻，俗呼为水帘洞，因天久旱无雨，水已涸，仅留其痕迹。瀑布之旁，岩石上，有天然二像，形如二人比肩，俗呼为和合二仙。瀑布之东，沿华顶北崖隆起之处，为金锁关。

青柯坪以下之山路，皆沿涧水进行，至此则与涧水分离，涧水向正南，与瀑布连接，人路向东南，面峭壁进行矣。

自青柯坪以上，须舍舆步行，余等在此午餐，藉资休息。午后一点半，起身向东南进行；随带巡警二名，壮夫二名，引路兼携带衣物——自此以上皆一夫当关万夫莫开之路，土匪绝对不能伏藏，无须多带巡警——其余之巡警，皆留住青柯坪，保护谷口。行约里许，至回心石，凡登山心志不坚者，至此多废然而返，故有此名。又东南行数百步，路皆斜削绝壁；攀铁索而上，约一里余，至千尺幢。

千尺幢在峭壁上，凿石成级，以铁索纳石孔中，络铁索其上，俾游人攀附斜上，如是者数十步，复易斜上而为直上。其峭甚不能成级者，则凿石成孔，令入足之半，左右垂铁索，攀之而上。凡数转始至其巅，共约三百九十四级。

一点五十分，上千尺幢，北转一坡，约里许至百尺峡。

峡在两崖间，石级及铁索之构造，略如前状，但高不及百步，峡尽处有大石夹崖而覆其上，行人探首侧身出其中，形如鼠穴。《水经注》所谓"南至天井，裁容人，穴空迂回倾曲而上，可高六丈余，上者皆所由涉，并无别路，欲出井望空视明，如在室窥窗也云云"，即指此处。

东行约三四里，经过二仙桥、车厢谷，二点十分，至群仙观，小憩。复折而南，至老君犁沟。

沟距百尺峡约五里，峭壁上有沟如犁辟，凿石级容足，两旁石壁上悬铁索，行人以手攀援而上，计二百五十二级，其险峻之度，与千尺幢略等。但东面石壁甚低，其下为深谷，探首其中下望，颇令人惴惴。

出老君犁沟后，折而东南行，约里许，二点三十分，至北峰，形窄而长，尖峰耸拔，一径斜通，在此处小憩饮茶。时细雨冥蒙，气候渐冷，暝色苍然四合。绍岩以精神不快，留宿于此。

三点半，发北峰，向西南进行，在悬崖东面攀铁索而过，是为擦耳崖。约里许，至上天梯，悬崖直立，作垂直线形，两旁有铁索，中有容半足之石级，蹑足攀援而上，历三十八级而至其巅，是为日月岩。上有洞名金天洞，祀西岳山神，洞之高广深皆在二丈以上，所供之神皆石像。

三点四十分，南行，约里许，至苍龙岭。

苍龙岭为北峰与五云峰之连锁，北低南高，南北两头为峰，东西两旁为谷，中间以一线石梁接合，宽不逾三尺，长二百四十六级，势如长蛇，头在五云峰上，尾达日月岩上。两旁之谷，壁立万仞，俯首下视，不寒而栗。赖中间有石级，两旁有石栏杆，上系铁索行人拾级攀索，猱升而进。岭上风极高，气候极冷。相传石级、石栏杆与铁索，系宋真宗时所设，宋以前之登山者，过苍龙岭时，皆伏身于岭上，如骑马状，以手代足，匍匐而进。韩退之登华山，还至苍龙岭上之龙口——地名在岭西——不敢下，痛哭投书于岭下，求救。毕秋帆登华山，遇暴雨，蜷伏于岭上二小时，皆此处也。

千尺幢，百尺峡，老君犁沟，上天梯，苍龙岭，皆称奇险，然上天梯极短，只管瞻前不顾后，自然不害怕，亦并不十分费力。千尺幢，百尺峡，两旁石壁甚高，行人如鼠行穴中，虽气喘汗流，然颇不害怕。老君犁沟西面为高峰，东面为深谷，沟颇浅，行人常探半身于沟外，俯视足下，危岩高耸，下临无地，未免心惊。苍龙岭则石脊凸起，行人全身站立脊上，两旁皆万仞深谷，尤觉不寒而栗。

四点一刻，至五云峰，阴云四合，暮色苍茫，不敢停留，攀藤附葛，鱼贯而进。四点四十分，至金锁关——一名通天门——石级陡然高起，寒气骤至，同人在此遇风，多感寒疾。自此循中峰北麓西下，经过细辛坪、镇岳宫，五点十分，上西峰。

镇岳宫在西峰下，玉井在其前，圆径约五丈，韩退之诗所谓"太华峰头玉井莲，花开十丈藕如船"者，是也。华顶四峰皆无泉，在岩石上凿洞，存储雨水供饮用，天久旱无雨，储水涸竭，则往玉井取水，井内有泉，冬夏不竭。

西峰之庙，坐西向东，名翠云宫，祀三圣母。庙前有大石，形似莲瓣下垂，其下有洞，名莲花洞。洞口石上刻径尺大字四，曰"太乙莲台"。庙后有大石，长十余丈，浮置峰顶，中间有大裂文，斩然断而为三，名劈斧石，俗传为陈相子斧劈华山遗迹。南端之大石片，其缘边出入，俗呼曰莲花瓣。岩石上之凸凹似趾痕者，曰巨灵足迹。

是晚宿于翠云宫，被褥系呢面布里，但不大洁净，且湿气太重，跳蚤甚多。夜间闻山下风雨声大作，然山上无风无雨，只觉寒冷潮湿。翌晨，绍岩至自北峰，始知北峰顶上风雨甚急，夜深始止。

十九日晨起，出翠云宫后门，登舍身崖，为西峰最高处。北望黄河如带，渭水如苇，渭水流域平原如掌，首阳山如培塿，皆在目前。南峰、东峰、中峰之宫观，如望衡对宇而居，临眺即是。

午前九点出发，向东南进行，过屈岭，至南峰麓。

屈岭俗名骆驼项，为西峰、南峰之连锁，其西为西峰，东为南峰，南北两旁为深谷，形状颇似苍龙岭。然长不逾十丈，宽可五六尺，两旁之谷在华顶上，深不过数十丈，险峻之程度不及苍龙岭。而中间无石级，两旁无石栏，无铁索，仅中间有一线铁索，游人在两旁援索而行，大石甚滑，稍一不慎，容易跌倒，其难行之程度，反在苍龙岭以上。四围为华顶所遮，眼界之空旷，亦远不及苍龙岭。

九点一刻，至老君炼丹炉，一平常道观，无可观。复东南上，九点半，至仰天池，山风甚高，气候甚冷。

仰天池在南峰绝顶，为华山最高处，北望黄河，渭河，北洛河，南望秦岭山脉，皆在目前。池内一泓清水，方不盈丈。其东为老子祠，其南缘山坡稍下为黑龙潭，方广与仰天池略等，为毕秋帆祈雨处。

九点四十分，至南峰，小憩，饮茶。住持道欲敲竹杠，持缘簿来募化，余等皆穷措大，无贵人，皆研究学术者，无迷信宗教者，辞谢，乃已。

南峰之庙名金天宫，祀西岳，后跨院祀龙王，庙坐南向北，建筑比翠云宫伟大。

十点半，东北循山崖，下行十数丈，过陈抟避诏崖——相传宋太祖即位后，诏征陈抟，抟不应诏，避居于此，故名避诏崖——复折而东南，循崖而上，约半里许，十点四十分，至南天门，小憩。

南天门在南峰东侧，祀五雷财神，下临绝壑，由此可视南峰阳面之绝壁。自南天门循绝壁向西，有木造之细路曰长空栈，凿绝壁半腰，宽三四寸，以铁杙插壁，承以狭板，借以容足；壁上横缀铁锁，借以容手；中间高下不接之处，垂双锁以联络之，人行其间，则面壁，舒臂，缘锁，以足横移，或缘锁下缒。下临千仞绝壑，栈长十余丈，其尽处为贺老石室，系元时道士贺元真——本庙开山祖师——避静处。此处虽险，然非必由之路，可以不必往；且其险系人工所造，非天然生成，与苍龙岭、骆驼项相较，价值远不如矣。

下南天门，向东北行，约三里，十一点，至东峰，小憩，饮茶。

东峰之庙名八景宫，坐北向南，祀三清，地基较金天宫略小。其东南方有一小峰，相隔不过数十丈，顶平；上有小庙，系以铁铸成。此峰名博台，相传为秦昭王勒博箭处，又谓为卫叔卿围棋处。由东峰东畔悬崖，悬铁索，长约数十丈，崖上凿石成孔，仅容足指，面向内，背向外，攀援而下；道路极险，专恃臂力。中间最险峻处，俗名鹞子翻身，干臣、济之、廷黻三君，相偕往观，余以此峰风景，在东峰临眺，可以一览无余，故不往。

十一点五十分，下东峰，西行北转，十二点十五分，上中峰。

中峰之庙名玉女宫，祀圣母，庙坐北向南，基址比东峰稍大。殿前大石上，有玉女洗头盆，石上一小洞，直径不过二尺，雨水满注其中，《集仙录》所谓"水色碧绿澄澈，不溢不耗"者，其谓是欤？中峰在东峰左腋，由东峰顶至中峰顶，相距不过数十丈，可惜无苍龙岭、骆驼项等天然石梁联络其间，行人由此之彼，有上下之劳，故路程觉远耳。

十二点半，由中峰北下，回至金锁关，遥望东峰，仙人掌俨然在目前。

仙人掌在东峰东北崖上，途中可以遥望之，及至东峰则反不见。《贾氏谈录》谓："山石本黑，膏出于罅，从上溜下，作淡黄微白色，间之黑壁中，上则五歧，下则片属，歧者如指，属者如掌，复有细溜数百，杂五歧间，自远望之，细者不见，唯见其大者，故五歧如指耳。"

一点一刻，回至五云峰，小憩，午餐。

五云峰之庙名通明宫，祀玉皇上帝。

二点，出发，五点三刻，回至青柯坪，宿于通仙观，跳蚤太多，夜不能寐。道士持纸索书，余不能书，代拟数联，托绍岩代书，分落同行诸公下款，兹录原联于下：

> 推窗看月色，倚枕听泉声。
> 好鸟得真趣，奇花闻妙香。
> 卷帘朝北斗，倚枕望南山。

青柯坪为北斗峰下院故云然。

二十日午前七点半，乘肩舆下山，八点半，回至五里观，小憩。九点，回至仙姑观，九点半，乘骡车北行，十点四十分，回至华阴县署，徐县长留共午餐。绍岩作七律二首以记此行，兹介绍于下：

红尘梦想金天岳，难得今朝汗漫游。
适馆授餐劳邑宰，行吟坐啸萃名流。
经藏王猛台无恙，诏避陈抟树解忧。
修竹万竿新雨后，仙姑宫观暂勾留。

太华岧峣足荡胸，白云深处访仙踪。
攀梯直上苍龙岭，度索飞登落雁峰。
玉井芙蓉花朵朵，星潭松桧翠重重。
仰天池上呼天问，天下何时靖燧烽。

望　岳

西岳峻嶒竦处尊，诸峰罗列似儿孙。
安得仙人九节杖，挂在玉女洗头盆。
车厢入谷无归路，箭括通天有一门。
稍待秋风凉冷后，高寻白帝问真源。

第三节　华山与他山之比较

甲，华山与终南山之比较

1. 华山自麓至顶，号称四十里；终南山仅称三十里。其不同之点一。

2. 华山之路，石多于土；终南山之路，土多于石。其不同之点二。

3. 华山之路，自青柯坪以上，若千尺幢、百尺峡、老君犁沟、苍龙岭、骆驼项等，皆奇险绝陡，极其难行，终南山则较为易行。其不同之点三。

4. 二山之路，皆宽处不过三尺，窄处不过二尺。其相似之点一。

5. 二山山麓皆有涧水，皆至山腹而中断。其相似之点二。

6. 二山之涧水，皆流入山下，灌溉稻田，资民间利用。其相似之点三。

7. 二山绝顶皆无泉，以雨水供饮料，雨水涸竭时，则取之于峰下——华山取之于玉井，终南山取之于四天门。其相似之点四。

8. 二山皆杂树多，松柏少。其相似之点五。

9. 二山之树，皆赖迷信保存。其相似之点六。

10. 华山自山腹以下，树木缺乏，北峰以上，始渐繁衍。终南山随处皆有树木，二天门以上，即逐渐繁衍。其不同之点四。

11. 二山皆富于庙宇。其相似之点七。

12. 华山之庙皆道观，终南山之庙皆僧寺。其不同之点五。

13. 华山之庙创建较古——唐宋以前，终南山之庙创建较新——明清之际。其不同之点六。

14. 华山之庙有下院——非全数有下院，终南山之庙无下院。其不同之点七。

15. 华山之庙，住持皆终身，并世袭——传徒弟；终南山之庙，住持皆雇员。其不同之点八。

16. 华山之庙无会长，财产归住持管理，终南山之庙有会长，财产归会长管理。其不同之点九。

17. 二山之庙皆无许多不动产，大体恃香客之香资与游人之酒资维持。其相似之点八。

18. 华山无女道士，终南山亦无尼僧。其相似之点九。

以上为华山与终南山之比较，凡相似者九，不同者九。

乙，华山与泰山之比较

1. 二山俱为五岳之一，俱受古帝王崇拜。其类似之点一。

2. 华山自麓至顶，号称四十里，实则不止四十里。泰山自麓至顶，凡四十八里。二山里数不相上下。其类似之点二。

3. 二山高度俱不及雪线。其类似之点三。

4. 山皆石山，自顶至麓，石多于土。其类似之点四。

5. 华山自谷口至青柯坪二十里间，道路比较易行，自青柯坪至五云峰十五里间，道路陡峻难行，自五云峰至华顶四峰间，道路又较易行。泰山自一天门至中天门凡二十二里间，道路比较易行，自中天门至南天门十八里间，道路陡峻难行，自南天门至玉皇顶间，道路平坦易行。二山之路，皆中间崎岖，两头比较平坦。其类似之点五。

6. 华山之路，自北向南，曲折较多，曲折之度较大。泰山之路，由南向北，曲折较少，曲折之度较小。其不同之点一。

7. 华山之路，宽不过二三尺，肩舆只能到半山。泰山之路，宽逾一丈至二丈，肩舆可以到绝顶。其不同之点二。

8. 泰山最陡之路，只有南天门下之紧十八盘。华山之路：若千尺幢、百尺峡、老君犁沟、上天梯等，其陡峻之度，皆与之相等。苍龙岭、骆驼项等之险峻石梁，泰山无有。其不同之点三。

9. 泰山在中天门上，尚有平坦大路，称为快活三里。华山自青柯坪上，步步险峻，快活一里皆无。其不同之点四。

10. 泰山之绝顶为平地，玉皇顶、日观峰、月观峰，俱在其上，周围不过数里。华山之顶，为莲花、落雁、朝阳、玉女四峰，道路崎岖，周围十余里。其不同之点五。

11. 二山山麓皆有涧水，皆至半山而中断。其类似之点六。

12. 二山山顶皆无泉水，皆自峰下取水以供饮料。其类似之点七。

13. 华山自半山以上多杂树，松柏绝少。泰山则五大夫松以下皆柏，以上皆松，并无杂树。其不同之点六。

14. 二山皆富于道观，其初建年代皆较古。其相似之点八。

15. 华山仅有道观。泰山之斗母宫，则归尼僧住持。其不同之点七。

16. 华山道观，皆预备被褥，供游人止宿。泰山无此设备。其不同之点八。

17. 华山之肩舆用圈椅，乘客比较难过。泰山之肩舆用网兜，乘客比较舒服。其不同之点九。

18. 泰山古碑多，华山古碑少。其不同之点十。

以上为华山与泰山之比较，凡相似者八，不同者十。

丙，华山与北京西山之比较

1. 华山以峰著名，西山以寺著名，一系天造，一系人工。其不同之点一。

2. 华山甚高，有名之寺皆在山顶，西山较低，有名之寺皆在山麓或山腹。其不同之点二。

3. 华山之路，石多于土；西山之路，土多于石。其不同之点三。

4. 华山之路，极其崎岖，西山之路，较为平坦。其不同之点四。

5. 华山涧水较多，农民可资以灌溉；西山泉水缺乏，农田不能借以维持。其不同之点五。

6. 华山植物，种类较多；西山植物，种类较少。其不同之点六。

7. 华山皆道观，西山皆僧寺。其不同之点七。

8. 华山之庙较为朴陋，西山之寺极其宏壮。其不同之点八。

9. 华山之庙不动产较少，西山之寺不动产颇多。其不同之点九。

10. 华山之庙，香客多，游人少，收入多香钱。西山之寺：游人多，香客少，收入多茶饭钱及酒资。其不同之点十。

11. 华山之庙，道士人数较少；西山之寺，僧人人数较多。其不同之点十一。

12. 华山道士较为俭朴，对于游客，多系自己接待；西山僧人较为奢侈，对于游客，多派仆人接待。其不同之点十二。

华山植物甚多，干臣调查颇详，兹将其调查所得之结果，列举于下，以供参考：

附：华山植物表（略）

第七章　归途日志

八月二十日，由华山回至华阴，在县署午餐后，绍岩辞别，还长安。十二点，余等五人分乘骡车三辆东下，午后五点，至潼关。赴三十五师司令部，晤李副官，知余等行李船在潼关东七里店停泊，余等遂出东门，路上盘查甚紧，耽搁时间甚久，八点，上船。督署卫队陈排长，受督军委托，随带护兵八名，随船押送行李，并护送余等赴陕州。刘静波亦至自渭南，同时上船。

二十一日上四点，开船，遇东风，船横行，借水力顺流而下。午后，改西风，船行甚速。六点，至陕州，驻耀武大旅馆。

二十二日早四点，起床，五点，赴车站，买陇海铁路三等票赴郑州，价洋三元二角。六点四十分开车，行甚缓，在各站停留甚久，沿途土山坡上，往往被雨水冲成小沟，其状甚似麦垄，天然成草之繁殖地，宜于散布种子。十一点半，过渑池，为秦昭襄王与赵惠文王相会处。午后一点，至金谷园，为绿珠坠楼处。六点，至郑州，干臣、斠玄、静波、廷黻四君乘原车赴徐州，余与济之下车，换乘京汉二等车回京，票价十八元一角，床位票二元。

八点，过黄河桥，尚能睹物，气象寥廓。

二十三日早六点，至顺德，禾稼渐茂。内邱境内冲断二铁桥。九点，过石家庄，十二点十五分，至保定，禾稼尚茂。自漕河以北，直抵琉璃河，凡百余里间，铁路两旁之农田，皆没于水。午后三点四十五分，至长辛店。六点，至前门车站，七点，还寓。

此次归途所经之路，与去时之路相同，无许多可记载，然途中在火车上，颇有几种怪象，令人发噱，令人不平，兹追志其梗概于下：

一、在陕州站上火车时：余与济之二人行李，一同过磅，持秤者征收逾量运费洋一元。余等匆匆上车，检查行李票，乃明明记载行李未逾量。急欲下车与彼交涉退钱，而汽笛呜呜，车已开行，此钱已饱过磅员之私囊矣。对于久在外旅行之我辈，犹用手段诈欺取财如此；对于不惯出门之乡下人，其待遇更可知矣。

二、开车以后，路经某站，突来军人二名——一似下级军官，一似兵卒——带领许多脚行，搬运无数小麻袋——内容似洋钱——上车。适干臣离座赴便所，彼辈遂强占干臣之座；干臣归后，与之理论，彼等口出不逊之语，干臣不得已，竟让座焉。有枪阶级对于无枪阶级之无礼如此，焉得不为万人嫉视。

三、陇海三等车人数拥挤，座位不敷用，后上车之客，站立座旁，妨碍交通者甚多；先上车之客，一人占据一椅，躺着睡觉者亦不少。利己心太发达，公德心太缺乏，火车上之职员竟熟视无睹，绝不过问。同等之客，两样待遇，火车上之客座，任客自由竞争，先上车者有优先权，试问车掌所司何事？维持秩序尚且做不到，遑问其他。

四、陇海路上，每过一站，查一次票，然偷上车者自若也。余座位旁，有一客患传染病，在车上大吐；斠玄告随车巡警，请通知茶房，令其扫除，彼敬谢不敏，谓此事非彼所司，不便过问也。

五、到郑州后，余与济之换乘京汉二等车，买妥车票后，随将陕州带来之行李票，交与收容行李处职员，请其代转京汉车。彼辈答以不管，不得已，现找脚行，自己在彼处取出行李，再交与彼辈，换京汉行李票，耽搁十几分钟，仅得不误开车钟点。管理行李之职员，不代客人转行李，须由客人自己向彼辈手中取出，然后再交与彼辈，始肯收受；耽搁时间，多花小费——脚行钱——彼辈固不为客人打算也。

六、二十二日晚，在京汉二等卧车上，余与济之已就寝，室内床位已人满，电灯已熄，门已锁；忽来丘八数人，叩门欲入，茶房婉辞谢绝，彼等坚执不允，喧嚷多时，将余等惊醒，开门出视，彼等始信室内果然有客，乃已。花钱买票之客，为不花钱之丘八所搅扰，不得安寝，不平孰甚。

七、二十三日晨起，往饭车用早点，则见室内座位，满布军人，横躺竖卧，到处皆是，有似下级军官者，有似兵卒者，竟无插足之余地。不得已，退回寝室，唤茶房去叫饭，始得果腹。公共饭厅，为丘八所盘踞，既妨碍饭车营业，又妨碍客人吃饭，不平孰甚。

八、二等卧车，每室只容四人。余所乘之车，有二室为军人盘踞，每室各有三人，一人便服，类似军官，二人军装，类似护兵，三人各占一铺，下余一铺，安放行李，于是一室之四人票价，遂全数牺牲矣。京汉铁路营业，安得不吃亏，买二等票之客人，上车以后，时常找不着座，火车上之管理员，只能向客人道歉，固无如此辈白坐车之军人何也。

第八章 结论

此次赴陕：以七月七日，起身，八日，至郑县，九日，至陕县，经过荥阳、汜水、巩县、偃师、洛阳、新安、渑池诸县，似尚属文化之区，因火车一通，则物质文明较为发达也。

然山多童山，地多白地，已现出一种萧条寂寞景象。十日，发陕县，十三日，至潼关，经过灵宝、阌乡二县境，则近穷荒，两岸有山无树，河内有水无鱼，二百里间，岸上无市镇，无居民，无卖食物者，唯时见水面上有粗笨之木造货船往来，荒凉寂寞，仿佛入洪荒世界。十四日，发潼关，经过华阴、华县、渭南、临潼四县而至长安。二十六日，赴咸阳，二十七日，回长安。凡经过河南属下十一县，陕西属下七县，一路所见皆黄色，余欲以"黄"字代表各县总颜色。盖山——河南之外方山脉、嵩山脉，陕西之终南山脉——皆黄，无树。水——黄河及渭水——皆黄，无水草，有泥沙。田地皆黄，天旱尚未下种，无禾稼。城寨皆黄，有土无砖——各县县城本皆砖筑，然多年失修，砖亦残缺殆尽——院墙屋壁皆黄，不用砖筑，用土与坯替代；不用石灰涂壁，用黄土涂壁。帝王之陵寝，古人之坟墓皆黄，无碑，无树，又因天旱，草亦未长，有院落者，则黄土颓垣；无院落者，则一丘黄土而已。运搬器具皆黄，船有苇席顶，无木顶；二套轿车有苇席篷，无布帷；雇用之轿多数无帷，用席包其周围，聊作障蔽。蒸食馍馍皆黄，因陕西以西，不用机器面，只用中国旧式石磨所磨之面。衣服皆黄，因水多杂质，夏天着用白色衣服，洗过几次即变色。男子面色多黄，似略带烟灰色。牙齿多黄，但牙刷牙粉用途尚未十分普及。小儿裸体，上下皆黄，代表亚洲人种，雍州土壤本色。上流社会之妇女迄未见过，不敢妄加臆断，街上往来之妇女，多小本生意或劳动家之眷属，足多纤小，脸带泥沙，犹不失为中央戊己土正色也。

代表陕西渭水流域平原之颜色为黄，代表终南山、华山之颜色为绿。山皆绿，多青石。水皆绿，多清泉。谷皆绿，多芳草大树。建筑物多用砖石为墙，用铁或陶器作瓦，含青、蓝二色。山下多稻田，绿色一望无际。风景之佳，略似江浙、日本，独可惜人工修理未至耳。

民国十三年九月十一日脱稿　王桐龄自志

（本文有删减）